Hans Platzgumer

Korridorwelt

Roman

Edition Nautilus

Edition Nautilus
Verlag Lutz Schulenburg
Schützenstraße 49 a
D - 22761 Hamburg
www.edition-nautilus.de

Originalveröffentlichung
Erstausgabe Februar 2014
Umschlaggestaltung:
Maja Bechert, Hamburg
www.majabechert.de
Druck und Bindung:
Freiburger Graphische Betriebe
1. Auflage
Print:
ISBN978-3-89401-786-6
E-Book EPUB:
ISBN 978-3-86438-148-5
E-Book PDF:
ISBN 978-3-86438-149-2

Ain't no hangman gonna put a rope around me.
– Jimi Hendrix, Woodstock, 1969

1

04:28.
Solche Kleinigkeiten bleiben einem im Gedächtnis.
Die Ziffern leuchten im Halbdunkel meines Zimmers in der Yucca Street, in dem ich mich bei Eleanor eingemietet habe. Die Nacht liegt noch im Stillen, als ich die Augen auf meinen Digitalwecker richte.
Monday, 1–17-94, 04:28.

Zu jener Zeit schlief ich selten ein, bevor die Dämmerung einsetzte. Erst mit dem beginnenden Tag fand ich die nötige Ruhe und blieb dann bis in die Mittagsstunden im Bett. Nachts las ich, spielte Gitarre oder hörte Musik. Doch in dieser Nacht war ich müder als sonst. Schon kurz nach zwei legte ich mich hin.
Vielleicht war es das Klacken der Wasserleitungen, die tief hinab in den Boden unter der Stadt reichten, das mich weckte. Es heißt, dass ein leises metallisches Klopfen in den Leitungsrohren jedem kalifornischen Erdbeben vorausgeht, aber selbst für den, der es wahrnimmt, kommt die Warnung zu spät. Bis du ahnst, was es bedeutet, wird dein Haus bereits geschüttelt und ist das Klacken zu einem Grollen geworden, einem Donnern, das dir den Boden unter den Füßen zerreißt.
So wird es auch bei mir gewesen sein. Wahrscheinlich bemerkte ich um 4 Uhr 28 das Schlagen der Wasserleitungen im Boden unter mir. Doch als ich wenige Minuten später aus meinem Bett geschüttelt wurde, war ich keineswegs darauf vorbereitet. Im Gegenteil. Ich war wieder eingeschlafen.
Erst um 4 Uhr 30 setzte das Beben ein. Das kann man heute in allen Aufzeichnungen über das Northridge-Erdbeben

nachlesen. Sein Epizentrum lag ungefähr zwanzig Kilometer nordwestlich im San Fernando Valley. Als ich nach einem kurzen Blick auf den Wecker weiterschlief, konnte ich nicht ahnen, dass kurz darauf Los Angeles wackeln würde. Ich wäre erst mittags aufgewacht, wenn Eleanor bereits arbeiten gegangen war und ich die Wohnung für mich allein hatte. Ich war 24 Jahre alt und verdiente mein Geld in Münzen. Als Straßenmusiker im Licht der untergehenden Sonne auf den Promenaden Santa Monicas. Vormittags lag ich im Bett.

An diesem Januartag aber würden kurz nach halb fünf alle panisch aus den Türen rennen und lange nicht mehr wagen, in ihre Wohnungen zurückzukehren.

Eleanor eine von ihnen. Im Nachthemd ist sie in mein Zimmer gestürzt.

Wie unter eine Lupe rutscht dieses Bild in meiner Erinnerung. Als wäre es nicht vergangen und geschähe im Jetzt.

Eleanor packt mich an der Hand und zerrt mich aus dem hin und her schwankenden Raum.

– *Quick! Get up!,* brüllt sie.

Ich kann nicht denken. Ich schlafe noch. Träume dieses Erdbeben. Rutsche auf einem Holzschlitten ins Tal. Versuche die Kurven zu schaffen.

– *Julian! Get up!*

Um mich herum Lärm. Subbässe aus der sich öffnenden Erde. Darüber das Knarren von Holz, das Heulen von gebogenem Metall, das Klirren von Glas.

Mein Schlitten rast auf einen Felsspalt zu. Hinein in die Dunkelheit, die mich aufnehmen will. Die mir keine Angst macht. Die mich weiterführen will, irgendwohin, hinein, weiter in das tiefe Schwarz, das ich erforschen will.

– *Julian!*

Ich fliege. Die Spalte jetzt eine Höhle. Die Felsen dehnen, alles streckt sich. Unter mir kein Boden. Dafür aufsteigende warme Luftmassen, die meinen Flug bremsen. Sie tragen mich durch die Finsternis, die jetzt alles verschluckt. Nur

seitlich von mir ein zartes violettes Leuchten des Gummigesteins.
– *Julian! Get up!*
Ich trenne mich von meinem Schlitten und segle durch das Höhlenlabyrinth.
Dann trenne ich mich auch von meinem Körper. Eine Fledermaus bin ich. Wie die Seele aus einem Menschen, der das Leben aufgegeben hat, bin ich aus mir selbst herausgeflogen. Doch mein Flug wird immer öfter unterbrochen. Kurz angehalten. Ein Stocken zerreißt die geschmeidigen Bewegungen, mit denen ich weitersegeln will. Immer lauter werden um mich herum die Geräusche einer zerbrechenden Welt. Ein Rucken. Ein Demontieren. Bald kommt das Schreien von Menschen und Hupen von Autoalarmanlagen dazu. Und das Zwitschern und Flattern der zu früh geweckten Vögel.
– *An earthquake, Julian! Wake up!*
Eleanors Mund direkt vor meinem Gesicht. Ich sehe den Belag auf ihrer Zunge. Alles dröhnt. Weißbraune Schichten auf ihrer Zunge. Wie Pilzkulturen. Ich nehme ihren Mundgeruch nicht wahr. Wohl aber den Gestank von Zement und Gummi.
Wie ein Traumwandler folge ich Eleanor. Lasse die Dinge mit mir geschehen. Lasse mich von ihr hinausziehen. Splitternackt. Hinaus aus dem Zimmer. Durch die Küche. Durch den Flur. Ein Stockwerk hinunter wie durch eine Geisterbahn. So schnell wie möglich hinaus auf die Straße, wo bereits andere stehen. In der kühlen kalifornischen Nacht.

Das Erste, was ich wirklich registriere, das Erste, was mich wirklich stört, ist, dass ich mich nackt in aller Öffentlichkeit befinde.
Auch wenn es dunkel ist, dunkler als sonst in LA-Nächten, so schäme ich mich, hier wie ein Kleinkind an der Hand einer älteren Frau herumzustehen. Schließlich hat Eleanor kürzlich ihren 42. Geburtstag gefeiert. 42! Nicht ohne Grund steht in Japan diese Zahl als Sinnbild für den Tod.

Eleanor ist damit für mich endgültig in den Kreis der Älteren eingetreten, jener Menschen, die entweder aus ihrem Leben schon etwas gemacht haben müssen oder es eben nie zu etwas bringen werden. Sie gehört Zweiterem an. Und mit den bunten, ärmellosen Blusen und weiten Stoffhosen, die sie normalerweise trägt, kleidet sie sich auch dementsprechend. Als lege sie es darauf an, besser früher als später von Männern nicht mehr beachtet zu werden. Zuerst hat mich das nicht sonderlich gestört, aber mittlerweile ist mir ihr Aussehen peinlich.
Im Moment trägt sie ein geblümtes Nachthemd. Und hält mich an der Hand. Ihr mag es nicht bewusst sein, mir aber wird es immer klarer. Nackt stehe ich mitten in Hollywood, händchenhaltend mit meiner Vermieterin, die ihr ergrautes Haar immer nachlässiger färbt. Ein Glück, dass die Straßenbeleuchtung nicht funktioniert, weil der Strom bereits ausgefallen ist und ohnehin gerade alles zusammenkracht, denke ich.
Nur wenige Ständig-auf-alles-gut-Vorbereitete fuchteln mit Taschenlampen herum. Wahrscheinlich wollen sie nicht primär meinen Penis begutachten, aber trotzdem schenken sie ihm mehr Aufmerksamkeit, als mir lieb ist. Julian Ogerts Penis um halb fünf in der Früh. Instinktiv bedecke ich ihn mit der rechten Hand.

Ich habe diesen wiederkehrenden Traum, in dem ich mich plötzlich nackt in der Öffentlichkeit befinde. Aus irgendwelchen Gründen habe ich vergessen, mich anzuziehen und bin ohne Kleider unter die Leute gegangen. Immer fällt es mir erst auf, wenn es bereits zu spät ist. Wenn die Blicke schon auf mich gerichtet sind. Manchmal trage ich ein T-Shirt oder eine Jacke, die ich hinunterziehen kann. Meistens aber stehe ich schutzlos auf der Straße, in der U-Bahn, im Coffeeshop, wo auch immer, eine lächerliche nackte Gestalt, die vor Scham im Erdboden versinken will, möglichst schnell aus dem Blickfeld der anderen verschwinden, die sie grinsend anstarren. Spätestens an dieser Stelle wache ich für gewöhnlich auf und bin froh, dass es nur einer jener

Träume ist, die so oft meine Nächte zerreißen und mich den Tagesanbruch herbeisehnen lassen.
Diesmal aber ist es anders. Ich erwache aus keinem Traum. So sehr ich mich schäme und fortwünsche; ich kann nicht erwachen, das Grauen nicht wegschieben. Ich bin bereits wach, und was mit mir geschieht, ist die Wirklichkeit. Die Nacht noch nicht vergangen, schon heulen die Sirenen zum Weckruf in den Katastrophentag.
Immer mehr Menschen, denen die Angst ins Gesicht geschrieben ist, sammeln sich rings um mich. Sie achten nicht auf mich. Sie reden, weinen, schreien herum. Manche haben ein Kofferradio in der Hand, an dem sie aufgeregt drehen. Ich höre sie kaum. Ich stehe da wie ausgespuckt aus dem Tiefschlaf – noch immer an Eleanors Hand – und höre, wie die Erde unter uns abermals zu dröhnen beginnt. Der dumpfe Lärm quillt aus dem Inneren der Erde herauf. Schwerfällig und rasend zugleich. Wie ein Zug, der unausweichlich auf uns zuschießt, begleitet vom Klacken der Metallrohre. Ich spüre die Kraft. Kein Mensch hat dieser Gewalt etwas entgegenzusetzen. Wir alle, die wir in diesem Moment auf der Yucca Street stehen, spüren das und ergeben uns. Der Boden unter uns vibriert und macht mich vergessen, dass ich nackt bin. Nur wenige Sekunden werden wir geschüttelt, dann verschnaufen die Straßen, die Gebäude wieder, ächzen, nachdem sie gestreckt und gepresst worden sind wie der gesamte Raum, die gesamte Zeit, die wie sie ihr Maß verloren haben. Die wenigen Sekunden dieses Erdstoßes sind keine Sekunden, keine Zeiteinheit, sondern einfach ein neues Beben, das so lange anhält, bis der Zug der Zerstörung durch uns hindurchgefahren ist. Wir spüren die Willkür, die Ohnmacht. Sonst nichts. Wir warten auf die nächste Maßlosigkeit.

Manche der auf die Straße geflüchteten Anwohner sind zu Boden gegangen und richten sich schluchzend wieder auf. Eleanor schlägt ihre Hände vors Gesicht und lässt mich los.
Endlich begreife ich, was sich abspielt.

Ich erblicke eine Frau, die verkrampft ein rot-weißes Küchentuch in der Hand hält. Wortlos lässt sie es mich nehmen. Sie ist in einem Schockzustand und würde sich wohl alles, was sie besitzt, in diesem Moment von mir nehmen lassen. Ich aber will nichts anderes als ihr Baumwolltuch, das ich mir knapp um die Hüfte binden kann.
– *Thank you,* sage ich. Ich glaube nicht, dass sie es zur Kenntnis nimmt.
Nun bin ich bekleidet. Bedeckt zumindest.
Der Asphalt würgt einen weiteren, kurzen Erdstoß hervor. Unser Straßenblock keucht. Aus der Entfernung höre ich eine Explosion. Um uns herum die Kakophonie der Sirenen und Alarmanlagen, die in der verdunkelten Stadt verrückt spielen. Stromleitungen zucken, Sprinkleranlagen schalten sich an, Fensterscheiben zerbrechen. Ich rieche verbrannten Gummi. Atme Rauch und Staub ein. Ich meine, Verwesungsdämpfe aus den inneren Erdschichten zu schmecken. Kurz flackert vor meinen Augen das Bild von Eleanors belegter Zunge auf.
Kurz leuchtet die 04:28 im schwarzen Himmel über mir.
Die Menschen blicken nach oben, voller Angst, Glassplitter, Mauerwerk oder Rohre könnten auf sie stürzen, jetzt, wo die dünne Fassade der Attrappenstadt zerbricht. Hollywood ist nie für die Ewigkeit errichtet worden. Jetzt hoffen wir, dass die leichten, schnell hingestellten Schachtelhäuser rund um den Hollywood Boulevard wenigstens elastisch genug sind, um die Spreizungen mitzumachen, die ihr Untergrund ihnen aufzwingt. Eleanor verweigert den Blick nach oben und starrt auf den Boden, wohl in der Befürchtung, dass er aufreißen und sie verschlucken könnte.

Das Vordach des Eckhauses vorne an der Cherokee Avenue hat Feuer gefangen und ist an einer Seite eingebrochen. Die Bewohner sind auf die Straße geflüchtet und überlegen, ob sie es zurück ins Haus wagen sollen, um ihren Besitz herauszuholen. Eine Frau mit einem Kind auf dem Arm brüllt den Mann an, der sich an einem Feuerlöscher zu schaffen macht. Ich habe ihn schon öfter gesehen. Ein Muskelpaket

im Tank-Top. Offensichtlich ein Mitglied bei *LA Fitness* weiter vorne am Hollywood Boulevard. Jetzt verschwindet er in der Eingangstür seines gebeutelten Hauses, die Arme schützend über seinem Kopf verschränkt.
Was holt man in so einem Moment aus seiner Wohnung? Alles, was man fassen kann? Oder wählt man gezielt aus, folgt einer Prioritätenliste?
Ich denke an meine Gitarre, die praktisch das Einzige ist, was ich besitze. Ein paar Kleidungsstücke noch. Ein bisschen Bargeld. Und der Brief meines Vaters.
Sobald sich die Situation beruhigt, will ich die Westerngitarre aus der Wohnung holen. Unser dreistöckiges Apartment-Building macht einen guten Eindruck. Bald werde ich hineingehen, mich anziehen und meine paar Habseligkeiten retten. Außer ihnen habe ich nichts zu verlieren. Seit acht Jahren schon. Ich ziehe durch die Welt und hinterlasse keine Spuren. Ich habe gelernt, dass man nichts verlieren kann, wenn man nichts sammelt, keine Dinge, keine Bindungen. Keine falschen Hoffnungen.

Wenn ich zurückdenke, erstaunt es mich, wie wenig Angst mir diese Erdstöße tatsächlich einjagten. Als wäre ich unverwundbar gewesen. Das Northridge-Beben war zwar nicht *The Big One*, das große Beben, das Los Angeles seit Langem schon erwartete, aber immerhin war es das stärkste bis heute in einer nordamerikanischen Stadt gemessene Beben. Dennoch ließ ich mich davon nicht sonderlich beeindrucken.
In dieser Phase meiner Flucht konnte mich nichts aus der stoischen Ruhe bringen, in die ich mich hatte fallen lassen. Eine Ruhe, die freilich nicht echt war. Ein Frieden, der kein Frieden war, sondern vielmehr der Wunschtraum, dass alles überstanden sein und jetzt so bleiben würde, wie es war. So dünn, seicht, so herrlich flach. Wenn der Boden dieser neuen Welt, auf dem ich mich eingerichtet hatte, nun unter mir aufriss, akzeptierte ich darin keine Bedrohung meines persönlichen Zustands. Ich verweigerte, stellte mich taub, ließ alles an mir vorbeiziehen. Mein Absturz in Kalifornien

kam erst mit den Nachwirkungen des Bebens. Im eigentlichen Moment der Katastrophe war es, als ginge sie mich nichts an. Und sollte alles untergehen, konnte mir das ebenso recht sein. Ich hatte ja nichts zu verlieren.
Acht Jahre zuvor hatte ich gesehen, dass alles, worauf ich mich verlassen hatte, nur Lügen waren, nur Schein. Trugbilder. Das war eine andere Welt gewesen, eine vermeintlich weniger oberflächliche. Eine, die ich mittlerweile hinter mir gelassen hatte. In meinem 16. Lebensjahr hatte ich verloren, woraus meine kleine Welt bis dahin zusammengesetzt war. Ich hatte die Klinke der Wohnzimmertür in meiner elterlichen Wohnung in Linz, Österreich gedrückt. Genau so, wie ich das etliche Schuljahre lang schon gemacht hatte, wenn ich mittags nach Hause kam. Ich drückte die Klinke und öffnete die Tür. Und einen Augenblick später war alles anders und würde nie mehr so sein, wie es gewesen war. In diesem Moment wusste ich, dass ich keine Vergangenheit mehr haben würde, keine Geschichte, keine Erinnerungen, keinen Besitz. Keine Familie. An diesem Tag begann ich ein neues Leben. Mein eigenes. Ein Korridorleben entlang einer Reihe von Türen, die ich geschlossen hielt, weil ich nicht mehr sehen wollte, was sich dahinter verbarg. Ich lebte für den Tag. Ohne Verbindungen zu einem Davor oder Danach. Versuchte allein zu bleiben in meinem Korridor. Und zu vergessen. Ein Erdbeben konnte mir nichts anhaben.
Und doch stehe ich jetzt mittendrin, wenn ich zurückdenke. Als würde ich es erst jetzt erleben. Jetzt zulassen. Nachholen. Stehe jetzt auf der Yucca Street mit diesem Baumwolltuch um die Hüften.

– *It's a big one,* seufzt ein Mann neben mir. *The Big One, the Big One.*
Doch er täuscht sich. Es folgt kein weiteres Beben. Ein, zwei kurze Rucke. Ein entferntes Donnern, weit weg, vielleicht oben im Valley. Es führt zu keiner Bewegung mehr an unserem Block. Nach ein paar Stößen hat sich die Erde beruhigt und werden die Stadtbewohner in einen Frieden ent-

lassen, dem sie nicht trauen wollen. Ihre Todesangst weicht einem zeitlosen Warten, schmerzvoller als der Moment des eigentlichen Bebens: das ohnmächtige Warten auf einen nächsten Erdstoß, auf Nachbeben, weitere Beben, die Fortsetzung des Spuks.
Zögerlich findet Eleanor ihre Sprache wieder.
– *That was it?*, fragt sie unsicher.
Ist es das schon gewesen, oder steht uns Schlimmeres noch bevor? Sicherlich steht Schlimmeres bevor, drücken ihre kleinen ängstlichen Augen aus.
Nicht schon wieder, denke ich.
Wie ich bloß so ruhig bleiben könne, fragt sie mich, wenn unsere Welt doch gerade zerbreche.
– *Everything's falling apart*, sagt sie.
– *Everything's gonna be alright*, sage ich.
Ich weiß, dass es unmöglich ist, sie mit diesem Satz zu beruhigen. Aber immerhin habe ich es einmal versucht. Danach gehe ich nicht mehr auf sie ein.
– *We might all gonna die!*
Eleanor, pathetisch wie immer.
So what?, denke ich.
Unter diesen Umständen abzukratzen, wäre nicht das Schlechteste. Auch ich bin von der Naturgewalt eingeschüchtert, die binnen weniger Sekunden unseren Moloch erfasst hat. Auch ich habe Angst. Doch gleichzeitig genieße ich das Adrenalin, das mir ins Blut schießt, seitdem ich erwacht bin, genieße, wie die Karten neu gemischt werden, genieße, wie wir alle etwas Großem ausgeliefert sind.
Eleanor kann Aufruhr nicht genießen. Sie bricht in Tränen aus, sobald der direkte Schock des Bebens nachlässt. Untätig kauert sie auf dem Gehsteig, verzweifelt. Unfähig zu handeln, hysterisch.
Ich lasse sie dort zurück, zusammen mit ein paar anderen Jammerlappen aus der Nachbarschaft, und mache mich im langsam einsetzenden Morgengrauen vorsichtig daran, unser Haus wieder zu betreten.

Jemanden wie Eleanor zu beruhigen, war unmöglich. Die Ungewissheit zerrte an ihr. Auch an ganz normalen Tagen tat sie das. Eleanor war ganz und gar von Zweifeln durchsetzt. Ihr Leben eine einzige Sorge. Nichts und niemandem traute sie. Das tat auch ich damals nicht – tue es auch heute nicht –, aber ich verstand, seit ich in Amerika angekommen war, das Misstrauen nicht als Last, sondern, im Gegenteil, als Befreiung. Niemand traute in Amerika niemandem. Das war das Geheimnis des *American Way Of Life*. Jeder hier war auf sich gestellt und meiner Auffassung nach somit frei. Ungebunden, flexibel, weil er sich nicht aufhalten musste mit Abmachungen, die das Leben verkomplizierten. Auf diese Weise waren die USA zum Land der unbegrenzten Möglichkeiten geworden. Deshalb fühlte ich mich wohl in diesem Land. Ich liebte die Kurzlebigkeit einer Individuengesellschaft, in der es keinen Verrat gab, weil der Verrat grundsätzlich als Option eingerechnet war. Er war dann kein Verrat mehr, sondern Teil der Abmachung, lediglich eine weitere unbegrenzte Möglichkeit. Das war das Amerika, das ich gefunden haben wollte, mir erhalten, nicht nehmen lassen wollte. Weder von einem Erdbeben noch von Zweifel, die in mir hochstiegen. Leer genug konnten mir die USA gar nicht sein in diesem Abschnitt meiner Flucht.
Eleanor war zwar durch und durch Amerikanerin, dennoch verstand sie das Land nicht, wie ich es empfand. Sie stammte aus Portland, Oregon, und war vor Jahrzehnten in die *City Of Angels* gekommen. Im Grunde sah sie sich jedoch als Engländerin, weil die Wurzeln ihrer Familie dort lagen. Ihre Großmutter war noch in Birmingham, England, zur Welt gekommen. Eleanor selbst war einmal dort gewesen. Oft genug hatte sie mir das mitgeteilt. Als Beweis sollte es wohl gelten, dafür, dass sie wie ich Europäerin war. Die meisten ihrer Untermieter waren Europäer gewesen. Expats wie ich. Gerne hatte Eleanor das betont. Expats wie wir, hätte sie am liebsten gesagt. Im Gegensatz zu mir hielt sie an ihren Vorfahren, ihrer Sippe fest. Ich versuchte, mich von meiner Herkunft möglichst vollständig zu distanzieren. Versuchte, sie so weit wie möglich von mir wegzudrängen. Zu

vergessen, wo ich herkam. Nur der österreichische Akzent blieb wie ein Fluch an mir kleben und brachte mich immer wieder in Erklärungsnöte.
You don't sound American. Where do you actually come from?
Wie ich diese Fragen hasste. Ich selbst hatte mich bereits des Öfteren als Engländer ausgegeben. Oder als Däne, was mir unauffälliger vorkam. Alles, nur kein Österreicher. Alles, nur nicht das, in das ich hineingeboren worden war.
In dieser Verweigerung trafen wir uns, Eleanor und ich. Ich wollte als Amerikaner durchgehen, obwohl ich keiner war. Sie sah sich als Engländerin, obwohl sie Amerikanerin war. Zusätzlich verwirrte sie sich, indem sie einerseits die Fragen und Antworten ihres Lebens ständig simplifizierte und sich andererseits mit dieser Vereinfachung nicht zufrieden gab. Ständig machte sie sich Gedanken über Dinge, die sie nicht ändern konnte, ja gar nicht ändern wollte. Andauernd sorgte sich Eleanor um das, was kommen mochte. Ich hingegen hatte mit solcher Zeitverschwendung abgeschlossen. Ich dachte nicht an die Zukunft. Hoffte nicht. Vertraute nicht. Das erleichterte mir das Leben. Tatsächlich war es meine einzige Chance. Ich musste ignorieren, woher ich kam, und wegschieben, wohin mein Weg führte, wollte ich meine Freiheit behalten.
Seit meiner Ankunft in den USA war mir das leichter gefallen. Hier schien dieses Ausblenden gewisser Realitäten normal zu sein. Jeder tat es. Nur Eleanor schaffte es nicht. Nicht mehr vielleicht. Ihr Leben stützte sich auf eine zurechtgebastelte Vergangenheit, war fragil wie ein Kartenhaus, das ständig zusammenzustürzen drohte. Folglich sah Eleanor ihre Zukunft stets als Bedrohung vor sich. Die Zukunft war in ihren Augen jene Zeit, in der Dinge sich zum Schlechten wenden würden. Das bringe das Alter mit sich, sagte sie und meinte, derartige Plattitüden würden weise klingen. Sie schwadronierte von Lebensjahren, in denen sich schlechte Erfahrungen anhäuften wie Dreck in Abwasserkanälen.
Was sollte ich sagen? Was hatte mir mein kurzes Leben angetan, bevor es mich an diesem Montagmorgen auf den rissigen Asphalt der Yucca Street spuckte!

Ich hatte kein Mitleid mit Eleanor. Im Gegenteil. Ich war genervt von ihrer Jammerei. Ich ertrug sie, weil sie mir das Zimmer günstig vermietete. Weil ich bei ihr so billig wohnen konnte wie sonst nirgends in LA. Weil sie mich bekochte, wann immer ich es gestattete. Und weil sie mich in Ruhe ließ, sobald ich meine Zimmertür schloss.
Außer an einem Morgen wie diesem freilich, als ganz LA wackelte, unser Haus einzustürzen drohte und sie mich retten wollte in ihrer mütterlichen Fürsorge. Ohne mich zu fragen, ob ich überhaupt gerettet werden wollte.

Ich ließ sie also hinter mir stehen und machte mich auf den Weg in unser nach außen hin unversehrt gebliebenes Apartment-Building. Im ersten Stock lag unsere Wohnung. Behutsam schlich ich die dunkle Treppe hoch.
Die Wohnungstür stand offen. Schon vom Flur aus konnte ich das Chaos erkennen, welches das Beben in der Küche und im Wohnzimmer angerichtet hatte. Immer noch barfuß musste ich vorsichtig über Scherben steigen, die verstreut am Boden lagen. Zerbrochene Teller, Gläser, Tassen, die aus den Regalen gestürzt waren. Auch der Fernseher war zu Boden gefallen, aber er schien unversehrt geblieben zu sein.
Ich atmete den aufgewirbelten Staub ein. Die Glastür zum Balkon war am unteren Eck zersplittert. Eine Weile blieb ich im Wohnzimmer stehen und begutachtete die Schäden. Dann tappte ich vorsichtig zu meinem Zimmer. Dort gab es nicht viel, das hätte umstürzen können. Ich besaß keine Regale oder Schränke. Meine wenigen Besitztümer lagen praktisch unverändert an ihren Plätzen, ausgebreitet auf den Pappschachteln am Teppichboden, aus denen ich lebte, und auf dem kleinen Klapptisch, der mir als Schreibtisch diente. Durch die noch zugezogenen Vorhänge drangen mattes Licht und der stumme Lärm einer Stadt unter Schock. Außen war Krieg, so wirkte es, doch in meinem Zimmer herrschte Frieden. Meine Gitarre, die an der Wand gelehnt hatte, war umgefallen, aber unbeschädigt.
Erleichtert setzte ich mich auf mein Bett und verschnaufte.

Ich hätte heute Morgen genauso gut in diesem Bett liegen bleiben können, dachte ich, mir die Schmach, nackt auf die Straße zu rennen, ersparen.
In meinem Zimmer fühlte ich mich sicher. Hier würde ich bleiben, mich anziehen, alles griffbereit haben, das ich im Falle einer neuerlichen Flucht mitnehmen müsste. Mit meiner Gitarre in der Hand und meinem gepackten Rucksack auf der Bettkante sitzen bleiben und warten, abwarten, was als Nächstes geschehen würde.

2

Alles, was ich besitze, passt in diesen Rucksack und meine Gitarrentasche. Seit ich noch vor meinem 16. Geburtstag Linz verlassen habe und nie mehr dorthin zurückgekehrt bin, achte ich darauf, dass ich nicht mehr Besitz anhäufe, als ich tragen kann. Auch heute, elf Jahre später, in der Einsamkeit der Atacamawüste hier im Norden Chiles ist es so. Nur Rucksack und Gitarre stehen neben mir in meinem Wohncontainer. Draußen schmilzt die Welt, die kaum eine irdische ist. Trocken wie der Mond. Leer und leblos wie er ist sie. Nur heißer. Viel heißer. Hier sitze ich und schreibe auf, wie alles weniger wurde.

Bis 1985 hatten sich in meinem Kinderzimmer Dinge angehäuft.
Ein Sammelsurium war entstanden wie bei jedem heranwachsenden Menschen, der vom aufkommenden Überfluss des mitteleuropäischen Wohlstands eingelullt wurde. Spiele wie Stratego oder Monopoly (beide unvollständig), Matchbox-Autos, ein elektronisches Schiffeversenken (defekt), Big-Jim-Figuren (teils mit abgerissenen Armen), Autoquartette oder sogar ein Videospiel (Pong) füllten das Zimmer, in dem die ersten anderthalb Jahrzehnte meines Lebens an mir vorbeizogen. Ich ließ die Zeit verstreichen. Die Tage vergingen,

ohne dass es mir auffiel, ohne Sorgen, ohne Träumereien. Auch Österreich war eine Wüste. Dorthin aber hatte ich mich nicht freiwillig begeben. Ich hatte keine Wahl. Hineingesetzt war ich in eine scheinbar heile Welt, die mich vom Leben ablenkte. Ein Einzelkind, daran gewöhnt, sich mit sich selbst zu beschäftigen. Ich sah Fernsehserien, Quiz-Sendungen oder las Asterix, Clever&Smart oder Sturmtruppenhefte, die mir mein Vater wöchentlich schenkte, wenn er mein Taschengeld auszahlte. Irgendwann übte ich wenigstens Gitarre. Mehr verlangte ich nicht. Ich dachte nicht über mein Dasein nach.

Mein Vater war Rechtsanwalt, und wir lebten in einer großzügigen Altbauwohnung mitten in der Stadt. Mein Vater war ein Riese. Er wirkte so hoch wie die Räume dieser Wohnung, unerreichbar wie ihre Zimmerdecken, unantastbar. Stand man vor ihm, fühlte es sich an, als läge man ihm zu Füßen. Ich kann nicht erinnern, dass er mich jemals hochgehoben, in die Arme genommen hätte. Er machte es mir unmöglich, ihn zu hinterfragen, unmöglich, ihn zu lieben. Niemand durfte je eine Schwäche in ihm erkennen, niemand die stille Autorität in Frage stellen, mit der er seine Umwelt auf Abstand hielt.
Der Parkettboden knarrte unter unseren Füßen. Die Doppelglasfenster blieben immer geschlossen und die Gardinen zugezogen, so dass sich ein modriger Geruch in der Wohnung hielt, den ich beim Heimkehren von unseren regelmäßigen Sommerurlauben im Seengebiet als heimatlichen Duft erkannte.
Nur wenige großblättrige Pflanzen in Porzellantöpfchen fanden im Dauerschatten unserer holzvertäfelten Räume ausreichend Licht, um zu überleben. Meine Mutter stellte ihnen manchen Gartenzwerg zur Unterstützung bereit. Gegossen wurden sie aus dem langen Schnabel einer dünnen Blechgießkanne, die aus praktischen Gründen direkt zwischen den Pflanzentöpfen positioniert war. Meine Mutter war eine durch und durch logistisch motivierte Frau. Jeder Handgriff, der eingespart werden konnte, war ihr ein per-

sönlicher Erfolg. Alles, was keinen direkt erkennbaren Nutzen hatte, wurde vermieden. Das tägliche Leben bestand für sie aus notwendigen Zielen, die es ohne Umwege oder Schnörkel zu erreichen galt. Derart effizient schaufelte sie sich jeden Tag einige Stunden frei, die sie liegend im verdunkelten Schlafzimmer oder auf dem Kanapee verbrachte. Es hieß dann, sie sei müde, erschöpft oder habe Migräne, und ich durfte sie nicht stören. Ich schob mir mein Essen – gewöhnlich ein in Tupperware gesammeltes Potpourri aus Resten der Vortage – in den Mikrowellenherd (ihr am meisten geschätztes Küchengerät) und ließ sie in Frieden. Wir sprachen wenig miteinander, aber das machte mir nichts aus. Ich war nicht sonderlich an ihr interessiert und sie zu wenig belastbar, um sich mit mir abzugeben. Vater war selten zu Hause – es vergingen Tage, da sah ich ihn überhaupt nicht –, also war der zwischenmenschliche Kontakt in unserer dreiköpfigen Familie auf ein Minimum reduziert. Getrennt voneinander fanden wir alle unsere Beschäftigungen und gaben uns damit ab, mehr neben- als miteinander zu leben.

Ob das immer schon so war, weiß ich nicht. An meine frühe Kindheit habe ich kaum Erinnerungen. Unspektakulär ist sie vergangen. Langweilige Momente in der Kirche, im Turnverein oder Hallenbad. Einsilbige Sonntagsspaziergänge am Pöstlingberg. Die Grottenbahn dort, die sich durch die Zwergengruppen schleppte. Meine Mutter stumm neben mir. Mein Vater still vor dem Eingang wartend. Was mir an Aufregung in den ersten knapp 16 Lebensjahren entging, holte ich in meinem folgenden Jahrzehnt nach.
Vielleicht wäre mir aufgefallen, dass mit meinen Eltern etwas nicht stimmte, hätten wir eine engere Beziehung gehabt. Vielleicht hätte ich erkennen können, was bevorstand, hätte ich genauer hingesehen. Hätte mein Vater solche Annäherung zugelassen. Vielleicht gab es Anzeichen, die auf den Freitod meiner Eltern hindeuteten. Doch ich bemerkte sie nicht. Es erschien mir normal, wie wir miteinander umgingen.

Ich hatte wenig Vergleich.
Meine Großeltern väterlicherseits waren in Wien verstorben, als mein Vater selbst noch ein Kind war, Rudolf Ogert, ein Einzelkind wie ich. Das war lange, bevor ich geboren wurde. Über die Umstände ihres Todes wurde nie gesprochen. Erst später fand ich heraus, was im März 1938 in ihrer Wiener Wohnung vorgefallen war. Mein Vater war damals zwölf Jahre alt gewesen.
Mein oberösterreichischer Familienzweig mütterlicherseits hatte sich in den folgenden Jahrzehnten aufgelöst. Der Vater meiner Mutter setzte sich nach dem Krieg ins Ausland ab und tauchte nie mehr auf. Meine Mutter, die ihn als Teenager das letzte Mal gesehen hatte, glaubte, dass er sich in Brasilien ein neues Leben aufgebaut hatte. Dort gäbe es Dörfer, sagte sie, mitten im Land, da spreche man alte österreichische Dialekte.
Ich muss an Orte wie Blumenau denken, drüben jenseits der Anden, im fast schon deutschsprachigen südlichen Zipfel Brasiliens. Eine Gegend, die ich immer meiden werde. Auch wenn mein Großvater heute hundert Jahre alt sein müsste, um dort noch zu leben. Er war ein Nazi. Im Krieg ein europäischer Nazi und nachher ein südamerikanischer Nazi. Jemand, den man aus seinem Leben streichen kann.
Ich weiß nicht, ob meine Mutter ihm jemals nachgetrauert hat.
Seine nie von ihm geschiedene Ehefrau, meine verbliebene Großmutter, verbrachte noch knapp drei Jahrzehnte ohne ihn. In den frühen 70er Jahren, noch bevor ich in die Volksschule kam, erlag sie aber dem Krebs, der sie schon seit Jahren malträtiert hatte. Vielleicht war diese Krankheit der Grund, warum sie so feindselig und abweisend geworden war. Gegen Ende grüßte sie uns nicht einmal mehr, wenn wir sie besuchen kamen. Vielleicht war sie immer schon ein bösartiger Mensch gewesen. Ich weiß es nicht. In meiner Erinnerung behielt ich sie als eine verhärmte, störrische Alte, die mich zwang, versalzene Suppen auszulöffeln und stinkende Müllkübel auszuwaschen.
Nach ihrem Abgang war unsere Linzer Familie auf drei Per-

sonen geschrumpft. Nur in Wien lebte noch eine Verwandte, Tante Irmgard, die zwei Jahre jüngere Schwester meiner Mutter, mit ihrem Mann Ludwig – Onkel Ludwig, wenn man so will. Sie fristeten ein kinderloses Dasein, von dem ich so gut wie nichts mitbekam. Erst im Sommer 1985 wurden unsere Leben verschmolzen, gezwungenermaßen. Drei Jahre lang konnte Tante Irmgard sich dann doch noch als Mutter fühlen, als meine Pflegemutter, und ihrem ausgetrockneten Leben einen Sinn einhauchen. Und auch wenn ich sie seither nie mehr wieder gesehen habe, so ist diese blonde, hagere Frau immerhin die einzige Person aus meiner alten Scherbenwelt, mit der ich über sporadische Postkarten noch ein wenig Kontakt halte. Auch aus Chile habe ich ihr vor wenigen Wochen bereits Grüße geschickt. Nichts Genaues freilich. Schließlich soll sie über meinen Standort und Werdegang nicht näher Bescheid wissen. Ich fühle mich meinen Pflegeeltern gegenüber in keiner Weise verpflichtet, denn was ich bei meiner Flucht mitnahm, tat ihnen sicherlich nicht weh. Trotzdem denke ich, dass es Irmgard freut, hin und wieder ein Lebenszeichen von mir zu erhalten und im Glauben gelassen zu werden, dass es mir gut geht, mir, ihrem kleinen armen Julian.

Irgendwann setzte sich die Überzeugung durch, dass das Erdbeben überstanden war. Die Menschen kehrten in ihre Häuser zurück, aber draußen blieb ganz Los Angeles in Alarmbereitschaft. Zwischen immer wieder aufwallendem Sirenengeheul der Einsatzfahrzeuge herrschte eine angespannte Stille. Es war, als ob die Stadt flüsterte, unaufhörlich flüsterte. Als ob zehn Millionen Angelenos sich beraten mussten und darauf bedacht waren, dies möglichst leise zu tun, um nicht die bösen Mächte erneut zu wecken, die sie aus dem Bett gerüttelt hatten.
Die *City of Angels* war eingeschüchtert. Die Skyline von Downtown LA thronte schwarz über dem flachen Häusermeer, das sich endlos um sie herum in alle Richtungen ausbreitete. Normalerweise waren diese Wolkenkratzer glitzernde Kristalle, majestätisch über die bis zum Horizont

reichenden Vorstadtsiedlungen erhoben. Doch jetzt war auch in der Innenstadt der Strom ausgefallen, und die Hochhäuser hatten all ihre Pracht verloren. Wie Schattenskelette standen sie da, schwarze Löcher, finsterer noch als die sie umgebende Nacht. Ihr Anblick bot keinen Ausdruck der Macht, sondern war im Gegenteil ein Mahnmal, ein Zeichen der Zerbrechlichkeit der menschlichen Zivilisation. Um sie herum eine löchrige, dunkle Welt, ein riesiges zerrissenes Straßengitter. Stadtviertel, deren Stromversorgung noch funktionierte, setzten sich von unbeleuchteten, wie aus dem Stadtplan ausradierten Gebieten ab. Vereinzelte Brandherde dazwischen und flüchtige Lichter von Fahrzeugen und Hubschraubern, die über der Stadt kreisten und mit Suchscheinwerfern ihre offenliegenden Gedärme durchleuchteten.

In der Dunkelheit der frühen Morgenstunden hatte ich all dem gedämpften Aufruhr zugehört. Hatte die Vorhänge aufgezogen, war am Fenster gestanden und hatte versucht zu sehen, was vor sich ging. Setzte mich an die Bettkante, die Gitarre griffbereit, den Rucksack gepackt, fertig angezogen, selbst die Schuhe gebunden. Bereit zum Aufbruch. Nicht einmal die Tür meines Zimmers war geschlossen.
Nach einer Weile hatte ich mich zurückgelegt und musste eingeschlafen sein.
Jetzt war es hell geworden, und Eleanor stand im blendenden Tageslicht vor mir.
– *How can you sleep, in the middle of this*?, fragte sie mich.
– Warum nicht?
Ich wollte meine Ruhe haben. Jetzt nicht schon wieder von ihr aus dem Bett gerissen werden (auch wenn ich diesmal wenigstens angezogen war).
– Es gibt nichts Besseres, was ich jetzt tun könnte, sagte ich und zog mir das Kissen über den Kopf.

Erbarmungslos sandte die Sonne ihre Strahlen durch den immerblauen kalifornischen Himmel. Auch an diesem 17. Januar 1994 war es nicht anders. Jeden Tag strahlendes

Wetter. Früher hätte ich mir nicht vorstellen können, mich jemals nach grauen Wolken und Regen zu sehnen. Den sonnendurchfluteten *Golden State* hatte ich mir paradiesisch vorgestellt. Gerade als Straßenmusiker war ich auf konstant gutes Wetter angewiesen gewesen. Die Vorstellung, im immerwährenden Sommer musizieren zu können, war einer der Hauptgründe gewesen, warum ich nach Kalifornien gekommen war. Über New York war der Winter hereingebrochen, und ich hatte die eisige Kälte sattgehabt. Ich war aus der verbrauchten Luft der New Yorker Subway Stations – dem einzigen Ort in der frierenden Stadt, wo ich im Winter spielen konnte – geflüchtet und wollte stattdessen die salzige Luft einatmen, die der Pazifik in die Straßen Santa Monicas weht. Doch nach ein paar Jahren in Hollywood ging mir die Eintönigkeit des ewigen Sonnenscheins zunehmend auf die Nerven – ähnlich wie Eleanors Panik. Fassungslos stand sie vor mir. Ich ignorierte sie beide, diese Frau in meinem Zimmer und die Morgensonne, die ihr ins Gesicht schien.

Zumindest versuchte ich es.

Doch auch ich konnte an diesem Vormittag nicht wirklich schlafen. Eleanor hatte recht. Inmitten all dieses Trubels war es unmöglich, im Bett zu bleiben.

Mittags raffte ich mich endgültig auf. Eleanor saß am Tisch vor einer Tasse lauwarmem Kaffee, den Kopf in die Hände gestützt. Sie starrte durch die zersplitterte Glastür auf den Balkon, als ob es dort etwas zu sehen gäbe außer grauem, schmutzigem Spritzbeton und zwei weißen Klappstühlen aus Plastik. Sie hatte die Wohnung aufgeräumt. Keine Scherben, nichts lag mehr auf dem Boden. Das Durcheinander war nur mehr in ihrem Kopf. Der Fernseher lief und zeigte Bilder unserer zerstörten Stadt. Reporter, die vor eingestürzten Freeways und zusammengebrochenen Einfamilienhäusern aufgeregt ins Mikrofon sprachen.

– Das Epizentrum liegt nördlich von uns, oben im San Fernando Valley, sagte Eleanor. Schau dir das an. Die ganze Autobahn ist auseinandergerissen. Die Autos, sie standen plötzlich in der Luft!

Ich schaltete den Wasserkocher an und machte mir eine Tasse Instant Coffee. Zum Glück hatten wir Strom. Alles schien zu funktionieren. Alles wirkte nahezu normal. Nur dass Eleanor um diese Zeit zu Hause war und ich die Wohnung nicht für mich allein hatte, irritierte mich.
– Ich gehe heute nicht arbeiten, sagte sie. Ich habe Joyce eine Nachricht auf ihrem Anrufbeantworter hinterlassen. Das Telefon geht. Du kannst ruhig telefonieren, wenn du willst.
Joyce hatte ich ein paar Mal in dem Buchladen getroffen, in dem Eleanor arbeitete. Hoffentlich kommt sie uns nicht besuchen, dachte ich. In ihrem Laden verkaufte sie Bücher über Energiefelder, Tarotkarten, Engel oder Ufos. Sie hatte sicherlich eine ausschweifende kosmische Erklärung für dieses Erdbeben parat. Wahrscheinlich wusste sie sogar, wie es nun weiterging.

Abseits der spärlichen Familienbande hatte ich in Linz regelmäßigen Kontakt mit dem Trainer der Bodenriege meines Turnvereins, einem auf Jugendlichkeit bedachten Kerl, der Joe genannt werden wollte, und meinem Gitarrenlehrer am Konservatorium, das ich jeden Donnerstag besuchte. Herr Friedberger hatte sich wohl seinen eigenen Namen zu Herzen genommen und war ein sanftmütiger Christ, der mit seiner Gattin und vier Kindern in einem Einfamilienhaus auf dem Land lebte. Dorthin lud er mich zu Beginn seiner Mission Julian Ogert manchmal ein und wir übten abseits des Konservatoriumunterrichts verschiedene Gitarrenbegleitungen für Jugendmessen. Mit großer Geduld arrangierte er mit mir Stücke wie *Kum Ba Yah* (»Someone's crying, Lord, someone's singing, Lord, someone's praying, Lord«) oder eine deutschsprachige Adaption von Bob Dylans *Blowing In The Wind* (»Die Antwort, mein Freund, weiß ganz allein der Herr, die Antwort weiß ganz allein der Herr«). Seine Kinder betätigten sich an Xylofon, Melodica, Blockflöte und Triangel und sangen mit ihren Stimmlein den Chor. Spätestens ab der Oberstufe wurden mir auch die schulischen Werke, die Bach-Etüden oder mittelalterlichen

Gitarrenstücke, die er mir nahelegte, unerträglich. Ich begann sie zu hassen wie die obligatorischen Vorspielabende am Ende jedes Semesters, an denen ich vor Elternpublikum mit zittrigen Fingern und ebenso leidenschaftslos wie meine Mitschüler das Gelernte vorführte. Irgendwann hatte ich genügend Grundkenntnisse auf dem Griffbrett erworben, dass ich mir den Rest selbst beibringen konnte. Ich brach das Konservatorium ab und schwänzte fortan ebenfalls den Turnverein, so lange, bis auch dieser aus dem Gedächtnis unserer Familie verschwunden war.

Einzig die Schule blieb ein notwendiges Übel, das ich erdulden musste. Glücklicherweise fiel mir das nicht allzu schwer. Manche Sachen, die wir im Gymnasium lernten, machten mir sogar Spaß und einige Fächer empfand ich durchaus als interessanten Zeitvertreib – eine Tatsache, die mir bald den Ruf als Streber einbrachte. Das störte mich nicht weiter, denn ich galt in meiner Klasse ohnehin als schrulliger Kauz, mit dem nicht viel anzufangen war. Ich war ähnlich mager und blass wie heute und redete nicht viel. Nicht einmal mit meinem Spitznamen *Skelett* konnte man mich provozieren. Die meisten meiner Mitschüler waren harmlose, verzogene Muttersöhnchen, deren Freundschaft ich nicht suchte. In meinen Augen waren sie zu Fleisch und Blut gewordenes Mittelmaß, mit dem ich mich nicht abzugeben hatte. Trotzdem entwickelten sich einige Bekanntschaften, so dass ich mich nicht wirklich als Einzelgänger oder gar Außenseiter fühlen musste.
Da war dieses Mädchen namens Iris, das Batik-Kleider und Palästinensertuch trug, Bidis rauchte und ebenfalls Gitarre spielte. Sie zeigte mir, dass ich den E-Dur-Griff ganz simpel auf dem ganzen Griffbrett hin- und herschieben und dabei neue offene Akkorde erzeugen konnte. Eine Technik, die bequemer war als der Kampf mit dem gepressten Zeigefinger der Barré-Griffe. Doch ihr säuerlicher Körpergeruch, der selbst von den indischen Attars, die sie benutzte, nicht überdeckt werden konnte, wurde mir bald unerträglich. Auch wenn sie mir grundsätzlich sympathisch war, vermied ich

weiteren Kontakt mit ihr. Irgendwann war sie nach den Sommerferien nicht mehr in meiner Klasse. Ein Umstand, den ich erst Wochen später überhaupt bemerkte und dem ich nicht weiter nachtrauerte.

Ähnlich erging es mir mit einem anderen Klassenkameraden, der ein paar Semester lang eine Rolle in meinem Schülerleben spielte. Richard war deutlich älter als ich, weil er bereits zwei Klassen wiederholt hatte. Dementsprechend stellte er sich als allwissender Demagoge dar, von dem wir alle etwas lernen konnten. Er inszenierte sich als dunkle, mysthische Gestalt, Freud-Kenner (Sigmund Freuds Konterfei zierte den damaligen 50-Schilling-Schein) und Stones-Fan (*Exile on Main Street* war seine Bibel), immer mit einem Joint in Reichweite (außer wenn man einen wollte). »In media crus femina, fortuna mas accubo« (oder so ähnlich) war sein Lieblingsspruch. Von ihm erfunden und wohl auch frei von ihm ins Lateinische übertragen sollte es »Zwischen den Schenkeln der Frau liegt das Glück des Mannes« bedeuten. Mit derlei Intellektualismen wusste er uns Normalsterbliche durchaus zu beeindrucken, aber seine stärkste Waffe war seine meist sturmfreie Bude voller Videokassetten mit Horrorfilmen wie *Texas Chainsaw Massacre* oder *Die Nacht der lebenden Toten*. Nachdem er mir *Die Gesichter des Todes* angetan hatte, einen Kultfilm, der echte und gestellte Szenen von Morden, Hinrichtungen und Tierschlachtungen aneinanderreihte, und ich im Anschluss daran tagelang weder schlafen noch essen konnte, entschied ich, mich von ihm zu distanzieren. Kurz darauf brach der Kontakt ohnehin ab, weil Richard ein weiteres Schuljahr wiederholen musste und die Schule wechselte. Eines wenigstens ist mir von ihm geblieben: die Begeisterung für Keith Richards' Gitarrenriffs, die ich bald nachzuspielen versuchte.

Neben diesem engeren Bekanntenkreis gab es im Lauf meiner unvollendeten Schulkarriere nur mehr ein Gesicht, das sich mir längerfristig eingeprägt hat: das von Mitessern übersäte, stets unschuldig lächelnde Antlitz eines französischen Austausch-Schülers, der ein Semester in unserer Klasse verbrachte, Gaspard Braillet. Er redete kaum etwas und verstand wenig von dem, was die anderen redeten. Ich fühlte nicht nur Mitleid mit ihm, sondern hatte ihn tatsächlich gern. Durch unsere Kommunikationsschwierigkeiten entgingen wir von vornherein dem Druck, eine tiefgründige Beziehung aufbauen zu müssen. Ganz einfach aus Ermangelung besserer Optionen suchte er meine Gesellschaft. Und aus demselben Grund gab ich mich mit ihm ab. Seine Hilflosigkeit rührte mich, und überdies brachte seine Fremdartigkeit eine gewisse Exotik in meine enge Welt. Es war, als würde durch seinen französischen Einfluss ein wenig Farbe in mein österreichisches Grau dringen. Durch Gaspard erkannte ich zum ersten Mal, wie wichtig es für mich sein würde, so bald wie möglich herauszukommen aus diesem Land, in welchem ich mich mit scheintoten Mitmenschen eingesperrt fühlte. Intuitiv beschloss ich ihm beizustehen – nicht wissend, dass ich einige Jahre später auf ihn zurückgreifen würde und sich so mein philanthropisches Handeln bezahlt machte. Vorerst verschwand auch er nach kurzer Zeit wieder aus meinem Leben, ging zurück nach Frankreich und hinterließ mir seine Adresse. Ließ mich zurück in der Leere meines Alltags, umgeben von Spießern, Langweilern, Ignoranten und einer ansteigenden Zahl von Kajagoogoo- oder Bob-Marley-Fans (der in unserer Schule eine Weile hoch im Kurs stand).

Im Fernsehen warnten sie vor möglichen Nachbeben.
– Wir müssen jetzt zusammenhalten, sagte Eleanor.
Nachdem ich ein paar Toastbrote mit Munster Cheese gegessen und mich kurz geduscht hatte, nahm ich meine Gitarre und verließ die Wohnung. Im Fernseher wurde zum hundertsten Mal dieselbe eingestürzte Autobahnbrücke gezeigt. Ich wollte mir mein eigenes Bild von der Lage machen. Eleanor bat mich, nicht lange wegzubleiben.
– Wir haben genug zu essen hier, sagte sie. Mach dir bitte keine Sorgen darüber.

Die Straßen waren leer. Fast alle Geschäfte geschlossen, auch Lebensmittelläden, Supermärkte oder Tankstellen. In unse-

rem Viertel war von einer Verwüstung nicht viel zu sehen. Einige wenige eingestürzte Mauern und Masten. Nichts brannte. Ich war froh, in einer *Horizontal City* mit niedrigen Häusern zu wohnen. Ich fühlte mich in der jetzt ausgestorbenen Umgebung sicher, selbst falls es zu Nachbeben kommen würde.
Am Santa Monica Boulevard überlegte ich, hinaus zu den Strandpromenaden zu fahren, aber es kam kein Bus. Lange wartete ich an der Haltestelle. Nur wenige Autos fuhren auf der ansonsten stark befahrenen Straße, hin und wieder ein Feuerwehrfahrzeug oder Cops, deren Blicke mich musterten. Doch die öffentlichen Verkehrsmittel – in LA ohnehin miserabel organisiert – waren gänzlich ausgefallen.

Als ich wieder nach Hause kam, war Eleanor am Telefon und sprach mit Joyce. Unruhig schritt sie durchs Zimmer, soweit das Telefonkabel reichte. Ihre piepsige Stimme jetzt noch kraftloser als sonst. Lange mussten die zwei sich schon in ihrer Panik hochgeschaukelt haben. *Oh My God* in jedem zweiten Satz. Nachdem sie den Telefonhörer aufgelegt hatte, dankte Eleanor ihrem Gott, dass ich wieder heil zurück war. Diese Stadt sei nicht mehr sicher, sagte sie.
– So schlimm kommt es mir auch wieder nicht vor.
Sie überhörte meine Antwort.
LA musste für jemanden wie Eleanor beängstigend wirken. Der Smog, der die Sonne jeden Abend in leuchtend braunorangen Schwaden verschwinden ließ, die Kriminalitätsrate, die Erdbebengefahr, die immer wieder sich zuspitzenden Spannungen zwischen den unterschiedlichen Bevölkerungsgruppen, diesen Minderheiten in einer Stadt, in der es nichts anderes gab als Minderheiten. Auch als weiße Amerikanerin gehörte Eleanor in LA einer Minderheit an.
– Wir leben hier auf einer gesprungenen Glasscheibe, sagte sie.
Besonders die Rodney-King-Unruhen, die knapp zwei Jahre zuvor große Teile der Stadt in einen bürgerkriegsähnlichen Zustand gebracht hatten, hatten Eleanors Angst verschärft. Kurz nachdem ich nach meiner langen Überlandfahrt aus

New York – fast ein Jahr hatte es gedauert, wie ich als moderner Hobo diese Strecke bewältigte – in LA eingetroffen war, gingen die Straßenkämpfe los. Eleanor hatte sie wie ich großteils nur im Fernsehen verfolgt, denn von Hollywood war South Central, wo die Rassenunruhen ausbrachen, ähnlich weit entfernt wie von Silver Lake, wo ich zu jener Zeit wohnte. Trotzdem war die aufgeladene Spannung in der ganzen Stadt, ja bald im ganzen Land spürbar und setzte einem nervösen Menschen wie Eleanor zu. Die Medien berichteten von über fünfzig Toten, tausenden Verletzten und Schäden in Milliardenhöhe. Bilder zeigten, wie die Krawalle sich in andere Viertel ausdehnten und drohten, ganz LA ins Chaos zu stürzen. Überall sperrten die Läden zu und bunkerten sich die Stadtbewohner mit Lebensmittelvorräten ein. Bald trauten sich Weiße und Schwarze schon kaum mehr in die Augen zu blicken.
Can we all get along?, flehte King, ein Afroamerikaner, der zuvor von vier weißen Cops wehrlos am Boden liegend brutal verprügelt worden war, was zu den tagelangen Ausschreitungen geführt hatte. Können wir miteinander auskommen? Diese Frage zog wie ein Lauffeuer durch die gesamte amerikanische Gesellschaft. Tatsächlich fühlte es sich eine Weile so an, als müsste sie mit Nein beantwortet werden. Allmählich beruhigte sich die Lage aber wieder. Dennoch, auch nachdem sich die direkte Gewalt gelegt hatte, war der Rassismus in Los Angeles weiterhin zu spüren und die Befürchtung, der latente Hass könnte jederzeit in Gewalt umschlagen, war sicherlich berechtigt.

Eleanor konnte mit den ständigen Gefahren, denen sie sich in LA ausgesetzt sah, auf Dauer nicht leben und wartete nur auf den passenden Moment, den allerletzten Anlass, um die Stadt wie ein sinkendes Schiff verlassen zu dürfen.
Dieser Augenblick war nun gekommen. Das Northridge-Beben bewies, dass diese kranke Stadt eher früher als später vor dem Untergang stand.
– Weißt du, was sie sagen?, fragte mich Eleanor. Dieses Beben hat nichts mit der San-Andreas-Verwerfung zu tun. Es

ist nicht das, auf das wir die ganze Zeit warten. Da ist noch ein anderer Bruch unter uns. Wahrscheinlich noch viele andere Gräben und Platten, die sich übereinanderschieben können. Jederzeit kann es wieder losgehen unter unseren Füßen!

In ihren Worten die pure Verzweiflung. Natürlich war Kalifornien, ist Kalifornien unmittelbar von schweren Erdstößen bedroht. Mitten durch den gesamten Bundesstaat, von Mexiko bis San Francisco, zieht sich die San-Andreas-Verwerfung, an der sich die Pazifische und die Nordamerikanische Platte reiben. Immer wird es Erdbeben geben, nur wann und wo sie auftreten und wie schwer sie ausfallen, ist ungewiss.

– Dieses Land ist ein tektonisches Pulverfass!

Neun schwere Beben haben die Stadt bisher heimgesucht. Neun große. Tausende kleine.

Das letzte starke Beben vor 1994, das San-Fernando-Beben, lag 23 Jahre zurück.

– *Twenty-three!*

Für jemanden wie Eleanor oder Joyce war das Auftreten der magischen Zahl 23 niemals ein Zufall. Mit dem Northridge-Beben hatten wir die allerletzte Warnung überstanden. Wer jetzt noch hierblieb, war selbst schuld. Das nächste Beben – wann immer es komme, noch am selben Tag oder erst in 23 Jahren – würde alles zerstören.

– Ich werde dann nicht mehr hier sein, sagte Eleanor. Ich muss raus hier. Besser heute als morgen. Es ist wahnsinnig, hier zu leben!

Sie war nicht allein mit dieser Meinung. Tausende Angelenos machten sich daran, ihre Stadt zu verlassen. Wir sahen die Fernsehbilder von Autoschlangen, die sich an Ausfahrtsstraßen bildeten. Los Angeles war die Mutter aller Staus. Jeden Tag kam der Verkehr auf den vielspurigen Stadtautobahnen zum Erliegen. Jetzt waren viele Freeways gesperrt oder unpassierbar, und die vollbepackten Autos der Fliehenden stauten sich auf allen befahrbaren Routen aus der Stadt. Weiße Amerikaner, *Caucasians*, die es sich leisten konnten, verließen fluchtartig ihre Engelsstadt und überließen das angeschlagene Häusermeer den ärmeren Gesellschaftsschichten, den *Hispanics* und anderen Einwanderern. Eleanor war entschlossen, sich den Flüchtenden so schnell wie möglich anzuschließen. Sie war eine von ihnen. Sie hatte eine Alternative. Oben in Portland konnte sie im Haus ihrer Familie unterkommen. Dort sei man in Sicherheit, sagte sie. Nur ein paar Dinge müsse sie noch organisieren.

Am nächsten Morgen saß Eleanor bereits mit Joyce am Frühstückstisch, als ich aufstand. In voller Pracht breitete Joyce ihren Körper aus. Die teigige weiße Haut, in Jeans geschnürt, quoll aus ihrer Bluse, versiegelt mit einem roten Seidenschal. Ihr Geruch erinnerte mich an Iris. Meine ehemalige Mitschülerin würde jetzt wohl aussehen wie sie, hätte auch sie sich seit ihrer Kindheit mit Fast Food ernährt, für das es in Europa noch nicht mal eine Lizenz gab.

– *Are you coming, too?*, fragte sie mich.

Ich konnte und wollte nicht antworten. Auf keinen Fall wollte ich mitkommen, wohin auch immer.

In der Nacht waren erste Plündererbanden durch die Stadt gezogen. Los Angeles als *Gang Capitol Of The Nation* war erwacht. Nun war die Stadt daran – auch wenn kein weiteres Nachbeben sie bislang erschüttert hatte –, ins Chaos abzurutschen. Nun trugen die Stadtbewohner das Ihre zur Katastrophe bei.

Im Fernsehen Bilder, die an die Rodney-King-Riots von 1992 erinnerten: dicke Klebebänder, die über Auslagen gezogen waren, oder völlig mit Spanplatten verbarrikadierte Geschäfte, deren Eigentümer sie vor Übergriffen schützen wollten. Militärtrupps patrouillierten durch bestimmte Stadtviertel. Dazwischen aufgeregte Menschen, die ihr Hab und Gut auf Pick-up-Trucks verschnürten. Von Hamsterkäufen in den wenigen geöffneten Supermärkten war die Rede, von Lebensmittel-Engpässen und mangelndem Benzin. Und immer wieder Bilder von halb eingefallenen Gebäuden, aufgebrochenen Straßen und umgestürzten Masten. Was die Fernsehsender zeigten, wirkte bedrohlich. Doch unsere direkte Umgebung, die Straßen Hollywoods, war ruhig. Kein

Anzeichen irgendeines Tumults, hätte man den Fernseher nicht angestellt.
Und säße man nicht an einem Tisch mit Joyce und Eleanor.
Die beiden waren sich absolut sicher: Hier war alles dem Untergang geweiht. LA versank. Ihre düsteren Vorahnungen hatten sich bestätigt. Ich glaube, die beiden genossen es, dass nun endlich Klarheit eingekehrt war. Noch heute würden sie gemeinsam Richtung Portland fahren. Heute, noch bevor die Sonne unterging und die Stadt in der Dunkelheit ertrank.

Nach kurzen Ausflügen mündete meine Kindheit in Linz immer wieder in einem zurückgezogenen Dasein, das meinen jetzigen Wochen in der Atacamawüste durchaus ähnelte. Einsam und monoton war es dort wie hier, nur befinde ich mich heute freiwillig in der Stille, während ich ihr damals nicht entkommen konnte, weil ich nichts anderes kannte als die leidenschaftslose Existenz, in die ich hineingesetzt war. Heute in Chile ist mein Warten ein Verschnaufen, ein Ankommen, auch wenn ich noch nicht weiß wo. Ich sitze in der Wüste in meinem Wohncontainer. Draußen schiebt sich der Ostwind über die Abhänge des Cerro Paranal in Richtung Pazifik. Ich betrachte die Staubfahnen durch mein Fenster, schreibe ein paar Seiten, und wenn ich meine täglichen Arbeiten erledigt habe, zupfe ich auf meiner Gitarre, wie ich das immer schon getan habe, beinahe seit ich denken kann.

Auch früher saß ich in meinem Kinderzimmer, zupfte auf der Gitarre und starrte durch die bleichen Gardinen meiner selten geöffneten Fenster auf die gegenüberliegenden Wohnungen, die hinter ähnlich selten geöffneten Fenstern und ebenso bleichen Gardinen verborgen blieben. Hin und wieder sah ich einen Schatten hinter den Fensterscheiben vorbeiziehen. Meistens war alles leblos.
Niemand störte mich bei meinen Hausaufgaben. Niemand störte meine Mutter bei ihrem Erholungsschlaf auf dem Ka-

napee. Wenn ich aufs Klo schlich, knarrte der Parkettboden unter meinen Hausschuhen. Oft war dieses Geräusch das einzige Anzeichen von Bewegung in unserer Wohnung, unserem abgekapselten Dasein.
In Linz beginnt's, lautete das Fremdenverkehrsmotto meiner Heimatstadt. Für mich war Linz der Fehlstart in ein Leben, das ab der Geburt ein Warten auf den Tod hätte sein sollen. Doch es kam anders. Zumindest bis in den Korridor bin ich ihm entkommen. Habe Taktiken entwickelt, dem zu entgehen, was mir vorbestimmt war. Habe begonnen, an mein selbstbestimmtes Leben zu glauben.
Ich weiß nicht, ob mein Vater jemals so dachte. Ob er an die Chance auf sein freies Leben geglaubt hatte, versucht hatte, sich seinem Schicksal zu entziehen. Vielleicht hatte er in meinem Alter ähnliche Hoffnungen gehegt wie ich und gab erst später auf. Ich weiß es nicht und behaupte, es ist besser, möglichst wenig darüber zu wissen. Ich habe meinen Vater nie richtig kennengelernt, aber ich weigere mich, so zu sein, wie er war, so zu leben wie er, gleich zu reagieren, gleich zu handeln wie er. Ich will nicht enden wie er, mit einer Schlinge um den Hals, eine tote Frau neben mir. Die Last an mein Kind weiterreichen. Julian Ogert weigert sich, seinen Vätern zu folgen.
Immerhin habe ich es schon bis hierher geschafft, auf diesen abgetragenen Berggipfel, der über der Nebelwüste thront, durch die sich die Panamericana zieht.
Die Berge und Hügel der Atacama sind in rotbraune Schattenlichter getaucht. Zwölf Kilometer westlich von mir will sich der größte Ozean unseres Planeten unablässig in die Wüste hineindrängen. Doch immerzu bleibt er unter einer dichten Wolkendecke an den Berghängen versteckt. Sein Wasser kann das Hochplateau, auf dem ich gelandet bin, diesen trockensten Fleck der Erde, nicht erreichen.
Ich bin 27 Jahre alt, das Leben liegt vor mir. Die Gespenster der Vergangenheit lassen mich ziehen.

Ob ich nicht mitkommen wolle, fragte Eleanor.
Kein einladender Ton war aus ihrer Frage herauszuhören.

Eher ein Pflichtbewusstsein, ein schlechtes Gewissen. Eine verneinende Antwort war dieser Frage vorausgesetzt.
Natürlich war es praktischer für Eleanor, wenn ich die Stellung hielt. Mich um die Dinge kümmerte, die getan werden mussten. Im Notfall ihre Wohnung verteidigte. Ich hatte ohnehin keinen Platz in ihrem Buick, den sie bis zum Dach mit jenen Dingen beladen würde, die sie nicht in der sterbenden Stadt zurücklassen wollte. Eleanors Frage war keine ernstgemeinte, und ich zog vor, sie vorerst nicht zu beantworten. Die Gewissensbisse, die diese Frau plagen würden, jetzt, da sie im Begriff war, ihren Untermieter im Stich zu lassen, würden mir Vorteile verschaffen.
Aber wir sind doch beide Europäer, suggerierte der Blick, den ich ihr zuwarf. Ein leichtes Entsetzen in meinen Augen. Vergiss deine Wurzeln nicht, Eleanor. Mich, deinen Blutsbruder, kannst du jetzt nicht auf die Straße setzen.
– Ich werde bestimmt nicht lange weg sein, sagte sie. Es hängt davon ab, wie sich die Dinge entwickeln, die Dinge hier und in Portland.
Ich betrachtete die Bilder der Zerstörung, die der Sender ABC fortlaufend sendete. Ließ sie wirken auf Eleanor und mich. Nach einer Weile meinte Eleanor, dass ich natürlich in der Wohnung bleiben könne, so lange ich wolle, vorerst.
Wieder zermürbende Stille zwischen uns. Und die Verwüstungen, die ABC zeigte.
Das mit der Miete würden wir später regeln, sagte Eleanor.
Meine Augen nach wie vor verängstigt.
Ob das okay für mich sei, wollte Eleanor wissen.
Ich zeigte meine Begeisterung nicht. Gab vor zu überlegen. Doch ich wusste längst, dass es nichts zu überlegen gab.
– Ja, ich denke, das geht in Ordnung, sagte ich.
Zaghaft, zweifelnd noch. Nur um sicherzugehen.
Eigentlich dachte ich: Okay? Was für eine Frage! Natürlich war das okay. Mehr als das. Dieses Beben war das Beste, was mir hatte passieren können.

Was für ein Glück, dass mir Eleanor im Jahr zuvor über den Weg gelaufen war. Ich hatte in der Abenddämmerung am Ocean Front meine Songs gespielt. Eleanor war die Promenade entlangflaniert. War stehen geblieben und hatte zugehört. Zwei, drei Stücke lang. Hatte geklatscht.
– *Beautiful*, sagte sie, und wir kamen ins Gespräch.
Ihr Faible für das alte Europa war unverkennbar. Es sollte mein Vorteil werden.
Am nächsten Tag kam sie wieder.
Ihre Vorfahren stammen aus England, sagte sie. Eigentlich sei sie Engländerin, Europäer wie ich.
Schnell wurden wir miteinander vertraut. Fast wartete ich schon darauf, sie zu sehen, als ich die folgenden Tage an meinem Platz spielte. Sie kam. Bald konnte ich mich darauf verlassen. Eine freundliche Spießerin. Praktisch, so jemanden zu kennen.
Eines Tages hatte sie kein Kleingeld, um es in meine Gitarrentasche zu werfen, die wie immer offen vor mir auf dem Asphalt lag. Dafür erzählte sie mir, dass ihr Untermieter kürzlich bei ihr ausgezogen war.
– Ein Holländer, sagte sie. Netter Typ. Ein Künstler, so wie du, eigentlich.
Ich hatte ihr von dem heruntergekommenen Sublet am Silver Lake Boulevard erzählt, in dem ich hauste. Es war schäbig und überteuert. Vor allem lebte ich dort allein und abgeschieden, was mir erschwerte, mich als Teil der amerikanischen Gesellschaft zu fühlen. Wenn ich die Tür hinter mir schloss, sperrte ich mich aus Kalifornien aus. Jahrzehntelang hätte ich dort wohnen können und wäre nicht angekommen in diesem Land.
– Also, falls du mal ein Zimmer suchst …
Eleanor war vorsichtig. Das war mir von Beginn an schon aufgefallen.
Dear Prudence.
Früher musste sie gut ausgesehen haben.
Dear Prudence, won't you come out to play, sang ich für sie.
Noch immer war sie eine ansehnliche Frau. Aber eben nicht mehr als das.

Dear Prudence, greet the brand new day, sang ich.
– Das Zimmer wäre frei. Es ist nicht die beste Gegend …
Sie schien Gutes zu tun, wenn sie mir das Zimmer anbot. Ich war der junge Europäer, den sie von der Straße holte. Ein weiteres Stück Good Old Europe, das sie sich ins Haus holte.
– Yucca Street, weißt du …
Yucca Street sagte mir damals nichts. Doch auch wenn, es hätte mich sicherlich nicht abgehalten.
The sun is up, the sky is blue.
– Man gewöhnt sich dran, sagte Eleanor.
Das Zimmer war günstig.
It's beautiful and so are you.
Schon damals musste ich nicht lange überlegen. Schon damals gab ich aber vor, es zu tun.
Dear Prudence, won't you come out to play.
Am Ende des Tages war das Zimmer noch günstiger. Eine Woche später zog ich bei Eleanor ein. In Silver Lake bin ich seither nie mehr gewesen.

Nun zog Eleanor bei sich aus.
Zog bei mir aus.
Ihre Wohnung wurde die meine. Ich musste ihr nicht einmal mehr Miete zahlen. Ich sollte auf die Wohnung aufpassen, und wenn sich der Aufruhr beruhigt hatte und sie entscheiden konnte, wie es weiterging, würde sie mir Bescheid geben.
Das Northridge-Beben hatte mir eine freie Unterkunft verschafft. Ein freies Leben in einer Stadt, deren Infrastruktur zerbröckelt war.
Während Joyce und Eleanor in den Strom der flüchtenden Weißen eintauchten, die aus Angst vor Nachbeben oder Unruhen die Stadt verließen, setzte ich mich auf das Sofa und öffnete den Drehverschluss einer Flasche Heineken.
It's the best fucking beer in the world, hatte ich Jack Nicholson einmal auf der Leinwand sagen hören.
Den Fernseher mit seinen immer gleichen, sich im Kreis drehenden Bildern aus dem Katastrophengebiet hatte ich ab-

gedreht. Auch aus den Nachbarwohnungen waren keine TV-Geräusche mehr zu hören. Normalerweise drang Fernsehlärm von allen Seiten Tag und Nacht durch die dünnen Wände zu uns durch. Nun aber herrschte nur noch die ungewohnte Stille einer sich entleerenden Stadt.
The best fucking beer in the world, dachte ich und zelebrierte einen langen tiefen Schluck.

3

Ein großer böser Weißer Hai steht neben mir. Eigentlich ist er nicht groß und auch nicht weiß. Aus braunem Plastilin habe ich ihn gebastelt. Er ist nicht sonderlich gelungen, aber mir gefällt er. Das ist das Einzige, was zählt, denn außer mir sieht ihn niemand. Meinen Eltern fällt er nicht auf.
Ich sehe ihn jetzt so deutlich, als würde er neben mir in meinem chilenischen Wohncontainer stehen. Mein Container das alte Kinderzimmer. Ich hatte es für immer verlassen wollen, aber nun bin ich wieder mitten drin.
Die ganze Stellage rechts neben der Tür ist gefüllt mit Knetfiguren, die ich angefertigt habe. Weder Mutter noch Vater haben sie jemals kommentiert. Großteils sind es Monster, Aliens und Figuren aus Kinofilmen, die ich bei Christian im Cine Royal sehe. Bestien wie der Hai aus Steven Spielbergs Film eben. Oder Musiker. Gitarristen hauptsächlich. Auch Sänger, die aussehen wie Mick Jagger oder Robert Plant. Bands, auf die mich Christian gebracht hat. Ohne ihn würde ich das alles nicht kennen. Gut, die Rolling Stones schon, aber sicherlich nicht Pink Floyds *Nile Song* oder *Red* von King Crimson. Er kennt sich da wirklich aus. Auch James Hetfield von dieser neuen Band Metallica habe ich schon versucht, in Plastilin zu kneten. Aber der ist misslungen. Wenn man nicht weiß, wer es sein soll, kann man ihn nicht erkennen, glaube ich. Sonst hätte ich ihn Christian geschenkt. Schau,

für dich, erkennst du ihn?, würde ich sagen. Aber dazu muss mein Plastilin-Hetfield noch besser werden.

Christians Kino ist echt die beste Wahl gewesen.
Ein Jahr zuvor habe ich unbedingt *The Wall* sehen wollen. Unbedingt. Koste es, was es wollte. Der Film aber ab 16. Freiwillige Selbstkontrolle, so ein Quatsch. Nichts freiwillig daran. Nie hätten die mich durchgelassen. Da war ich ja noch 14 und sah aus wie elf. In einem größeren Kino hätte ich auch jetzt mit 15 keine Chance, an der Kontrolle vorbeizukommen.
Das Cine Royal ist ein kleines, heruntergekommenes Kino in der Innenstadt. Ganz nah bei unserer Wohnung, aber eben auch nicht zu nah. Ideal ist es.
Keinesfalls wollte ich ja, dass meine Eltern sehen, wie ich in schwarzer Lederjacke, mit der ich hoffte, älter zu wirken, durch die gläserne Eingangstür schleiche, über der in gewellter Schrift das Wort *Lichtspieltheater* zu lesen ist.
Dort habe ich voriges Jahr mein Glück probiert.
– Einmal bitte, habe ich möglichst unauffällig gemurmelt. Dem Kartenverkäufer ins Gesicht zu schauen, vermied ich natürlich.
Ich schob ihm einen Hundert-Schilling-Schein zu.
Christian fragte mich, welche Sitzreihe ich wünschte.
– Egal, hinten Mitte.
Das klang nicht überzeugend. Christian erkannte, dass ich zu jung war. Er lächelte mich an.
– Weißt schon, dass der ab 16 ist, sagte er leise.
Er nahm den Hunderter und gab mir mein Wechselgeld und die Platzkarte.
Ich bin seinem Blick ausgewichen und schnell im dunklen, kühlen Kinosaal verschwunden. Ich habe es nicht gewagt, danke zu sagen. Gedacht aber habe ich es.

Wieder und wieder lässt Christian mich in Filme, die ich nirgends sonst sehen könnte. Er lässt sie mich sogar mehrfach hintereinander sehen. Allein den Weißen Hai habe ich mir im Cine Royal sicherlich fünfmal angeschaut. Deshalb kann

ich den Hai ja mit dem Plastilin so gut nachbauen. Mit seiner spitzen Flosse und der spitzen Schnauze und den vielen Zähnen. Der Körper hat irgendwie noch nicht die richtige Form. Ein bisschen zu dick, fast träge sieht er aus. Nicht wie ein Jäger. Aber der Kopf mit seinen kleinen, bösen Knopfaugen ist mir gut gelungen.
Nach den Vorstellungen bleibe ich auf meinem Holzsessel in den hinteren Reihen sitzen und warte, bis Christian im Vorführraum hinter mir die Filmrolle zurückgespult hat. Ich sehe ihm dabei zu, wie er das macht. Von mir aus könnte es ruhig länger dauern, bis er den Projektor für die nächste Vorstellung bereit gemacht hat. Es sieht unglaublich kompliziert aus, dieses riesige Abspielgerät zu bedienen. Aber Christian erledigt es ganz cool, wie wenn es die normalste Sache der Welt wäre.
Unter der Woche leitet er das Cine Royal als Ein-Mann-Betrieb. Er hat lange, dünne, farblose Haare und immerzu dieses wissende Lächeln auf den Lippen. Er lächelt, weil er so viel kennt und so viel weiß. Nicht nur über Filmregisseure, Schauspieler und Filmtechniken. Auch über Musik eben. Er kann Textzeilen von Bands zitieren, von denen Richard nicht einmal den Namen kennt. Kein Wunder. Er ist ja auch erwachsen. Er studiert Philosophie und hält sich mit dem Kino-Job über Wasser. Ich beneide ihn um dieses Leben. Ich kann mir gut vorstellen, so zu werden wie er, wenn ich größer bin.

Manchmal besuche ich ihn während der Vorführungen in seinem Technik-Raum, wo er mich an seinem Joint ziehen lässt und wir uns über verschiedene Filme unterhalten. Ich erzähle ihm von den *Gesichtern des Todes,* und er schwärmt mir detailgetreu von *Space Odyssey* vor. Wenn ich danach bekifft wieder in den Kinosaal schleiche, meine ich, einen ganz anderen Film zu sehen. Ein bisschen, wie wenn ich ihn jetzt durch Christians Augen sehen könnte und besser verstehe. Verstehe, wie er gemeint ist. Ihn ein bisschen so verstehe wie Christian.
Manchmal schlafe ich aber auch einfach ein. Schlafe und

träume verrücktes Zeug auf meinem Holzsessel im Cine Royal. Auch das genieße ich.
Von Christian habe ich vor ein paar Monaten auch das *Beatles Complete*-Gitarrenbuch bekommen. Geliehen hat er es mir. Aber ich muss mich nicht beeilen mit dem Zurückgeben, hat er gesagt.
Am besten liegen mir die Lieder von George Harrison, glaube ich. Christian hat recht, wenn er sagt, dass George der beste Beatle war. Besonders *Taxman* kann ich gar nicht aufhören zu spielen. Die ganze Welt redet von John und Paul, aber jemand wie Christian erkennt, dass die Beatles ohne George nichts, rein gar nichts gewesen wären.
– *Savoy Truffle*, zum Beispiel, sagt er. Hör dir das an, dann weißt du, wovon ich rede.
Auch mehrere Led-Zeppelin-Alben und die drei Platten von Nick Drake hat er mir auf Kassette überspielt. Drakes erste ist im selben Jahr herausgekommen, in dem ich auf die Welt kam. Vielleicht gefällt sie mir deshalb so gut.
– Nick Drake hatte Depressionen, konnte nachts nicht schlafen und starb mit 26 an einer Überdosis Tabletten, erzählt mir Christian. Das könne man in seiner Musik hören, diese Tiefe und Nähe zum Tod, sagt er. Alle drei Platten haben sich schlecht verkauft. Erst nach seinem Tod wurde Drake bekannt. Das sei das Schicksal vieler Genies, sagt Christian.
Seine Lieblingsband sind die Doors. Er weiß sogar, dass Jim Morrison von einem Groupie einen Blowjob bekam, während er *The End* einsang.
– Deswegen schreit der gegen Ende des Liedes so, weil das sein Orgasmus ist, sagt Christian.
Das alles ist Musik, wie sie heute niemand mehr machen kann. Da hat Christian recht. Das ist sicher.
Ich habe vor ein paar Wochen eine ganze 90er Chromkassette nur mit dem einen Lied *Stairway To Heaven* bespielt. Fünf Mal passt es auf jede Seite. Dann muss ich die Kassette umdrehen und kann es wieder fünf Mal hintereinander hören. Ich weiß nicht, wie oft ich diese Kassette jetzt schon durchgehört habe. Es wird mir nicht langweilig. Wie

auch. Da ist alles drin, was Rock zu bieten hat, alles, sagt Christian.
Von den neuen Bands findet er nur eine richtig gut, Metallica. *Kill Em All* heißt ihr Album. Allmählich kann ich verstehen, was er daran findet. An Hetfields Riff von *Seek & Destroy* versuche ich mich sogar auf meinen eigenen sechs Saiten. Und das Gitarren-Intro von *Stairway To Heaven* macht mir sowieso deutlich mehr Spaß als die *Etudes Simples* von Leo Brouwer, mit denen ich am Konservatorium gequält werde.
There is no escape, that's for sure, singe ich stattdessen.
Say goodbye to the world you live in – Searching, seek and destroy!

Dieses Riff könnte ich heute noch immer spielen. Ich müsste nur meine Gitarre in die Hand nehmen, die neben mir im Eck des Containers lehnt. Doch ich habe keine Lust dazu. Das mit den Metal-Riffs hat irgendwann aufgehört.
Auch meine Beziehung zu Christian hielt nicht wirklich lange. Irgendwann musste ich mir das eingestehen. Auch wenn ich so lange wie möglich daran festhalten wollte.
In Christian hatte ich so etwas wie meinen großen Bruder gesehen.
Monatelang ging das so dahin. Bis über meinen 15. Geburtstag hinaus.
Eigentlich war Christian der Einzige, mit dem ich mich damals wirklich unterhielt. Der Einzige, dem ich wirklich zuhörte. Manchmal wollte ich fast mitschreiben, was er mir erzählte, notieren, was er empfahl. Er hatte Geschmack und Ahnung. Für mich war er der Einzige, der Geschmack und Ahnung hatte. Bald ging es mir weniger um die Filme, die ich mir in seinem Kino uneingeschränkt ansehen konnte, als um die anderen Sachen, die er mir zeigte. Eine Weile musste er es genossen haben, von einem 14-Jährigen bewundert zu werden und einen Lebensstil vorzugeben, der cooler und aufregender wirkte, als er es tatsächlich war.
Heute bin ich mir darüber im Klaren, dass Christian in sei-

nem Philosophiestudium ähnlich gescheitert war, wie ich mit meiner Konzertgitarre. Sein Leben verblasste, bevor es wirklich begonnen hatte, in der Dunstwolke seiner Joints. Auch Christian wartete seine Zeit in Linz nur ab. Wahrscheinlich sitzt er heute immer noch im Cine Royal. Betäubt vom schweren Haschisch sieht er dabei zu, wie die Jahre an ihm vorbeiziehen und seine Träumereien im Begriff sind, sich bis an sein Lebensende auszudehnen.

Irgendwie passte ich ihm dabei als Dauergast nicht ins Programm.

Vielleicht war irgendetwas an mir, das ihm ein schlechtes Gewissen einbrachte. Vielleicht hatte er Angst davor, wegen mir Probleme mit seinem Chef, mit meinen Eltern oder mit der Polizei zu bekommen. Vielleicht wurde ich ihm auch einfach langweilig, und er suchte einen Neuen, auf den er einwirken konnte.

Jedenfalls war er irgendwann darum bemüht, unseren Kontakt zu reduzieren. Eine Weile tat ich so, als würde ich das nicht bemerken. Als könnte es immer weitergehen wie bisher, könnte ich weiter in seiner Vorführkammer sitzen, seinen Geschichten zuhören und mit ihm kiffen.

Doch eines Tages legte mir Christian nahe, dass ich nicht mehr so oft kommen oder ihn im Vorführraum besuchen sollte. Das würde ihn in Schwierigkeiten bringen, meinte er. Es klang ähnlich mysteriös wie alles, was er von sich gab. Ohne Begründung hatte ich seine Entscheidung zu akzeptieren.

Also fand ich mich damit ab. Letztendlich war ich sogar ein wenig erleichtert darüber, denn es fiel mir zusehens schwerer, meinen Umgang mit Christian zu Hause zu verbergen. Für gewöhnlich war meine Mutter zu sehr mit sich selbst beschäftigt, mit ihren Gedanken und Leiden, die sie fortweg plagten, um sich um mich kümmern zu können. Selbst sie aber begann immer öfter nachzufragen, wo ich meine Nachmittage verbrachte. Und auf Dauer, befürchtete ich, würde sie sich nicht mit meinen knappen Antworten begnügen.

Also ging ich immer seltener ins Cine Royal.

Christian und ich grüßten uns, aber wir unterhielten uns nicht mehr. Irgendetwas an ihm war hässlich geworden.
Der letzte Film, den ich bei ihm sah, war John Carpenters *Nebel des Grauens*. Zwei Vorführungen hintereinander blieb ich im Kinosaal sitzen. Dann stand ich auf und ging. Im Foyer traf ich auf Christian.
– Der ist scheiße, der Film, sagte ich. Schwach, doof, langweilig.
Christian war verwundert. Noch nie hatte er mich so eigenwillig urteilen hören. Nun war er es, der gekränkt war.
– Du bist noch zu jung für so was, sagte er.
Da sah ich sie, diese Hässlichkeit. Das Lächeln in seinem Gesicht noch ein wenig spitzer als sonst.
– In deinem Alter solltest du andere Dinge tun, Julian.
Ich trat durch die Glastür ins Freie und setzte meine Kopfhörer auf.
– Fußballspielen, Turnverein, so Zeugs.
Wieso drängt sich Hässlichkeit immer wieder in das Leben hinein?
Searching, seek and destroy!, dröhnte aus meinem Walkman.

Meine Eltern erfuhren nie etwas von ihm. Sie gingen am 28. Juni 1985 aus der Welt, ohne etwas von den horizonterweiternden Nachmittagen gewusst zu haben, die ich in Christians Kino verbracht hatte.
Wie viel sie nicht gewusst haben von mir!
Ob sie es einfach nicht wissen wollten, oder ob sie dermaßen beschäftigt waren mit ihrem eigenen todgeweihten Leben, habe ich mich immer wieder gefragt. Ich weiß nicht, was in ihren Köpfen vorging. Ich muss zugeben, dass ihre Wünsche und Sorgen mich nie sonderlich interessierten. Aber war das Schuld genug, dass ich mir eine solche Strafe verdient hatte? Haben sie es mir absichtlich angetan? Warum haben sie es mir angetan? Oder hatte es letztendlich gar nichts mit mir zu tun? War ich nur zufällig dort in ihrem Leben, zur falschen Zeit am falschen Ort, stand im Weg und wurde ignoriert?
Dass sie sich nie wirklich um mich gekümmert haben, ist

mir erst im Nachhinein klar geworden. All die Jahre meiner Kindheit empfand ich es als normal, in einer Familie nebeneinander zu leben, ohne aufeinander einzugehen. Jeder von uns hatte seine eigenen Interessen, ging seinen eigenen Weg. Es erschien mir logisch. Wahrscheinlich wäre mein Leben noch jahrelang so dahingeplätschert, unhinterfragt, logisch.

Doch all die Logik zerbröckelte, als ich am 28. Juni 1985 von der Schule nach Hause kam. Mein fünftes Jahr am Gymnasium war beinahe um. Nur eine Woche noch bis zu den Sommerferien. In der Schule gab es kaum mehr etwas zu tun, nur blicken lassen musste man sich noch regelmäßig, sechs Vormittage die Woche. Es war ein wunderschöner, frühsommerlicher Freitag. Ich stieg in der Landstraße aus der Straßenbahn. Der gleiche Schritt wie jedesmal. Meine Schultasche war leicht. Ich bog in die Bischofstraße ein. Hielt mich links am Gehsteig wie jedesmal. Mir war heiß. Ich war zu warm angezogen. Unsere Wohnung lag im zweiten Stock. Die Glocke des Linzer Doms läutete ein Mal. 13 Uhr. Ich hatte Hunger. Die Schuhe zog ich vor der Haustür im Treppenhaus aus. Ganz rechts in der Schuhwanne war der Platz für mein Paar.
Meine Mutter erlaubte keine Straßenschuhe in der Wohnung. Manchmal, wenn ich wusste, dass niemand zu Hause war, ging ich trotzdem mit den Schuhen hinein. Es war mir eine besondere, weil verbotene Freude. Doch jetzt zog ich meine Schuhe aus. Ich wusste ja, dass meine Mutter daheim sein würde. Ihre Straßenschuhe standen links in der Wanne. Das Paar meines Vaters daneben.
Mein Wohnungsschlüssel in der Jackentasche.
Die schwerfällige Holztür. Ich sperrte sie auf. Der Bolzen hallte im Treppenhaus.
Leise schloss ich die Tür hinter mir.
Alles still in der Wohnung. Nichts, das mich überrascht hätte.
Ich legte meine Schultasche ab. Der Parkettboden knarrte. Knarrte, wie er immer knarrte.

Kein Geruch von Essen in der Luft.
Dann öffnete ich die doppelflügelige Wohnzimmertür und sah sie vor mir hängen.
Links, näher zur Raummitte, mein Vater.
Die Mutter schräg rechts dahinter.
Die Stühle, auf denen ich erwartet hatte, sie am Mittagstisch sitzen zu sehen, lagen unter ihnen auf dem Boden, umgestoßen.
Der Esstisch leer. Nur ein Blatt Papier darauf, das mir zuerst gar nicht auffiel.

Freitag war der einzige Wochentag, an dem mein Vater zum Mittagessen heimkam. Diesmal musste er schon früher gekommen sein. Meine Eltern hatten stabile Haken fest in der Decke verankert, an denen sie die Stricke befestigt hatten. Ihr Tod soll zwischen 10 und 11 Uhr vormittags eingetreten sein.
Alles war gut vorbereitet. Um sich erfolgreich zu erhängen, muss man genau wissen, was man tut. Mein Vater hatte nichts dem Zufall überlassen. Die Stärke des Hakens und Stricks, die Fallhöhe in Proportion zum Körpergewicht, alles genau berechnet. Er wollte nichts riskieren. Unter der Schlinge trug er sogar ein Halstuch, um die äußeren Schmerzen auf der Haut abhalten und ohne Ablenkung hinüber in den Tod gleiten zu können. Ansonsten trug er den Anzug, den er immer zur Arbeit getragen und mit dem er auch an diesem Morgen die Wohnung knapp vor mir verlassen hatte.
Ich nehme an, dass er meiner Mutter half. Erst sie an den Strick hängte und dann sich selbst. Jahrzehntelang hatte er diese Tat geplant. Dessen bin ich mir mittlerweile sicher. Jahrzehntelang muss sein Leben auf diesen Augenblick abgezielt haben, ohne dass ich irgendeine Ahnung davon gehabt hatte.
Wann meine Mutter sich dafür entschieden hatte, mit ihm zu gehen, kann ich nicht einschätzen. Ebenso wenig, warum es ausgerechnet dieser Tag, dieser Ort sein musste. Warum ich es sein musste, der sie fand.

Ich habe einmal über den rumänischen Gerichtsmediziner Nicolas Minovici gelesen, der sich für eine forensische Studie Anfang des Jahrhunderts ein Dutzend Mal selbst erhängt hat. Akribisch untersuchten er und seine Mitarbeiter die Art und Weise, wie und wann der Erhängte das Bewusstsein verlor, welche Verletzungen auftraten und wie groß die Schmerzen waren, bevor der Tod einsetzen würde. Minovici hielt es nie länger als wenige Sekunden am Strick aus, bevor seine Assistenten ihm das Leben retten mussten. Am Ende seiner Studie warnte er vor den großen Schmerzen, denen sich ein Selbstmörder bei dieser Art des Freitods aussetzt.
In unserem Wohnzimmer hingegen muss alles ziemlich friedlich, wohlgeordnet vor sich gegangen sein. Keinerlei Anzeichen von Gewalt oder Chaos oder Panik waren im Raum ersichtlich. Alles sauber und ordentlich.
Meine toten Eltern hingen da seelenruhig von der Decke. Unter ihnen zwei umgeworfene Stühle, die einzige Unordnung. Hätte mein Vater den Stuhl unter den Füßen meiner Mutter weggezogen, hätte er ihn ebenso gut ordentlich an die Wand schieben können, bevor er sich selbst seinem Schicksal ergab. Doch das hat er nicht getan. Sie haben sich auch nicht gegenseitig die Stühle weggestoßen. Die wären dann anders gefallen. Es wäre dann Mord gewesen. Aber das war es nicht. Es war sauber ausgeführter doppelter Selbstmord. Das Ende einer Ausweglosigkeit. Ein Vermächtnis an mich.
Es heißt, dass fast alle Gesichter von Erhängten einen zufriedenen, gelösten Ausdruck tragen. Ich weiß nicht, ob das stimmt oder irgendetwas zu sagen hat. Die Gesichter meiner Eltern sah ich zum Glück nicht. Ihre Körper hatten sich zur Seite gedreht. Der Vater war zur Straßenseite gerichtet, die Mutter Richtung Wand. Als ob er noch sehen wollte, wie das Wetter ist, und sie sich um die Küche kümmern. Wären die Gardinen nicht zugezogen gewesen, hätten die Nachbarn vom gegenüberliegenden Haus sie da hängen sehen können.

Ich weiß nicht, wie lange ich in der Wohnzimmertür stehen blieb.
Alles war still. Kein Geräusch, keine Bewegung.
Nur sie und ich. Regungslos. Ein stummer Schrei in mir.
Auch er kam nicht vom Fleck.
Es war das Ende der Realität. Das Ende des Lebens. Eines ersten Lebens.
Sie hatten sich umgebracht und ihren Sohn mit sich genommen.
Die Welt, wie ich sie kannte, hörte auf zu existieren. Vor meinen Augen blieb nur noch eine Schwarzweißzeichnung von ihr, ein Abbild einer Wirklichkeit, die nicht wirklich sein konnte. Alles eingefroren. Erstarrt. Verloren die Farben. Verloren der Raum, der Geruch. Ich starb mit meinen Eltern und stand am Abgrund ihrer zweidimensionalen Welt. Ich erkannte die Auflösung. Hörte auf zu denken. Zu funktionieren. Zu sein.

An meine Stelle trat ein tierischer Überlebenstrieb. Ein Instinkt, der mich von nun an durch die Situation leitete.
Ich weinte nicht. Brach nicht zusammen.
Ich sah eine grob gezeichnete Skizze vor mir. Mein eigener Schatten ragte in sie hinein. Es war ein Scherenschnitt von Julian Ogert, der am Abgrund stand. Das Abbild einer neuen Form von Existenz, die nun an meine Stelle getreten war. Sie ließ mich dort zurück. Opferte mich. Etwas, das ich nicht kannte, übernahm.

Du erblickst das Blatt Papier auf dem Esstisch.
Du machst drei, vier Schritte in den Raum. Ohne aufzutreten.
Nimmst das Blatt Papier. Geräuschlos. Geschwindigkeitslos.
Das Papier in der Hand, drei, vier Schritte zurück.
Weder links noch rechts blicken.
Rückwärts.
Raus hier.
In der Wohnzimmertür bleibst du ein letztes Mal stehen.

Du siehst die Eltern nicht an. Sie werfen keine Schatten. Sie sind nicht mehr.
Die Skizze des Raums ein letztes Mal vor deinen Augen. Verengte Umrisse.
Der Abgrund ein Strich.
Du hast hier keinen Platz mehr.
Rudolf, Maria, Julian Ogert dort. Dünne Striche vor dir.
Das fasrige Stück Papier in deiner Hand.
Nur zwei Sätze in der Handschrift des Vaters darauf.
Eines Tages wirst du verstehen, Julian. Auch ich habe irgendwann verstanden.

Ein Pfeifen in deinen Ohren. Jetzt ist es nicht mehr zu überhören.
Du musst diesen Ort verlassen.
Er löst sich auf vor dir. Und du dich mit ihm, wenn du hier nicht rauskommst.
Du steckst den Zettel in die Innentasche deiner Lederjacke.
Damit verschwindet das Schwarzweißbild vollends. Der papierne Raum verschwindet im Schwarz der Jacke. Zurück bleibt das Pfeifen, aus dem du dich entfernst.
Nur zu hören ist das Wohnzimmer noch. Nicht mehr zu sehen.
Das Pfeifen umfasst alle Frequenzen. Es tut weh.
Du musst ihm entkommen.
Eines Tages wirst du verstehen, Julian.
Du schließt die Wohnzimmertür. Das Pfeifen wird schwächer.
Lautlos schwebst du über den Flur, der jetzt ein Korridor ist.
Rückwärts durch deinen Korridor. Keine der Türen, die von ihm abgehen, wirst du jemals wieder öffnen.
Du schwebst. Es ist, als ob du selbst in der Luft hängst.
Irgendwann draußen vor der Wohnung hängst.
Im Treppenhaus hängst.

Lautlos fällt die Wohnungstür vor deinen Augen ins Schloss.
Du ziehst deinen Schlüssel aus der Tasche und sperrst sie ab.

Der Bolzen des Türschlosses hallt nicht im Treppenhaus.
Das Pfeifen ist kaum noch zu hören.
Du spürst den kühlen Fußboden durch deine Socken.
Du steckst den Schlüssel ein.
Ziehst deine Schuhe an. Spürst ihr Gewicht.
Nun stehen nur die zwei Paar Schuhe der Eltern in der Wanne neben der Tür.
Du drehst dich um.
Hältst dich am gusseisernen Treppengeländer fest und gehst zur Straße hinunter.

4

Die Straßen sind leer.
Die Versorgung von Los Angeles zusammengebrochen. Alle Läden in meiner direkten Umgebung geschlossen, die meisten sogar verbarrikadiert. Der Himmel über ihnen wolkenlos.
Still und beharrlich erwärmt die Wintersonne den Asphalt Hollywoods. Für sie macht es keinen Unterschied, ob er aufgerissen ist oder nicht. Sie kümmert sich nicht um Risse in Gebäuden oder andere Beschädigungen, die dem Druck möglicher Nachbeben nicht standhalten könnten. Sie hat sich ihre kalifornische Laune nicht verderben lassen. Gute, alte Westküstensonne. Der Sunset Boulevard gehört dir heute fast allein. Kaum ein Auto fährt ihn entlang und auch in den Seitenstraßen sind keine Menschen zu sehen.
Hollywood ist eine lichtdurchflutete Geisterstadt, die ich zu Fuß erkunde. Vorsichtig und gemächlich setze ich einen Schritt vor den anderen. Die unwirkliche Stille, die sich breitgemacht hat, wo sonst unwirkliche Geschäftigkeit herrscht, ist beides gleichermaßen: beruhigend und verstörend. Ich weiß nicht recht, ob sie die Ruhe nach oder vor dem Sturm ist. Waren diese Erdstöße, die der Boden unter

mir vorgestern hochwürgte, schon alles? Oder waren sie bloß der Anfang von schlimmeren Katastrophen, die über diese Stadt hereinbrechen? Ist der Fluchtinstinkt ihrer Einwohner berechtigt, die sich in Angst und Panik vor den kommenden Tagen verstecken? Ich glaube nicht.
Menschen jagen sich immer mehr Angst ein als nötig. Sie suchen sie förmlich, die Furcht und Aufregung. Sehnen sich danach, aus der Langeweile aufgeschreckt zu werden, die ihren Alltag erstickt. Sehnen sich nach dem Adrenalinschock, wollen, dass ihnen ab und zu der Boden unter den Füßen weggerissen wird. Wollen Zeugen von etwas Außergewöhnlichem werden. Doch wenn es tatsächlich passiert, vor ihren Augen passiert, mit ihnen passiert, wenn da plötzlich alles zusammenkracht und sie keine Kontrolle über die Dinge haben, die den Spalt hinunterrutschen in das Höhlenlabyrinth, dann werden sie panisch und machen einen Rückzieher. Dann wollen sie den Wunsch nach Veränderung wieder rückgängig machen.

Unterbewusst habe auch ich die Veränderung herbeigesehnt, habe auch ich den Ohnmachtsmoment gesucht. Den Bruch, der mir damals unmissverständlich klarmachte, dass das Warten ein Ende hatte. Wahrscheinlich brauchte ich ihn sogar in jener Brutalität, mit welcher er mein Dasein auflöste, mein Leben, das kein Leben, sondern ein Ausharren war. Wäre diese Auflösung meiner Linzer Jugend mir nicht aufgezwungen worden, hätte ich mich in ihrer Eintönigkeit verloren. Jemand musste das Zeichen für mich setzen. Mein Vater, meine Mutter. Allzu deutlich führten sie mir vor Augen, wohin mein Leben steuerte. Sie zeigten mir den Strick und drängten mich aus der Wohnung, warfen mich aus der Belanglosigkeit der vorüberziehenden Jahre. Das Eine taten sie für mich. Und überließen mich dann meinem Schicksal.
Wie würde ich mit dem Vermächtnis klarkommen, hatten sie sich das überlegt?
Würde ich dadurch das Kämpfen, das Fliehen, das Überleben im Korridor erlernen? Verstehen, dass Leben Kämpfen

bedeutet und es erst möglich ist, zur Ruhe zu kommen, nachdem, nicht bevor alle Kämpfe ausgestanden sind? Vielleicht war die Hinterlist, mit der sie mir diese Lektion erteilten, das Sinnvollste, das sie mir gegenüber je getan hatten. Soll ich ihnen dankbar dafür sein? Spielten derartige Hintergedanken in ihrem Handeln überhaupt eine Rolle? Jedenfalls setzte mich ihr Selbstmord frei. In gewisser Weise, ja, hat er mich unverwundbar gemacht. Unempfindlich. All die weiteren Katastrophen, die seither über mich hereingefallen sind, konnten mir nichts mehr anhaben. Nichts mich verletzen. Keinesfalls dieses kalifornische Erdbeben, das meine Umgebung in Angst und Schrecken versetzte. Seit dem Juni 1985 war ich, bin auf Schlimmeres vorbereitet.

Irgendwie schaffte ich es damals, nachdem ich unsere Wohnung verlassen hatte, die Linzer Innenstadt zu durchqueren. Ihre Menschen, Häuser, Straßen, sie alle blieben hinter Gardinen, weit außerhalb meiner Reichweite. Selbst mein eigener Körper schien von mir getrennt zu sein. Entfernt hörte ich das Herz hämmern, das ihn am Leben hielt. Ich sah meine Beine durch die Straßen gehen, ohne dass ich sie bewegte. Alle Geräusche der Außenwelt, die Stimmen, der Straßenlärm, sie alle erreichten mich nicht. Sie alle waren mehr eine Erinnerung an den Klang einer vergangenen Welt als die Geräusche selbst.
Was wirklich war, konnte nicht wirklich sein.
In mir alles ruhig, leblos, ich schien nicht einmal zu atmen. Als hätte ich sämtliche Energie und Kraft verloren und benötigte gleichzeitig auch keinerlei Energie oder Kraft, um mich zu bewegen. Irgendwie wurde ich aufrecht in der Welt gehalten, empfindungslos auf der Erde, zwar ohne Gewicht, aber trotzdem hob ich nicht ab, zwar ohne Kraft, aber trotzdem sackte ich nicht in mich zusammen.
Der Mittag brannte graues Licht auf meine Lederjacke.
Ich spürte die Hitze nicht, sah die Sonne nicht. Ich weiß nicht, ob ich schwitzte.
So schritt ich durch die Stadt, ohne sie zu berühren.

Die Stadt, die sich um mich herum endlos in alle Richtungen zieht.
So still ist sie jetzt, dass ich meine Schritte auf dem staubigen Asphalt in übergroßer Lautstärke wahrnehme. Ich trage immer Halbschuhe, aber jetzt wünschte ich, ich würde weich besohlte Turnschuhe tragen, mit denen ich unbemerkt über den Gehsteig schleichen könnte, untertauchen im heruntergefahrenen Pegel LAs.
Ich weiß nicht, ob die Gebäude, an denen ich entlanggehe, leer sind, oder ob ich durch die Lamellenvorhänge beobachtet werde, die an fast jedem Fenster zugezogen sind. Verstohlen blicke ich herum, als wäre es nicht erlaubt sich umzusehen. Doch kein Anzeichen von Leben kann ich erkennen auf diesem Häuserblock mitten in Hollywood.
Das Garagentor des Eckhauses an der Cherokee Avenue steht halb geöffnet. Halb nach oben aufgeschoben ist es, schwarz vom Ruß und verwellt von der Hitze des Feuers, das während des Bebens auf dem Vordach ausgebrochen war. Offensichtlich versagte danach die Mechanik der Gleittür und sie ließ sich nur mehr manuell bis zur Hälfte hochdrücken. Dort muss sie sich verhakt haben, stand aber wenigstens weit genug offen, dass die Kleinfamilie, die das Haus bewohnt, ihr Auto aus der Garage bringen konnte. Darin die Wertgegenstände, ihren Besitz, den sie nicht im verwundeten Gebäude zurücklassen wollten. Ihr Auto muss vollbepackt gewesen sein, als sie nach dem Beben abreisten, ihr Haus, ihre Stadt zurückließen, ihrem Schicksal überließen. Sie werden nicht wissen, wann, ob sie wieder nach Hollywood zurückkehren. Wie Eleanor und Joyce beschlossen sie die unbefristete Flucht.
Ich verlangsame meine Schritte. Nähere mich unauffällig dem Haus. Es ist eingezäunt mit Maschendraht und grenzt an einen kleinen Parkplatz, wie es ihn an tausenden Straßenkreuzungen in Los Angeles gibt. Die Fenster (auch im oberen Geschoss) sind mit Holzbrettern zugenagelt. Dicke Eisenketten um alle Eingangstüren gezurrt. Fast lächerlich das *No Trespassing*-Schild, das in der Garageneinfahrt angebracht ist. *No valueables whatsoever in building* ist auf

einem Blatt Papier zu lesen, das sie mit dickem Duct Tape auf das demolierte Garagentor geklebt haben. Fast zynisch wirkt es.

Ich gehe in die Knie und werfe einen Blick ins Garageninnere. Die Wände sind verrußt und ein Wandschrank ist Opfer der Flammen geworden. Ansonsten scheint das Feuer keinen erheblichen Schaden angerichtet zu haben. Ein paar Dosen, Eimer, leere Kartons und alte Autoreifen sind im Halbdunkel zu erkennen. Und die zugekettete Tür, die wohl direkt ins Wohnzimmer des Hauses führt. Licht fällt durch die demolierte Gleittür ein. Das Garagenfenster muss verbarrikadiert worden sein, noch bevor dem Hausbesitzer das kaputte Garagentor aufgefallen war. Die ganze Szenerie ist chaotisch wie so vieles in Kalifornien. Wenn keinerlei Wertgegenstände an diesem Ort zu finden sind und die Garagentür ohnehin nicht verschließbar, warum der Aufwand, alles andere so fest wie möglich zuzusperren, frage ich mich. Es ist eine rhetorische Frage, denn jeder weiß, dass in einer Stadt wie Los Angeles alles Verschließbare rein instinktiv verschlossen wird und alles Unverschlossene eine Einladung zu Missbrauch, Gewalt und Verwüstung darstellt.

Ein paar Straßen weiter, drüben am North Cahuenga Boulevard, hat vor kurzem jemand seinen Kombi wenige Tage unbeaufsichtigt auf einer Parkfläche abgestellt. Er sperrte das Fahrzeug nicht ab, wohl in der Hoffnung, dass niemand die Scheiben einschlagen würde. Ein Fehler. Mittlerweile dient es den Prostituierten des Viertels, die sich an dieser Kreuzung nachts ihr Geld verdienen, als Arbeitsraum. Ihre Freier bekommen in diesem Auto jetzt einen schnellen Backseat-Fick. Etwas durch und durch Amerikanisches also. An allen Nebenstraßen dieser Stadt, in allen Drive-ins sind Autos abgestellt, in denen eine schnelle Nummer geschoben wird, ob gegen Bezahlung oder nicht. Doch der Besitzer dieses Kombis auf der N Cahuenga wird sein Auto jetzt nicht mehr zurückhaben wollen.

Kurz überlege ich, ob genau während des Bebens vorgestern in diesem Fahrzeug Business gemacht wurde. Wie hat es sich angefühlt für die zwei Beteiligten? Ist ihnen das Beben überhaupt aufgefallen?

Irgendwann erreichte ich das Donauufer. Ich weiß nicht, welche Wege ich genommen hatte oder wie lange ich gegangen war. An der Uferpromenade setzte ich mich auf eine Bank, starrte in den Fluss. Das Wasser, das nach Osten floss, nach Wien, Budapest, Belgrad und irgendwann ins Schwarze Meer, nahm irgendetwas weg von mir, zog es mit sich fort. Hier am Ufer fühlte ich zum ersten Mal wieder eine Verbindung zur Außenwelt.
Der Fluss verließ die Farblosigkeit, in die alles gerutscht war. Er erschien mir bräunlich. Ich starrte ihn an. Lange blieb sein schlammiges Braun die einzige Farbe, die ich sah. Ich trieb in seinem Wasser, verschwand in ihm, wurde weggetrieben und wieder angespült von seinen Wellen. Irgendwann nachmittags, an diesem verfluchten 28. Juni 1985 saß ich auf dem Trockenen. Blieb sitzen auf meiner Parkbank an der Donau.
Ich spürte die Geldtasche in meiner Jacke. Es war Geld darin wie immer. In dieser Beziehung war auf meinen Vater Verlass gewesen.
Ich spürte meinen Hausschlüssel. Langsam zog ich ihn aus der Jacke. Umschloss ihn mit meiner Hand. Ich dachte an das, was ich mit ihm weggesperrt hatte.
Ich machte ein paar Schritte vor, bis ich direkt am Wasser stand, und warf den Schlüssel, so weit ich konnte, in die Mitte des Flusses. Nie wieder würde ich die Gruft in der Bischofstraße betreten.

Natürlich müssen die Autos und Häuser einer Stadt wie Los Angeles verriegelt werden, will man nicht unerwünschte Besucher einladen. Vor einigen Jahren trieb der sogenannte *Step-In-Killer* sein Unwesen in LA. Unauffällig zog er durch die Vorortviertel der Stadt, wo sich die Einfamilienhäuser endlos aneinanderreihen. Oben im Valley, wo hunderttausende Leben nebeneinander brachliegen, sauber, ordentlich, heruntergekühlt von den unvermeidbaren Klimaanlagen,

die diese suburbane Sinneswüste austrocknen. Der *Step-In-Killer* verwandelte das Vorstadtparadies in eine Hölle. Behutsam probierte er die Drehknöpfe der Eingangstüren. Dort, wo es keinen Widerstand gab, wo die Tür nicht verschlossen war, trat er leise ein und löschte alles Leben aus, das er in diesem Haus vorfand. Von der Hauskatze bis zu Familienvater, Mutter, großen und kleinen Kindern, Babys sogar, alles schlachtete er bestialisch ab, richtete es mit seinen gewetzten Klingen, sinnlos, grundlos, als einzige Erklärung das Versäumnis der Opfer, ihre Haustür abzusperren.
Ich weiß nicht, ob er jemals gefasst wurde oder heute wie andere Serienmörder irgendwo verborgen ein unscheinbares Doppelleben führt. Wahrscheinlich lebt er in einem Vorortgürtel wie jene, in denen er mordet. Tagsüber fährt er über Freeways zur Arbeit, grüßt die Menschen, die er nachts meuchelt, wenn sie ihre Wohnungstüren nicht vor ihm versperren. Am logischsten erschiene mir, wenn er *Exterminator* von Beruf wäre, Kammerjäger. Von der Stadt angestellt, um Ungeziefer zu vernichten, fährt er von einem Einfamilienhäuschen zum nächsten, läutet die Türglocke und schreit »Exterminator!«. Wird freundlich empfangen und spritzt seine Pestizide in jede Ritze. Die von ihrem Vorortdasein gelangweilte Hausfrau bietet ihm noch einen Kaffee an oder mehr. Und wenn ihm auffällt, dass sie hinter ihm die Tür nicht verschließt, wenn er geht, merkt er sich die Adresse und kehrt nachts zurück, um vollständig zu exterminieren, sämtliches Getier zwischen diesen Wänden zu vernichten.
Der Step-In-Exterminator ist die Schnittstelle zwischen amerikanischem Traum und Albtraum. Er tritt über die Schwellen jener, die es geschafft haben, sich ein typisch amerikanisches Leben aufzubauen, und zerstört ebendieses. Er macht das Leben in Amerika genauso spannend wie in den Horrorfilmen, die ich mir in Linz zuerst mit Richard, dann in Christians Kino und später in Wien pausenlos reingezogen habe. Er beweist mir, dass es diesen Ort tatsächlich gibt, wo alles möglich scheint und nichts unmachbar. Dass Amerika ein Film ist und ich diesen Film jetzt lebe. Mein Leben

findet in den Streifen statt, die ein paar Kilometer nördlich von mir in den Filmstudios gedreht werden. Es ist nicht wirklicher, nicht tiefer als sie. Jeden Moment kann alles zusammenbrechen. Und jeder Amerikaner ist darauf vorbereitet.
Das kann ich von ihnen lernen, das Leben für den Augenblick. Zu leben wie eine Eintagsfliege, 365 Mal hintereinander im Jahr. Und im Jahr darauf wieder. Und wieder, bis irgendwann der eine Lebenstag der letzte ist und der einzige war. Und es keine Überraschung ist, dass er es war. Das Leben auf der Klippe machen mir die Kalifornier vor, ständig auf dem Absprung, bereit zu springen, wenn die Zeit gekommen ist. Ein Leben ohne gestern, ohne morgen. Ohne das Gewicht Europas, dieses verstaubten, zerfahrenen Todeskontinents, den ich nach wie vor durch die Straßen Hollywoods trage. Ein Leben an der Oberfläche, ohne den Kerker in sich, in dem sich der Schutt der vorigen Leben sammelt. Das Wohnzimmer in der Bischofstraße. Die Gruft.

Am Donauufer dachte ich an die Polizei. Ich sollte sie verständigen, aber was sollte ich sagen? Dass meine Eltern von der Decke hängen? Dass sie sie herunternehmen sollen, bevor sie verwesen, bevor sie von selbst herunterfallen, weil ihr Muskel- und Hautgewebe nicht mehr hält? Bevor die Nachbarn den Leichengestank bemerken?
War es das, was mein Vater beabsichtigt hatte? Dass ich die Polizei informiere?
Würde ich mich dort melden, müsste ich irgendwann zurück in die Wohnung. Ich konnte die Bullen nicht anrufen.
Eines Tages wirst du verstehen, sagte die Stimme meines toten Vaters. Schwarz auf dem weißen Papier in der Innentasche meiner Lederjacke. Ich saß auf der Parkbank und nahm den Zettel heraus, hielt ihn in meinen Händen, las ihn wieder und wieder.
Eines Tages wirst du verstehen, Julian. Auch ich habe irgendwann verstanden.
Was hatte er verstanden? Was gab es zu verstehen?

Ich wollte das Papier zerknüllen, vor ans Ufer gehen und es dem Schlüssel nachwerfen, warten, bis es sich mit braunem Wasser vollgesaugt hatte, unterging, forttrieb, weg von mir, weit weg. Aber das konnte ich nicht. Dieser Zettel war das Einzige, was ich mitgenommen hatte. Ich konnte ihn nicht fortwerfen. Ich musste ihn behalten. Nur für mich. Niemand sonst sollte davon erfahren. Niemand ihn je zu Gesicht bekommen. Es war mein Geheimnis. Mein Vater hatte die Sätze nur für mich geschrieben. Ich hielt den Zettel fest in meinen Händen. Irgendwann steckte ich ihn wieder ein.

Auch heute noch, mitten in der chilenischen Wüste, habe ich dieses Stück Papier bei mir. Es steckt in meiner Jacke. Die hängt auf dem Kleiderbügel, gleich neben der Eingangstür meines Wohncontainers. Draußen treibt der Wind den Sand der Atacama über die Hochebene. Ich höre, wie er heult. Sonst höre ich nichts. Sonst gibt es hier nichts zu hören, nie.

Knapp elf Jahre sind vergangen. Niemand außer mir hat je gesehen, was mein Vater mir hinterlassen hat. Den Abschiedsbrief, wenn man so will. Die Warnung. Ich zumindest verstehe es als Warnung. Als solche habe ich diesen Zettel aufbewahrt.

Vielleicht hat auch meine Mutter ihn zu Gesicht bekommen, kurz bevor sie ihren Kopf in die Schlinge steckte.

Nach wie vor weiß ich nicht, was genau an diesem Freitagvormittag geschehen ist. Ich glaube, sie sind zusammen auf die Stühle gestiegen. Somit müsste mein Vater den Zettel vorher geschrieben und auf dem Tisch für mich hinterlegt haben.

Hat meine Mutter davon gewusst?

Warum hat sie nichts geschrieben? Nichts! Sie ist gegangen, ohne ein Sterbenswörtchen zu hinterlassen. War ich ihr keine einzige Silbe wert? Was zum Teufel ist in ihr vorgegangen?

Immer wieder habe ich mir den Kopf darüber zerbrochen, aber ich komme nicht dahinter. Ich weiß nicht, was sie

gedacht haben könnte. Weiß nicht, wie krank, unzurechnungsfähig, verrückt sie war. Auch wenn sie tablettensüchtig war, musste sie sich irgendetwas dabei gedacht haben, wenn sie mit einer Schlinge um den Hals vom Stuhl sprang. Oder hatte sie sich zu diesem Zeitpunkt völlig von herkömmlichen Denkprozessen gelöst? Hatten all die Depressionen, die Migränetage, die sie sediert auf dem Sofa oder im Bett verbracht hatte, ihre Denkmuster so weit verwischt, dass sie zu allem und nichts mehr fähig war? Dass sie nur mehr fort wollte, koste es, was es wolle? Dass sie sich vor den Augen ihres Sohnes erhängen konnte, ohne ihm ein Abschiedswort zu hinterlassen.
Oder hatte sie mich vorher darauf hingewiesen, sich vorher von mir verabschiedet, ohne dass ich es bemerkt hatte?

Oft bin ich in meinem Kopf die letzten Tage vor dem Unglück durchgegangen.
Es waren unsere üblichen Familientage. Abends lag ich im Bett, las Comics oder Stephen Kings Roman *Shining*. Der Text von *Bad Moon Rising* von Creedence Clearwater Revival leitete eines seiner Kapitel ein. Darauf hatte mich Christian gebracht. Ich wollte diesen Song auf der Gitarre lernen. Vielleicht hörte ich ihn im Kopfhörer, bis mir die Augen zufielen.
Meine Mutter lag in ihrem Bett, nehme ich an. Ihre Augen bereits geschlossen, nehme ich an. Ich dröhnte mich mit Horrorgeschichten, sie sich mit Migränetabletten zu.
Mein Vater saß in seinem Arbeitszimmer, arbeitete, denke ich.
Am Freitagmorgen der Radiowecker. Ö3 *Fit Mach Mit* mit Ilse Buck. Natürlich machte ich nicht mit bei der Morgengymnastik unserer Vorturnerin der Nation. Doch ich kroch aus dem Bett.
Danach das gewohnt wortkarge, gehetzte Frühstück. Wir sahen uns nicht in die Augen. Ich weiß nicht, wann ich meiner Mutter das letzte Mal in die Augen blickte. Vielleicht habe ich das einfach nie getan.
Mein Vater verließ mit seiner Aktentasche die Wohnung.

Wie immer kurz vor mir. Wie immer verabschiedete er sich knapp. Keinerlei Veränderung in seiner Routine, die mir aufgefallen wäre.
Ich weiß nicht, wohin er an diesem Morgen gegangen ist. Wahrscheinlich wartete er bloß irgendwo ab, bis ich das Haus verlassen hatte. Vielleicht beobachtete er mich dabei sogar? Blickte mir ein letztes Mal nach.
In seiner Rechtsanwaltskanzlei tauchte er nicht mehr auf. Seine Kollegen warteten vergeblich auf ihn, tagelang. Bis sie wussten, dass er nie mehr kommen würde. Er musste alles längst vorbereitet haben, und als er wie jeden Morgen die Wohnung verließ, tat er das nur, um den Anschein zu bewahren, dass alles beim Alten war, alles wie immer. Er ging lediglich aus der Wohnung, damit auch ich kurz nach ihm gehen würde, zur Schule, ohne auf irgendwelche Gedanken zu kommen. Er wollte nicht riskieren, dass ich ihm einen Strich durch die Rechnung machte.
Es funktionierte. Ich bemerkte nichts.
Muss ich mir deswegen einen Vorwurf machen? Teenager ignorieren ihre Eltern, achten nicht auf deren Gefühlsleben, versuchen, den Kontakt zu ihnen auf ein Minimum zu beschränken. Je schneller der Vater aus dem Haus war, desto besser.
Meiner war also aus dem Haus. Ich putzte mir schnell die Zähne, rief meiner Mutter ein kurzes *Ciao* in die Küche, ohne sie anzusehen, schloss die Tür hinter mir, zog meine Schuhe an, rannte die Treppe hinunter. Kopfhörer auf. CCR an.
Ich kam nicht auf den Gedanken, dass irgendetwas anders sein konnte an jenem Freitagmorgen.

Vielleicht sagte ich nicht *Ciao*, sondern *Bis später*. Ich weiß nicht, was die letzten Worte waren, die ich an meine Mutter richtete. Ich hörte nicht, was sie antwortete, ob sie überhaupt meinen Gruß erwiderte, ob sie mich verabschiedete. Ich sah meine Mutter nicht, als ich mich für immer von ihr verabschiedete. Ich nahm an, sie stand in der Küche und verräumte das Frühstücksgeschirr wie immer. Vielleicht war sie auch in ihrer Hauskleidung am Frühstückstisch sitzen geblieben.

Später am Strick trug sie eines ihrer üblichen Straßenkleider, mit denen sie in der Öffentlichkeit so wenig wie möglich aufzufallen hoffte. Sie musste sich umgezogen haben, nachdem ich gegangen war. Alles penibel verräumt, sauber hinterlassen, ordentlich Schluss gemacht. Vielleicht hatte sie *Mach's gut* oder etwas in der Art zu mir gesagt. Oder sie sagte einfach nichts, gar nichts. Und mir fiel nichts daran auf. Vielleicht weinte sie, und ich bemerkte es nicht.

Vielleicht dachte sie aber auch gar nicht mehr nach, hatte bereits abgeschlossen.

Vielleicht war ein *Jetzt wird's aber langsam Zeit* während des Frühstücks das Letzte, was meine Mutter zu mir sagte.

Was macht es für einen Unterschied? Wir redeten nicht. Wir kannten uns nicht. Sie kannte mich nicht. Ich kümmerte mich nicht um sie. Und werde es auch weiterhin vermeiden zu tun.

Meine Mutter hat mir nichts hinterlassen.

Auf dem Zettel bloß die Handschrift meines Vaters.

Ich steckte ihn wieder in die Innentasche meiner Lederjacke und blieb auf der Parkbank sitzen, schaute der Donau zu, wie sie ihre braunen Wassermassen gen Osten schob. Ich weinte nicht. Verzweifelte nicht. Ich hatte die Tür abgeschlossen, den Schlüssel weggeworfen. Ich ging nicht zur Telefonzelle vorne an der Kreuzung und wählte nicht die 133, den Polizeinotruf. Ich saß nur da und wartete, was als Nächstes mit mir geschehen würde.

Bei allem Respekt für den *Step-In-Killer* bin ich dennoch froh, dass die Wohnungstür zu unserem Apartment in der Yucca Street einen Türknopf hat, der sich von außen nur mit dem Schlüssel drehen lässt. Eleanor hat eine ausgeprägtere Furcht als ich vor dem *Step-In-Killer* und seinesgleichen. Deshalb hat sie drei zusätzliche Schlösser an unserer Tür angebracht. Penibel muss ich immer darauf achten, dass alles bis zum Anschlag abgesperrt ist. Erst seit Eleanor gestern mit

Joyce verschwunden ist, kann ich diese Sicherheitsmaßnahmen schleifen lassen und ziehe nur mehr einen Bolzen zu. Jetzt bin ich der Herr in ihrem Haus und genieße es, nicht mehr wie früher minutenlang mit vier verschiedenen Schlüsseln die Wohnungstür ver- und entriegeln zu müssen, selbst wenn ich nur schnell Milch oder Wasser vom Deli nebenan holte, dem kleinen Lebensmittelladen ums Eck, dem puertoricanischen Grocery Store, unserem Nahversorger. Selbst er ist heute geschlossen.
Gerne hätte ich mit Abe, seinem Besitzer, ein wenig Smalltalk betrieben. Kleingerede, etwas, das ich in den USA gelernt habe. Mit anderen über nichtige Dinge zu plaudern, brachte mir in Österreich niemand bei. Dort hatte ich entweder ernsthaft oder nicht zu reden. Vater, Richard, Christian, Joe, selbst Iris oder Mona, sie alle waren in der Ernsthaftigkeit ihres Daseins gefangen. Noch schlimmer freilich Herr Friedberg oder später in Wien Frau Doktor Rothenburger, die prinzipiell nur über Existenzielles reden wollten. Andere, wie meine Mutter oder ihre Schwester, waren grundsätzlich verstummt. Sie alle lebten in einem unaufhörlichen Winter, der sich über Mitteleuropa festgesetzt hatte und seine Krallen tiefer und tiefer in ihre Leben grub, bis sie daran erfroren.
Lange bin ich einer von ihnen gewesen, sprachlos wie sie. Doch ein wenig hat mich die Westküstensonne bereits aufgetaut. Mittlerweile schaffe ich es, mit Abe zu kommunizieren. Ich stehe bei ihm an der Kasse und schaue den Wörtern zu, die zwischen uns hin- und herfliegen, den Sätzchen, für die es keinen wirklichen Grund gibt. Gut, meist kommen sie nur von seiner Seite, aber hin und wieder versuche auch ich mich daran. Wörter sind es, die uns nicht weiterbringen sollen, sondern nur begleiten durch die Minuten, die an uns vorbeiziehen, eine Viertelstunde werden vielleicht. Wörter, die nichts ausdrücken, außer dass das Leben jetzt und hier stattfindet und nicht anderswo. Wir könnten genauso gut nicht reden und schweigend unseren Geschäften nachgehen, unsere Leben stumm sich streifen lassen. Das Schweigen hätte nicht weniger Inhalt als das Sprechen,

aber trotzdem schweigt Abe nicht. Er redet, weil geredet werden soll und es sich besser anfühlt, als nicht zu reden. Autos, Wetter, Frauen, Musik, irgendein Anlass bietet sich immer, um Floskeln loszuwerden. Oft sind noch andere Kunden oder Kollegen in seinem Laden, die mitreden, häufig Latinos, die bald ins Spanische übergehen, das ich kaum verstehe. Ich höre dann der Musik zu, die konstant aus der Boombox auf Abes Tresen dröhnt, verzerrte Bomba- und Plena-Rhythmen, puertoricanischer Salsa. Ich verstehe nichts von dieser Musik, aber mich fasziniert, nach welch anderen Regeln solche Lieder funktionieren. Nie könnte ich sie nachspielen oder in mein Straßenset einbauen. Doch immer treiben sie die Dinge voran.

Abes Colegas wechseln zurück ins Englische, ein paar Brocken wenigstens, fragen, wie mir der Sound gefällt. *You dig it, Chico,* lachen sie und werfen mir Namen von Musikern zu, die ich nicht behalten kann, aber kopfnickend honoriere. Abe wechselt die Kassette und spielt etwas Neues an, das für mich gleich wie das vorige klingt. *See you later, man,* gibt er mir auf den Weg mit, wenn ich seinen Laden verlasse.

Es hätte mich interessiert, wie Abe das Beben erlebt hat. Doch in seiner Eingangstür jetzt hängt ein Schild, das ich dort noch nie gesehen habe: *Sorry, we're closed.*

Es kann nicht sein, dass auch Abe Los Angeles verlassen hat. Wo will er hin? Er und seine Chicos. Jeden Tag werden bis zu dreißig Erdstöße im Großraum LA verzeichnet, haben sie im Fernsehen berichtet. Die meisten dieser Beben sind gar nicht wahrnehmbar, aber oben im Griffith Observatory werden sie täglich festgehalten. Die Statistiken bestätigen, was alle Bewohner dieser Stadt wissen, dass wir uns auf wackligem Terrain befinden. Doch nie hat Abe darüber nur ein Wort verloren. Ich kann mir nicht vorstellen, dass er Angst vor Nachbeben hat. Dass ein *Terremoto* ihn dazu bewegen könnte, seinen Laden zu schließen.

Ich bereue jetzt, mich nie näher mit Abe auseinandergesetzt zu haben. Unser unverbindlicher Umgang war zu unver-

bindlich. Jetzt würde ich gerne mehr von ihm wissen. Ich merke, wie mein Versuch, an amerikanischer Unverbindlichkeit teilzunehmen, zu scheitern droht.
Ich bin noch nicht frei. Kann die Dinge nicht nehmen, wie sie kommen. Erwarte, dass sie bleiben, wie sie sind. Erlaube ihnen, sich von Neuem übereinanderzuschichten, obwohl ich weiß, wohin das führt. Ich habe mich von europäischem Denken gelöst, hänge aber alten Mustern nach. Weiter suche ich in Geschehnissen einen Grund, einen Bogen, der von A nach B führt. Ich will das A abschaffen. Das B ohne Vorgeschichte akzeptieren. Offensichtlich aber unterlege ich jeden Neustart mit einer Vergangenheit, die meine Freiheit torpediert. Ich baue auf etwas auf, das unter mir wegbrechen kann. Wegbrechen wird. Alles kracht eines Tages zusammen. Wenn dem nicht so wäre, wäre ich jetzt noch in der scheintoten Bischofstraße, nicht in der ausgestorbenen Cherokee Avenue, die ich nun links hinunter Richtung Hollywood Boulevard gehe.
Dieser Erdstoß, der zwar Abes Laden nicht demoliert, ihn mir aber trotzdem entrissen hat, zeigt mir, dass ich immer noch in einer beschissenen Tiefgründigkeit feststecke. Ich will es nicht, aber es scheint, ich bin zum Europäer verdammt. Ich sammle Erfahrungen, statt einfach nur zu sein.
Ich drehe mich ein letztes Mal zum evakuierten Eckhaus mit seiner ramponierten Garage um. Kurz hatte ich überlegt hineinzugehen, aber jetzt schleiche ich weiter durch die leere Nachbarschaft. Die Betonwelt ohne Passanten unter dem Winterhimmel ohne Wolken. Eine Welt, die auf Kurzlebigkeit aufgebaut ist, mit brüchigem Asphalt, durch den Sträucher und Unkraut drängen.

Ich starrte auf den schmalen Grasstreifen, der zwischen meiner Parkbank und der Donau lag. Starrte auf das Wasser, das nach Osten strömte. Blieb auf dieser Bank sitzen, ich weiß nicht, wie lange.
Irgendwann aber passierte es.
Irgendwann wurden plötzlich die Gardinen aufgezogen. Die Wiese am gegenüberliegenden Flussufer bekam eine neue

Farbe. Hinter ihr tauchten Gebäude auf. Klar umrissene Formen. Die Häuser Urfahrs, des nördlich der Donau gelegenen Stadtteils. Gelb, rot, braun, grün. Klar und deutlich konnte ich die Häuserebenen erkennen.
In diesem Moment, auf dieser Parkbank am Flussufer, begann mein Leben. Das Korridorleben des Nomaden, der alles anders machte, als er gelernt hatte, es zu machen. Mein zweites Leben, das Überleben des ersten. Am Donauufer wurde mir klar, dass ich überlebt hatte. Dass ich nur wegkommen musste.
Je weiter desto besser.
Also stand ich auf und lief los. Ich lief zuerst am Fluss entlang nach rechts. Dann lief ich in die Stadt hinein. Lief durch die Straßen. Sah die Menschen, die Schaufenster, Autos. Sah meine Beine, die stolperten, aber nie fielen. Sah Ampeln, rot, gelb oder grün. Ich achtete nicht auf sie. Ich wollte wissen, ob ich unverwundbar war.
Und ich war es.
Ich rannte durch die Stadt, die mich nicht bremsen konnte. Mir nichts mehr tun konnte. Ich rannte, so lange ich konnte. Rannte weiter, auch als ich nicht mehr konnte. Rannte weg. Rannte davon. Floh vor meiner Herkunft. Versuchte, mich so weit wie möglich von ihr zu entfernen. Nie wieder wollte ich stillstehen.
Nie von der Decke hängen wie sie.

Irgendwann kam ich beim Cine Royal an.
Dort verschnaufte ich und stellte mich an der Kinokasse an. Christian verkaufte Karten für die Vorstellung von *Conan der Zerstörer*.
– Kann ich eine Nacht bei dir schlafen?, fragte ich. Meine Eltern sind weg, und ich habe den Wohnungsschlüssel verloren.
Ich fand, dass ich mich nah an der Wahrheit hielt.
Christian war nicht erfreut darüber, mich zu sehen. Seine Freundin sei an diesem Wochenende bei ihm, meinte er. Er habe keinen Platz für mich. Und überhaupt sei sein Chef hier. Es sei nicht gut, wenn ich im Kino rumhänge.

Neben mir kauften Eltern ihrem Sohn Süßigkeiten und Kinokarten für den Schwarzenegger-Film.
– Hast du keine Verwandten, wo du absteigen kannst?, fragte mich Christian, während er sie bediente. Oder Schulkameraden? Du hast doch sicher Schulkameraden. Es ist besser, wenn du dich mit Gleichaltrigen rumtreibst, sagte er.
Da brüllte ich ihn an.
– Nein!, brüllte ich. Nein, das ist es nicht!
Im Foyer des Kinos wurde es jetzt ganz ruhig. Nur mein Herz hämmerte so laut, dass alle es hätten hören müssen. Die Mutter und ihr Sohn sahen mich entgeistert an.
– Nein! Ich hab keine, schrie ich über mein rasendes Herz hinweg. Und weißt du was: Ich brauch auch keine!
Christian wollte mich beschwichtigen, aber ich gab ihm keine Gelegenheit dazu.
– Ich brauch keine, hörst du!, brüllte ich ihn an. Ihr seid mir alle scheißegal!
Sämtliche Kinobesucher starrten mich inzwischen an. Die Mutter nahm ihren Sohn schützend in die Arme und warf ihrem Mann einen strengen Blick zu. Er sollte sich um die Angelegenheit kümmern, befahlen ihre Augen. Doch der Mann kam nicht dazu.
– Ich brauch sie nicht!, schrie ich noch einmal. Ich brauch dich nicht!
Ich drehte mich zu den Leuten um.
– Euch alle brauch ich nicht!, schrie ich sie an. Euch alle, ihr verdammten Arschwichser! Niemanden brauch ich!
Noch bevor der Mann, Christian oder Christians Chef, der mittlerweile aus dem Vorführraum gekommen war, reagieren konnten, machte ich mich bereits dazu auf, diesen erbärmlichen Ort zu verlassen. Auch hier würde ich nie mehr einen Fuß hineinsetzen.
Den Knauf der gläsernen Eingangstür in der Hand, drehte ich mich ein letztes Mal um und brüllte meine Wut ins Kinofoyer.
– Leckt mich alle am Arsch, ihr Scheißspießer, ihr verdammten! Ich brauch eure Hilfe nicht.
Dann rannte ich wieder los. Mit Tränen in den Augen und

einem berstenden Herz in der Brust rannte ich von allem weg.
Mittlerweile hatte die Dämmerung eingesetzt. Die Autofahrer konnten mich kaum sehen, aber sie stoppten alle rechtzeitig. Sie hupten, schimpften. Doch sie ließen mich vorbei. Ich rannte weiter. Nirgendwohin. Ich tobte, keuchte. Passanten fluchten, wenn ich sie anrempelte, aber sie alle konnten mir nichts anhaben.
Ich war unverwundbar. Seit diesem Tag.

5

Die Ampeln zum Hollywood Boulevard blinken.
Ein Polizist beobachtet mich misstrauisch vom Beifahrersitz eines langsam über den Boulevard patrouillierenden Polizeiwagens aus.
Wieso die Cops in diesem Land immer so schwerfällige Automatikkisten fahren? Gemächlich schaukeln sie über die Straßen, bis sie einen Notruf empfangen oder etwas sehen, was ihnen nicht gefällt. Dann schalten sie das Blaulicht und ihre ohrenbetäubend heulenden Sirenen an und rasen los. Fast kommt es mir vor, als tue ich etwas Verbotenes, wenn ich durch die Erdbebenstadt flaniere. Ich merke, wie die beiden Cops überlegen, ob sie anhalten und mich kontrollieren sollen. Es wäre nicht das erste Mal.
Drei gefälschte Ausweise – Fake IDs, wie man sie an bestimmten Straßenecken kaufen kann – habe ich für solche Fälle zur Hand. Bislang war mit dem Vorzeigen eines solchen Ausweises die Geschichte immer erledigt. Nur einmal, als ein besonders wissbegieriger Cop, der mich bei einem meiner täglichen Auftritte an der Santa Monica Promenade störte, mehr sehen wollte, musste ich ihm eine der gefälschten Social Security Cards zeigen, die ich in Chinatown erstanden hatte. Damit war er zufrieden. Kurz plauderte er noch mit mir, dann ließ er mich in Ruhe.

Ein unverbindliches Plaudern, ähnlich freundschaftlich seicht wie die Gespräche in Abes Deli. Ein wenig Zeit verstreichen lassen. Ob mit Freunden oder Cops, das macht in den USA wenig Unterschied.

Vor kurzem fragte mich ein schwarzer Streifenpolizist in vollem Ernst, ob ich ihren Gitarristen Jimi Hendrix kenne. Kurz überlegte ich, wem Hendrix denn gehörte. Den Vereinigten Staaten, England, sich selbst? Dann merkte ich, dass ich mich mit etwas auseinandersetzte, mit dem ich aufhören wollte mich auseinanderzusetzen, und begann, das Riff von *Hey Joe* zu spielen. Der Cop fing an, lautstark den Gesang zu intonieren. Er machte das wirklich gut. Trotzdem war es ein wenig befremdlich, als er mit Schlagstock, Pistole und Handschellen bewaffnet sang:
Hey Joe, where're you going with that gun in your hand.
I'm going down to shoot my old lady, you know I caught her messing around with another man.
Die Zuschauer, die sich um uns scharten, waren amüsiert und warfen besonders viele Münzen auf meine Gitarrentasche.
Hey Joe, where're you gonna run to now – where're you gonna go.
Der Polizist, ein Berg von einem Mann, hatte nun die Augen geschlossen und lächelte, während er diese Zeilen sang.
I'm going way down south – way down to Mexico.
Die Palme über uns warf ihren Schatten auf die Sonnengemüter, die sich um uns versammelt hatten und uns zustimmend anfeuerten.
I'm going way down south where I can be free.
Fast war meine Gitarre nicht mehr zu hören unter seiner Stimmgewalt und den Stimmen der Zuschauer, die nun teilweise mitsangen. Alle schienen sie in diesem Moment genau zu wissen, wo die Freiheit zu finden war.
Ain't no one gonna find me, sang der Polizist. Gänzlich war er in die Rolle des Verbrechers geschlüpft.
Das ist es, dachte ich. Das ist Los Angeles. Das. Nicht mehr vielleicht. Aber auch nicht weniger.

Ain't no hangman gonna put a rope around me.
Und wieder musste ich tiefer blicken, als die Leute um mich herum es taten. Für sie waren es Worte. Für mich Tatsachen. Aufforderungen. Bestätigungen.
Als der Song zu Ende war, war ich so ergriffen, dass ich nicht wusste was sagen. Das Publikum applaudierte und löste sich in alle Richtungen auf.
– *Damn it, I love that song,* sagte der Cop.
Dann wurde er plötzlich ernst und sagte mir, ich solle besser von hier verschwinden.
Ich fragte nicht nach dem Warum und teilte meine Einnahmen nicht mit ihm. Er ging zurück zu seinem Streifenwagen, und er und sein Kollege fuhren gemächlich davon. Ich packte meine Gitarre ein, ging zwei Blocks stadteinwärts und stellte mich an der 3rd Street wieder auf. Dort spielte ich noch ein paar Mal *Hey Joe* und versuchte mich an *All Along The Watchtower.*
Der Cop war besser als ich. Wie alle Amerikaner war er mit Rockmusik aufgewachsen. Er musste sie nicht akademisch analysieren und wie ich aus *Beatles Complete*-Büchern oder durch das Imitieren von Keith Richards' *Honky Tonk Woman*-Gitarrenriff erlernen. Der Cop interpretierte in die Rocksongs nicht mehr hinein als da war. Joes Galgenmann mit seinem Strick war für ihn ein klassischer Songtext, der gut klang. Nicht mehr und nicht weniger. Worte, die sich dazu eigneten, gesungen zu werden. Rocksongs waren Rocksongs. Nichts wurde unnötig vertieft. Nichts im Kopf seziert, das auch ohne Kopf funktionierte.

Immer wieder wird mir das in Amerika vorgeführt. Doch ich schaffe es nicht, dieser Unbeschwertheit zu folgen. Während ich über solche Dinge sinniere, singen der Cop und seine Landsleute bereits ein Lied wie *Hey Joe,* als wäre es die normalste Sache der Welt. Wahrscheinlich hat er als Kind schon im Gospelchor voller Hingabe seinem Jesus gehuldigt, während Linzer Ministranten in stiller Demut dem Pfarrer die Hostie zu reichen haben. Und wahrscheinlich kann sein Kollege, der unseren Gig lächelnd vom Auto aus verfolgt hat, besser Gitarre spielen als ich. Oft kommt es mir vor, als spiele jeder in diesem Land besser als ich. Den Amerikanern fällt Gitarrespielen so leicht wie Kaugummikauen.

Viele Stunden täglich spiele ich, seit ich Wien verlassen habe, auf der Gitarre. Schon in Österreich habe ich viel gespielt. Doch so gut wie ein beliebiger Amerikaner werde ich nicht. Ich singe und übe auf der Straße. Die Zuschauer in Santa Monica sehen mir dabei zu, klatschen, motivieren mich, werfen mir Geld zu, aber im Grunde könnten sie meine Gitarre nehmen und es selbst viel besser machen.

Diese Tatsache frustriert und fasziniert mich gleichermaßen. Auch wenn ich nicht wirklich gut bin, werde ich hier mit freundschaftlichem Respekt empfangen. Amerika gibt mir eine Chance. Das spornt mich an. So locker, so selbstverständlich, so authentisch wie möglich versuche ich zu klingen. Die vielen Texte, die ich singe, habe ich auswendig gelernt. Allesamt sind es alte Texte, Texte, die großteils geschrieben worden sind, bevor ich zur Welt gekommen bin. Ich wollte nie eigene Texte schreiben. Immer schon wäre mir das anmaßend vorgekommen. Es gibt bereits unüberschaubar viele, wunderbare Songs. All diese Lieder von Nick Drake, den Beatles, den Stones, von CCR, Led Zeppelin, Bob Dylan oder Hendrix. Durch Christian habe ich erkannt, wie brillant sie sind. Seit er mich auf all diese Musik gebracht hat, habe ich gewusst, dass ich mich über solche Songs ausdrücken will. Ich will ihnen nichts Eigenes entgegenstellen, nicht Konkurrenz machen, sondern sie so gut wie möglich interpretieren. In gewisser Weise ist das mein einziger Lebensinhalt geworden. Diese alten Songs mit meinen persönlichen Eigenheiten anzureichern und neu erstrahlen zu lassen. Sie zu feiern, so dass sie nicht in Vergessenheit geraten. Ich eigne mir alte Musik an und versuche, ihr neuen Sinn zu geben. Ich leihe sie aus, belebe sie mit meinen eigenen Inhalten, berühre sie mit allem Respekt.

Wenn ich auf den Straßen Amerikas spiele, merke ich, wie viel ich in dieser Musik aufzuholen habe. Nachzuholen, weil ich am falschen Ort zur Welt gekommen bin. Am falschen

Ort zur falschen Zeit. In Linz. 1969. In der Kälte. Der Farblosigkeit. Einen Monat, nachdem in einer anderen Welt weit westlich von mir Hendrix in die Scheinwerfer Woodstocks getreten ist.
Seine Welt wollte ich immer betreten, die Welt, in der seine Musik entstanden ist. Dieses Ziel hat mir geholfen, meiner eigenen zu entkommen. Über diese Musik bin ich aus der Bischofstraße geflüchtet, schon bevor sich meine Eltern dort erhängten. Ich fühlte, wie ich freier wurde, sobald ich diese Musik spielte, wie ich sie jeden Tag ein klein wenig besser spielte. Ich fühle es immer noch. Zumindest halte ich daran fest. Es beweist mir, dass nicht alles verloren ist. Und diese Hoffnung will ich nicht aufgeben. Ich habe eine Chance. Kein Galgenmann hat bislang den Strick um meinen Hals gelegt.
Die Cops lassen mich in Ruhe.
In der irritierenden Stille Hollywoods am 19. Januar 1994 hält der Polizeiwagen neben mir nicht an. Er hält sein Schritttempo und zieht weiter Richtung West Hollywood.
The west is the best, hat Jim Morrison gesagt, der dort am Sunset Strip seine Karriere begonnen hat. Ich weiß nicht, ob ihm an einem Tag wie heute, zwei Tage nach dem Northridge-Beben, viele zustimmen würden. Der kalifornische Traum verliert sich im Dunst der leeren Stadt. Die Leute haben den Westen verlassen, weil er ihnen zu wild geworden ist. Selbst Abe hat sich verzogen. Ich bestaune die ausgestorbenen Straßen. Und genieße meine Ruhe vor Eleanor.

Busking, auf der Straße musizieren, werde ich heute nicht. Es ist aussichtslos, sich auf leere Gehsteige zu setzen und Gitarre zu spielen. Selbst beim Chinese Theatre, wo sonst Touristen Schlange stehen, sind kaum Menschen zu sehen. Nur vereinzelte Figuren, die wie ich durch die Straßen schleichen und wie ich allein dadurch schon den Anschein erwecken, etwas Kriminelles im Schilde zu führen.
Nach Santa Monica kann ich mich an diesem Tag nicht durchschlagen.
Zu Fuß ist Los Angeles nicht zu bewältigen. Selbst an nor-

malen Tagen verzweifle ich, angewiesen auf das Busnetz, oft an den Dimensionen dieser Stadt. Stundenlang sitze ich neben anderen Immigranten in den Bussen oder auf ungewisse Anschlussverbindungen wartend an Haltestellen. Immer bin ich der einzige Weiße auf diesen Reisen, der Einzige, der nicht spanisch spricht. Halb LA gehört den Chicanos. Die öffentlichen Verkehrsmittel haben sie zur Gänze übernommen, denn die weißen Angelenos besitzen ein Auto. Alle Weißen außer mir. Ich habe nicht einmal den Führerschein. Als ich mit 18 Jahren Wien verließ, verschwendete ich keinen Gedanken daran, je ein Auto lenken zu wollen. Ich nahm Irmgards Geld, packte meine Gitarre und schaute zu, so schnell wie möglich zum Westbahnhof zu gelangen. Ich setzte mich in den Zug Richtung Westen, und als er in Linz Station machte, blickte ich nicht aus dem Fenster. Das Rattern der Lok, das Klappern der Schiebetüren und Singen der Gleise vermengte sich mit der Pop-, Rock- und Folkmusik, zu der ich entkommen wollte. Ich flüchtete der untergehenden Sonne entgegen, dorthin, wo diese Musik entstanden war. Das war die beste Möglichkeit, die ich hatte.
In LA reise ich in öffentlichen Bussen über den Santa Monica Boulevard der im Pazifik ertrinkenden Sonne nach. Mit meiner Gitarre auf dem Schoß sitze ich zwischen Latinos, die mir zulächeln und ihre großen Plastikeinkaufstaschen zur Seite räumen, um mir Platz zu machen. An den getönten Fensterscheiben ziehen die in den Himmel ragenden Petticoat-Palmen vorbei, die seit einem halben Jahrhundert die Verkehrswege dieser Stadt säumen. Gigantische Unkrautpflanzen sind sie, die von verschmutzten Abwässern leben, durch Betonritzen empordringen und Dutzende Meter in die Höhe wachsen. Müllgewächse mit hoch über dem Dach unseres Busses hängenden Röcken aus braunen, abgestorbenen Fächerblättern. Allen Widrigkeiten zum Trotz sind diese dürren Bäume ein Sinnbild für Luxus und Exotik und meinen Augen jeden Tag aufs Neue ein Fest.
Frierend, weil die Klimaanlage erbarmungslos aufgedreht ist, durchfahren wir Beverly Hills, wo die Reichen wohnen, und

den LA Country Club, so groß wie eine ganze Stadt, wo sie Golf spielen. Ohne dort anzuhalten freilich. Der Bus holpert weiter Richtung Westen. Schüttelt mich und die anderen Fahrgäste durch. Aus dem Ghettoblaster eines Mannes neben mir dröhnen mexikanische Rancheras oder Cumbia. Eine alte Frau mir gegenüber ist auf ihren Einkäufen eingeschlafen.

Eine Ewigkeit später erreichen wir über die Historical 66 den Palisades Park. Dort sehe ich schon das indische Restaurant, in dem ich noch nie war, und weiß, dass dahinter der Stille Ozean seine kalten Wellen an den Strand spült. Selbst im Sommer bleibt das Wasser am Santa Monica Beach kühl und kaum zum Baden geeignet. Mich stört das nicht, denn seit im Cine Royal zu früh und zu oft der *Weiße Hai* auf mich eingewirkt hat, wage ich mich ohnehin nur mehr knietief ins Meer. Sobald ich nicht mehr stehen kann, höre ich die Titelmelodie des Films und sehe das geöffnete Maul dieser Bestie mit dem Revolvergebiss und fiesen, dreieckigen Zähnen, in denen Fleischfetzen ihres letzten Opfers hängen, auf mich zuschießen. Jeder weiß, dass sich an der kalifornischen Küste die Menschenhaie herumtreiben. Ich kann mir nicht vorstellen, dass ich jemals darüber hinwegkomme und weiter hinaus aufs offene Meer schwimmen werde. Jetzt im Winter Santa Monicas ist daran sowieso nicht zu denken, auch wenn auf die Sonne Verlass ist und tagsüber sommerliche Temperaturen herrschen.

Ich rieche die salzige Meeresluft, wenn ich aus dem Bus steige. Tief atme ich sie ein, wenn ich auf die Ocean Avenue trete. Hinter dem kleinen Park ist der Ocean Front. Die Promenade, der Pier ist dort. Und mein Publikum. Immer anders, immer gleich. All die Gestalten, die an diesem äußersten Rand der USA ihr Glück suchen, versammeln sich hier. Wie ich versuchen sie sich hier ein neues Leben aufzubauen, weil ihr altes irgendwo verloren ging.

Vielleicht ist Santa Monica eine Sackgasse, nicht bloß das Ende der Stadt und des ganzen Landes, sondern auch das Ende unserer Träume. Vielleicht ist es ein *U-Turn*, der uns wie einen Bumerang wieder zurücktorkeln lässt, schneller

als wir wollen. Über den Freeway zurück in die herzlose Stadt, in den Sumpf, aus dem wir entkommen wollten. Für mich ist es dennoch bislang der beste Zufluchtsort. Ich weiß nicht, wie lange ich mich hier halten kann. Weiß nicht, ob so ein Santa Monica genügend Gewicht hat, um mein Leben auf Dauer auszupendeln. Doch immerhin ist es weit, weit entfernt von meiner Geburtsstadt und der westlichste Punkt, den ich erreichen kann.
Heute nur würde ich ihn nicht erreichen.
Heute würden die Busse nicht nur unregelmäßig, sondern einfach gar nicht fahren. Heute würde ich kein West Hollywood, kein Beverly Hills an meinem Busfenster vorbeiziehen sehen. Kein Münzgeld verdienen mit Rockklassikern, die ich, so gut es mir möglich ist, auf der Promenade sitzend interpretiere.
Also bleibe ich in meinem Viertel.
Noch habe ich Geld in meiner Tasche und muss mir keine Sorgen machen.

Hollywood ist schäbiger als sein schiefer Schriftzug, der die Hollywood Hills über mir verziert. Einmal stieg ich hinauf zu den 15 Meter hohen weißen Buchstaben, die auf Betonsockeln in die trockene Erde des Hügels geschlagen sind. Über eine Stunde lang kämpfte ich mich auf engen Pfaden durch das Wüstengestrüpp empor, über Erde wie klebriger Sand zwischen Pflanzen hindurch, die sich – mehr braun als grün, mehr Rinde als Blatt – so flach wie möglich auf dem Boden hielten und mir in die Waden stachen. Dann ließ ich meine Beine vom Beton unter dem ersten O baumeln und blickte auf das Häusermeer unter mir, das am Horizont vom karamellfarbigen Smog verschluckt wurde.
Alles in meinem Blickfeld war ein Provisorium, unerbittlich der Sonnenherrschaft ausgesetzt. Alles wirkte, als ob es kein Morgen erwartete – gleich wie der Buchstabe, unter dem ich saß und von dem ich annahm, dass er nicht mehr lange durchhalten würde. Die Glasur, die seine weiße Farbe für einige Jahre bewahren sollte, bröckelte ab, die Holzplatten waren zerfressen, die Nägel verrostet, das Betonfunda-

ment löchrig. Der gesamte Stadtteil, den das Hollywood Sign benannte, war im Zerfallen begriffen.
Seit dem Beben vorgestern ist dieses Zerfallen Hollywoods besonders deutlich spürbar. An der Ecke zum Sunset Boulevard hat im beinahe inexistenten Schatten einer Palme ein junger Mexikaner einen kleinen fahrbaren Holzkohlegrill aufgestellt. Auf dem Feuer grillt er Maiskolben, verbrennt sie fast, trocknet sie so lange aus, bis sie nur mehr als hölzerne Grundlage für Chilipulver dienen, das er großzügig über sie streut. Einen Dollar will der Kerl für dieses kaum essbare Gericht, *one buck*, und lächelt mir dabei so freundlich ins Gesicht, dass ich ihm auch noch ein trockenes Taco mit fasrigem Schweinefleisch, das er unangemessen als Taco al Pastor bezeichnet, für einen weiteren Buck abkaufe.
Mein erster Biss bricht den harten Maisfladen im selben Moment auseinander, wie ein neuer Erdstoß den Boden unter unseren Füßen erschüttert. Kurz stockt die Zeit. Kurz verharre ich, Stücke des Fladens zwischen meinen Zähnen und das immer heftiger werdende Brennen des Chilis in meinem Gaumen. Der Mexikaner und ich halten die Luft an und warten, was aus diesem Nachbeben wird. Instinktiv scanne ich meine Umgebung nach Plätzen ab, an denen ich mich in Sicherheit bringen könnte.
Wenige Sekunden bloß. Denn das Beben entwickelt sich nicht weiter. Es bleibt ein kleiner, unbedeutender Erdstoß, der keine Gefahr darstellt und lediglich signalisiert, dass es jederzeit wieder losgehen kann. Ein Schütteln, das bestätigt, wovor die halbe Stadt geflohen ist, dass wer hier lebt, vorgestern nicht zum letzten Mal aus seinem Bett geworfen worden ist.
Hier leben wir auf einer gesprungenen Glasscheibe, hatte Eleanor gesagt. Jetzt würde sie die Hände über dem Kopf zusammenschlagen und etwas wie *Das halte ich nicht mehr aus* von sich geben. Der Chicano lässt sich von dieser Laune der Natur jedoch ähnlich wenig beeindrucken wie ich. Nach kurzem Innehalten hat er sich gefangen.
– *Just little aftershock*, sagt er und grinst. *Don't worry, chico!*
Aftershock wirkt so viel akkurater als *Nachbeben*, geht mir

durch den Kopf. In Amerika drücken sich sogar die, die kaum Englisch sprechen, passender aus, als die Leute es in Österreich tun, überlege ich. Amerika ist der Siegeszug der Vereinfachungen. Dann schalte ich es wieder ab, dieses dauernde, sinnlose Nachdenken, das mich verfolgt.
Ich antworte, dass ich mir keine Sorgen mache.
Doch so selbstverständlich wie aus dem Mund des Mexikaners klingt dieses Vertrauen nicht.

Mit einem Biss verschlinge ich die bröseligen Reste meines Tacos.
Dann brennt mein gesamter Rachen so ungeheuerlich, dass ich dem Jungen für einen weiteren Dollar noch eine kleine Plastikflasche Wasser abkaufen muss. Er bietet mir auch Coca-Cola an – nicht besonders kalt, wie er zugibt –, aber ich lehne ab. Ich muss einen anderen Laden ausfindig machen, wo ich vernünftige Lebensmittel erstehen kann.
Ein Jammer, dass Abes Deli geschlossen ist, denke ich, obwohl auch er in seinem Lebensmittelsortiment nicht wirklich vernünftige Nahrung anbot.
Eleanor hat mir zwar einen halb gefüllten Kühlschrank hinterlassen, aber selbst darin sind großteils nur unnütze Zutaten und Würzmittel wie Ketchup, Mayonnaise oder Blue Cheese Dip zu finden. Nichts, von dem ich satt würde. Kaum besser als die Feuerküche des Chicanos neben mir. Ich kann und will mir von seinem Angebot nichts Weiteres leisten. Trotzdem hänge ich noch ein bisschen bei ihm ab. Schließlich sind wir in den USA, wo *Hanging Out* in jeder Situation angebracht ist. Zumal das Nachbeben uns beide ein wenig miteinander verbunden hat und uns insgeheim lauschen lässt auf Vorboten eines weiteren Erdstoßes.
Noch immer schmerzt mein Mund von den Verbrennungen, die das Chilipulver mir zugefügt hat. Meine Lippen sind von der Schärfe geschwollen. Ich widerstehe dem Drang, einen weiteren Dollar für ein Wasser auszugeben und mache mich auf den Weg Richtung Selma Ave. Der Gelegenheitskoch verabschiedet sich von mir.
– *See ya later, Chico,* sagt er.

Auch dieser Abschied wohl nur auf kurze Dauer gedacht. Kurz überlege ich, ob er einen Hintergedanken hegt. Dann sage ich *Hasta luego* und gefalle mir dabei.

Ich gehe hinauf zum Yucca Corridor, dem berüchtigten Mexikanerviertel oben an der Wilcox, wo nachts nur wenige Straßenlampen leuchten, *Bums*, Penner am Gehsteig schlafen und Kleinkriminelle ihren Geschäften nachgehen. Hollywood ist jetzt auch tagsüber ihre Stadt geworden. Das restliche öffentliche Leben ist von den Straßen verschwunden. Nur sie sind noch hier. Schon kurz nach Olivia Newton-Johns Stern auf dem *Walk Of Fame* sehe ich die ersten Schattengestalten auf der North Hudson Ave herumlungern, einer Seitenstraße, die die Bezeichnung *Avenue* wahrlich nicht verdient. Hier stehen zwar auch ein paar Palmen herum – wahrscheinlich sind es Yuccas, Palmlilien, die dem Viertel seinen Namen geben –, aber sie sind kleinwüchsig und verwildert, keineswegs vergleichbar mit den eleganten, wenn auch von Jahrzehnten in der Großstadt gezeichneten Petticoats der umliegenden Boulevards.
Über dreißig Morde soll es allein auf dem Abschnitt der Yucca Street zwischen Cahuanga und Ivar letztes Jahr gegeben haben. Manche Statistiken zählen einen Mord pro Tag im *Corridor*. Wenn ich Leuten in Santa Monica erzähle, dass ich in der Yucca Street nahe des Corridor wohne, schütteln sie ungläubig den Kopf. Und wenn ich daran denke, dass Eleanor hier wohnt – zumindest bislang hier gewohnt hat –, muss ich mich wundern, wie gerade sie diese Nachbarschaft ertragen kann, auch wenn unsere Wohnung an einem etwas friedlicheren Block westlich der *No-Go Zone* gelegen ist.
Mit der in solchen Vierteln nötigen zur Schau getragenen selbstbewussten Körperhaltung gehe ich in zügigem Schritt und respektvollem Abstand an Asphaltpalmen und Straßenmenschen vorbei, bei denen unübersehbar ist, dass sie sich um Erdbeben keine Sorgen machen. Sie haben nichts zu verlieren, keinen Besitz, keine Bleibe, keine Würde. Alles wurde ihnen bereits genommen. Sie überleben in Gassen, die

Avenues heißen, die selbst das angelenische Sonnenlicht nicht erreicht. Die direkte Kehrseite von Hollywoods Ruhm sind sie.

Ich habe hier noch nie Probleme gehabt. Einmal versteckte ich mich hinter einem parkenden Auto und sah zu, so schnell wie möglich aus der Gefahrenzone zu kommen, als auf der gegenüberliegenden Straßenseite plötzlich Schüsse fielen. Ich schaffte es, nichts zu sehen und nicht gesehen zu werden.
Am ehesten fürchte ich die bewaffneten Schlägertrupps der Guardian Angels, die hier wie paramilitärische Einheiten durch die Straßen ziehen und aufräumen. Unter dem Deckmantel *United Streets Of Hollywood* haben sich gewaltbereite Neighborhood-Watch-Gruppierungen wie die Wilcox Werewolves, die Hudson Howlers oder Cherokee Condors zusammengetan und sind selbst zu Straßengangs mutiert. Für Sicherheit sollen sie sorgen, mich jedoch verunsichern sie. Wie der Sturm eines Football-Teams kommen sie mir vor, ausgerüstet und bereit zum Kampf. Alles in ihrem Blickfeld ordnen sie der Verteidigung eines gegnerischen Teams zu. Ihre Mannschaft (Ein- oder Angreifer, je nachdem aus welchem Blickwinkel betrachtet) zieht in die Endzone, will *Safety*-Punkte erzielen und zögert nicht lang, wenn sie Abschaum erblickt, den es zu entsorgen gilt. In ihren Augen zähle auch ich dazu.
Durch die sogenannte Crack Alley, die sich bis zur Ivar erstreckt, gehe ich selten und notfalls so schnell wie möglich. Ich habe gelernt, mich so durch den Yucca Corridor zu bewegen, dass ich von seinen Bewohnern in Ruhe gelassen werde. Weder als Bedrohung noch als Kunde werde ich wahrgenommen. In ihrem Überlebensinstinkt haben die Korridormenschen mich als einen von ihnen erkannt, einen, dem ein normales Leben unmöglich gemacht wurde.
Was immer das heißen soll: Normalität. Ich bin aus einem reichen Land Mitteleuropas hierher geflüchtet. Sie haben versucht, den Armenvierteln Mittelamerikas zu entkommen, und sind hier gelandet. Die Normalitätsbegriffe, die

uns mitgegeben wurden, haben nichts miteinander zu tun. Und trotzdem mussten wir gleichermaßen unserer Herkunft entfliehen. Ich bin wie sie ein Flüchtling. Einer von ihnen. Einer, der nicht anders kann, als hier einen Neustart zu versuchen. Aus unterschiedlichen Gründen wurden wir zu illegalen Einwanderern. Sie haben wohl nie einen Reisepass besessen. Ich habe meinen, als das Visum ablief, durch billige, gefälschte Papiere ersetzt. Jetzt schleiche ich durch die Straßen des Corridor, die ebenso die ihren sind, wie sie die meinen wurden. Fortan teilen wir uns die Korridorwelt.

Kurz, möglichst unauffällig und trotzdem als deutliche Geste grüße ich einen jungen Dealer, der mir letztes Jahr ein paar Gramm Henna als Marihuana verkauft hat. Er machte mir einen guten Preis dafür – so gut, dass ich hätte aufmerksam werden sollen. Heute wissen er und seine Kollegen, dass ich seinen Stoff nicht mehr kaufen werde und auch kein Undercover-Cop, Nachbarschafts-Söldner oder Crackdealer bin, der sich in ihrem Revier breitmachen will. Ungestört lassen sie mich zur Grace Ave ziehen.

Immer wieder verblüfft mich der Name dieses Straßenschildes hier, wo von Grazie, Gnade oder Anmut keine Spur zu entdecken ist. Neben dem Liquor Store am Eck zur Yucca ist ein mexikanischer Laden, in den ich jetzt meine Hoffnungen setze.

Auch der Yucca Corridor ist zwei Tage nach dem Beben ruhiger als sonst. Immer hängt eine seltsame Stille zwischen diesen Häuserblocks, aber heute wirkt sie besonders unangenehm. Unübersehbar haben die Erdstöße den heruntergekommenen Apartmentblocks zugesetzt. Alles wirkt jetzt noch rissiger und schiefer als sonst. In den Hauseingängen, wo Crack verkauft und geraucht wird, liegt mehr Schutt und Dreck als früher. Scherbensplitter knirschen unter meinen Füßen. Als wären sie absichtlich als Falle ausgelegt worden.

Wahrscheinlich wird die Verwüstung des Erdbebens ein Anlass für den Stadtrat sein, die verwahrlosten Gebäude endgültig niederreißen zu lassen und das ganze Viertel neu aufzubauen, überlege ich. Den ganzen Schmutz, der sich hier angesammelt hat, werden sie mit der Neugestaltung versuchen loszuwerden. Das Beben bietet der Stadtverwaltung eine gute Gelegenheit, nun endlich die Probleme im Corridor in den Griff zu bekommen. Überwachungskameras sind an markanten Kreuzungen bereits installiert worden. Manche Straßenabschnitte wurden abgesperrt. Bislang hat das jedoch wenig Erfolg gebracht. Nach wie vor wird gedealt und angeschafft.

Dann sehe ich den Laden.
›La iguer‹ ist auf dunkelroten, schrägen Lettern zu lesen. Ich denke, dass es *La Higuera* geheißen hat, der Feigenbaum, bis das H und a abhanden gekommen sind. Auch vom kleineren, schwarzen Schriftzug *Supermercado* darüber ist nur mehr ein ›Supermercad‹ übrig. Doch wenigstens scheint der Laden geöffnet zu sein. Sein Eingang führt, mehr Geheimgang als Tür, wie ein dunkler Schlitz vom gleißenden Tageslicht in eine neonbeleuchtete Parallelwelt. Ähnlich dem Punkclub gegenüber, dessen eiserne Eingangstür von Camouflage-Netzen der US Army verhängt ist. Beide Läden suggerieren, dass Betreten durch Außenstehende nicht erwünscht ist.
Auf den Club kann ich gern verzichten. Den Supermercad aber brauche ich. An seinem Eingang sind Inca-Kola-Verpackungen aufgestapelt und hängen Wasserpistolen und Plastiksoldaten mit Maschinengewehren von der Decke. Ein lebensgroßes, naives Portrait der heiligen Jungfrau Maria ist auf die Wand daneben gemalt. Auch wenn es knallbunt ist, wirkt es nicht fröhlich. Wie eine Last drückt der Heiligenschein auf die Virgen María. Sie scheint darunter zu leiden, aber eben dieses Leiden ertragen zu wollen. Vielleicht drückt das jene *Grace* aus, die der Straßenname andeutet.
Ich beachte sie nicht lange, denn ich habe mir abgewöhnt, in solchen Gegenden länger am selben Ort stehen zu bleiben. Ich streife einen spanischen Kalender, der hinter der Eingangstür hängt, und höre ein elektronisches Klingeln, als ich über die Schwelle in das Geschäft trete.
Im Neonlicht erkenne ich Büchsen mit Fleisch und Bohnen, Türme von Tortillas, Körbe mit getrockneten Chilis und übereinandergeschichtete Maisblätter.

Und ich sehe eine junge Mexikanerin an der Kasse sitzen. Ich kann den Blick nicht von ihr nehmen. Erst als sie von ihrer Zeitschrift aufsieht und unsere Augen sich treffen, blicke ich schnell zur Seite.
– *Hi,* sagt sie. *How are you?*
– *Hi,* sage ich.
Zu mehr bin ich nicht fähig.

6

Erschöpft saß ich wieder auf meiner Parkbank.
Inzwischen war das Donauwasser schwarz. Nur unter der hell erleuchteten Nibelungenbrücke links von mir glänzte der Fluss wie Gold. Meine Seitenstiche ließen nach. Ich betrachtete die Wasserstrudel, die im Licht der Brückenbeleuchtung glitzerten.
Auf der anderen Seite der Brücke befand sich ein autonomes Kulturzentrum. Ein von Freaks bewohntes Haus, in dem sie eine Bar betrieben und Konzerte und verschiedene Aktionen veranstalteten. Meine Eltern hatten mich vor ihnen gewarnt. Asoziale, die dort Krach machen und im Schmutz leben, seien sie. Ich soll mich in Acht nehmen. Verrückte. Bald würde die Stadt etwas dagegen unternehmen müssen.
Langsam überquerte ich die Brücke. Das funkelnde Wasser unter mir, bewegte ich mich durch die Silhouetten der Fußgänger, die in mir entgegengesetzter Richtung in die Freitagnacht zogen.
Der Eingang des Kulturzentrums war leicht zu finden. Ein halb offen stehendes, mit Graffiti bespraytes Stahltor. Dahinter ein Hof mit rostigen Metallskulpturen und Bierbänken, wo Punks mit Hunden herumlungerten.
Ich weiß nicht, ob mich irgendjemand bemerkte.
Ein weit offen stehendes rostrotes Garagentor führte ins Innere des Gebäudes. Auch dort metallene Skulpturen, Öl-

fässer, die als Tische dienten und eine grob zusammengeschweißte gusseiserne Bar. Aus einem Kassettenrecorder schepperte eigenartig zickige Musik, die hauptsächlich aus Ecken und Kanten bestand. Schier endlos wiederholte der Sänger ein abgehacktes *Oh – Ey – Fumare Nicotina, Oh – Ey – Fumare Nicotina.*
Ich schien niemanden zu stören, also setzte ich mich auf einen Gartenstuhl und wartete ab. Ich fühlte mich klein. Meine Haut war durchsichtig. Vielleicht war ich für die anderen Gäste nicht zu sehen. Die vereinzelten Typen, die hier Zeitschriften lasen und Bier tranken, Zigaretten drehten und sich sporadisch unterhielten, nahmen keinerlei Notiz von mir.
Ich betrachtete die bunten Plakate, die an den Wänden hingen. Sie trugen grelle Farben und waren doch kaum leserlich, so zerschnitten waren ihre Schriften. Die meisten der Motive erinnerten mich an Zombiefilme, die ich bei Richard gesehen hatte. Eines der Plakate trug das heutige Datum. *King Kurt* stand darauf, und in der Sprechblase eines Sensenmannes mit Irokesen-Haarschnitt war *Psychobilly aus UK* zu lesen. Ich überlegte, ob das die überdrehte Band sein konnte, die aus dem Lautsprecher brüllte.

Ein Mann mit einem dicken, offensichtlich selbst gestrickten Wollpullover saß hinter der Bar.
– Gefallen dir die Poster?, fragte er.
– Ja, sagte ich, ein wenig verdutzt. Lässig. Schauen lässig aus.
– Siebdruck.
– Ah.
– Ich hab oben eine eigene Siebdruck-Werkstätte. Da druck ich alle unsere Poster.
– Cool.
– Kann ich dir mal zeigen, wenn du willst.
– Okay.
– Magst du was trinken?
Mir fiel auf, dass ich seit der Früh nichts gegessen oder getrunken hatte.
– Ja. Ein Cola. Bitte.

– Ein Cola? So was haben wir nicht, Kapitalistengesöff.
Ich schämte mich für meine dumme Bestellung und nickte zustimmend.
– Die Jungs da draußen wollen auch immer Cola für ihren Diesel, sagte er. Aber das kriegen sie nicht von mir. Sie sollen ihren Rotwein lieber pur saufen. Ich unterstütze die Amis nicht bei ihren hegemonialen Raubzügen durch die Welt.
Ich nickte weiter und bestellte ein Wasser.
Er gab mir ein großes Glas lauwarmes Leitungswasser, das ich zügig trank. Im Kassettenrecorder tobte nun ein staccatoartiges Saxofonsolo.
– Blurt, sagte er. Kennst du?
Ich schüttelte den Kopf.
– Wenn du was essen willst, sagte er, während er mir ein zweites Glas zuschob, oben gibt's Nudeln, und deutete zu einer Wendeltreppe.
– Passt schon, danke, wollte ich abwinken.
– Komm schon, ich seh dir an, dass du Hunger hast.
Er führte mich in eine Art Wohnküche, wo die Band aus England – bleichgesichtige Paradiesvögel mit grünen, roten, blauen Haaren und zerfetzter Kleidung – und andere Personen, mindestens zehn, an einem großen Tisch saßen, Wein und Bier tranken und Spaghetti aßen. Auch hier laute, schrille Musik, die eine Unterhaltung nahezu unmöglich machte. Ich war froh darüber. So konnte ich in Ruhe essen und heimlich die Leute beobachten.
– Trinkst du?, fragte mich der mit dunklem Lippenstift bemalte Mund einer jungen Frau. Ich roch ihr scharfes Parfum.
Sie reichte mir eine Bierflasche. Die ersten Schlucke schmeckten ekelhaft. Doch ich überwand mich. Nach einer Weile gewöhnte ich mich an den bitteren Geschmack.
Das Mädchen hieß Ellie. Kaum als menschliches Wesen zu erkennen, so aufgetakelt war sie. Ihre toupierten, schwarz gefärbten Haare ragten in die Höhe. Üppiger violetter Lidschatten und falsche Wimpern klebten auf ihrem weißen Gesicht, auf das Make-up wie mit einem Spachtel aufgetra-

gen war. Fasziniert betrachtete ich ihre Ohren- und Nasenringe und die langen Finger mit den ebenso langen gewölbten, schwarz lackierten Fingernägeln, die den Hals einer Bierflasche streichelten. Bald darauf sah ich nur mehr ihren Minirock und die löchrige Netzstrumpfhose darunter, als Ellie mir den Hintern entgegenstreckte und einen der Engländer küsste. Wenig später verschwand sie mit ihm in einem Nebenraum.
Lange saß ich an diesem Tisch und trank mehr Bier, als ich Nudeln aß. Mit jedem Schluck entfernte sich der vergangene Tag weiter aus meinem Gedächtnis. Ellie war mittlerweile mit mehreren Bandmitgliedern nebenan verschwunden. Alle hatten Spaß. Der Lärmpegel stieg.
Mir war schwindlig. Ich konnte und ich wollte nicht mehr klar denken, wollte am besten gar nicht mehr denken, nie mehr denken.
Niemand fragte mich, woher ich kam oder was ich hier zu suchen hatte. Niemand schien sich um mich zu kümmern. Ellie entspannte sich auf einer Couch am Fenster und blies den blauen Rauch ihrer Vanille-Zigarillos in die Nacht. Das Schlagzeug hämmerte aus der Stereoanlage. Das Zimmer drehte sich.
Noch mehr Nudeln wurden gekocht, riesige Töpfe voller Spaghetti, die niemand essen würde. Sie wurden mit Lebensmittelfarbe eingefärbt und später für die Show verwendet, wenn die Musiker das Publikum mit Pasta bewarfen und umgekehrt von ihren Fans mit Nudelresten beschossen und Bier aus Pappbechern bespritzt wurden.

Ich hatte mich auf eine Bierbank im dunklen Innenhof gesetzt und betrachtete den Auftritt durch die geöffneten Fenster der kleinen Konzerthalle. Mit Einsetzen der Musik hatten sich die Zuschauer Jacken und Hemden vom Leib gerissen und waren in eine Art Boxkampf übergegangen, wo jeder gegen jeden mit ausgestreckten Fäusten schlug. Die Springerstiefel wurden hochgerissen, und bald war nicht mehr zu erkennen, ob es Dreck, Lebensmittelfarbe oder Blut war, das auf ihren Oberkörpern klebte. Der Schlagzeuger

stand an seiner Marschtrommel und kippte mit der linken Hand eine Flasche Bier über seinen Kopf, während er mit der rechten den Rhythmus hielt.
Die Band gefiel mir irgendwie, aber bald drehte sich alles vor meinen Augen so schnell, dass ich die Spiralen nicht mehr bremsen konnte, die sich endlos weiterschraubten und mich mitrissen. Mehrfach übergab ich mich. Dann ging es besser, und ich schlief auf meiner Bank ein.
Als ich erwachte, war das Konzert vorbei. Die Morgendämmerung setzte ein. Mein Puls pochte heftig in meinen Schläfen, und mir war schlecht und kalt. Zittrig schlich ich zurück ins Gebäude, quälte mich die Wendeltreppe hoch und legte mich auf die Couch in der Wohnküche. Dort schlief ich zwischen Essensresten, herumliegenden Flaschen und überquellenden Aschenbechern ein. Ich dachte nicht an meine Eltern, die auf der anderen Seite der Donau von der Decke hingen.

In den Wochen nach dem Erdbeben, während sich das Leben in LA wieder normalisierte, ging ich jeden Tag in den Supermercad einkaufen. Ich kaufte immer nur das Notwendigste. Jedesmal so wenig wie möglich, damit ich so oft wie möglich wiederkommen konnte, einen Vorwand hatte, den kleinen Laden aufzusuchen, wo Casta an der Kasse saß. Obwohl Abe eine Woche nach dem Beben seinen Deli wieder geöffnet hatte und sein Geschäft an einem besseren Block im Yucca Viertel gelegen war, erledigte ich jetzt alle Besorgungen im Supermercad. Ich ging in den Corridor, um eine halbe Gallone Milch zu kaufen, und kam am nächsten Tag wegen einer einzigen Packung Toastbrot wieder. Um Casta zu sehen, war mir jeder Vorwand recht. Sie wirkte auf mich wie ein Wesen von einem anderen Planeten, von einem besseren Planeten, einem, wo die Menschen weicher gezeichnet, samtener waren, Frauen waren, goldocker, wie atmende Sienaerde. Mit ihr wollte ich mich unterhalten, auch wenn mir ihre Anwesenheit die Sprache verschlug und es mehr ein Ihr-Zuhören als Mit-ihr-Sprechen war. Ich bewunderte, wie die Stimme aus ihr heraussprudelte und ihre

Hände jedes einzelne Wort in die Luft pinselten. Ihr hispanisches Amerikanisch klang wie die einzig logische, einzig natürliche Sprache, die es gab. Von jeglichem unnützen Ballast hatte sie sich befreit und kam schnörkellos zum Ziel. Casta verwendete wenige unterschiedliche Wörter, aber sie verstand es, diese ständig neu zu arrangieren, zu färben und betonen, neuartig zusammenzubauen und für die verschiedensten Dinge einzusetzen. Sie redete, ohne Wert auf Grammatik und Wortschatz zu legen, und ihre Erzählungen lebten von der Intimität und Melodie, die aus solchem Minimalismus entstand. Castas Sprechen war Silbenmusik, die Inhalte übermittelte. Ob bedeutungsvoll oder nicht, alles drückte sich wie von selbst aus, war klar, ohne klar definiert zu sein. Als müsste Casta ihre Sätze gar nicht sprechen, sondern lediglich denken, schon schmiegten sie sich an mich. Ich wurde verführt von ihrer Andersartigkeit, stand da, lachte, nickte, auch wenn ich oft nicht verstand, was Casta sagte, weil ich zu abgelenkt war oder zu umständlich dachte, zu verkrampft war für so viel Leichtigkeit.

Mittags schien mir die Sonne ins Gesicht, und es dauerte eine Weile, bis mir klar wurde, dass ich mich im oberen Stock des Kulturzentrums befand. Ich wusste nicht, ob ich wach war oder träumte. Zwei splitternackte Frauen waren in den Raum gekommen und kochten Kaffee. Sie sahen völlig anders aus als Ellie. Sie waren älter als sie und gänzlich ungeschminkt. Eine trug eine Hornbrille, die andere ein ledernes Armbändchen – das jeweils Einzige, was sie anhatten. Blinzelnd betrachtete ich ihre Brüste und Schamhaare. Die Brillenträgerin hatte rötliches Haar, sowohl im Schambereich als auch unter ihren Achseln, die andere kastanienbraunes. Ich hatte einen unheimlichen Durst, aber ich wagte nicht, mich zu bewegen. Auch wenn meine Kehle noch so ausgetrocknet war, blieb mir nur eines, nämlich mich schlafend zu stellen. Sicherlich hatten sie bemerkt, dass ich auf der Couch lag und meinen Rausch ausschlief, aber sie kümmerten sich nicht um mich. Sie redeten wenig, und wenn, dann murmelten sie so gedämpft, dass ich Mühe hatte, ihre Worte zu verstehen. Heimlich belauschte ich sie, und hin und wieder öffnete ich vorsichtig ein Auge, um sie zu beobachten.

Die Brillenträgerin hieß Mona, hatte ich herausgehört. Sie war es, die mich dabei ertappte, wie ich meine Augen aufschlug.

– Wer bist denn du?

Ich krächzte irgendetwas Undefinierbares.

Ob ich auch einen Kaffee wolle, wollte sie wissen.

Ihre Freundin war in der Duschkabine am Rand der Küche verschwunden. Nachdem sie sich gewaschen hatte, trug sie ein Handtuch um die Hüfte.

Mona brachte mir ein Glas Wasser und setzte sich nackt auf meine Couch. Hätte ich meine Füße ausgestreckt, hätte ich ihre Schenkel berührt. Sie schien völlig unbeeindruckt von der Situation. Abwesend strich sie durch ihr lockiges Haar und schlürfte an ihrer dritten Tasse Kaffee.

Ich leerte mein Wasserglas in einem Zug und wusste nicht, was ich sagen sollte. Sollte ich überhaupt etwas sagen? Wahrscheinlich war es besser, still zu sein. Dann würde ich älter wirken.

– Bist wohl nicht mehr heimgekommen gestern, was?

Nachdem ich etwas Bejahendes von mir gegeben hatte, bot sie mir an, dass ich ruhig hierbleiben konnte, wenn ich wollte. Ihr Zimmer sei hinten, sagte sie und deutete auf eine Tür weiter hinten im Gang. Wenn die Jungs von der Band aufstanden und hier frühstückten, wäre es angenehmer, hinten auszuschlafen, meinte sie und drückte sanft meinen Oberschenkel. Ich zog mich in meiner Embryonalstellung noch weiter zusammen und sagte Ja, Okay, Danke. Mein Herzschlag hatte sich verdreifacht. Ich wusste nicht, ob es der Kater oder die Erregung war. Jedenfalls war ich erleichtert, als Mona aufstand und im hinteren Wohnbereich verschwand.

Eine Weile war ich allein mit meinen Kopfschmerzen und einem sich aufdrängenden Bild von zwei leblosen Körpern am Strick. Bald jedoch wurde es vertrieben, denn die ersten Bandmitglieder kamen in die Küche und husteten ihren

Kater ins Waschbecken. Sie suchten nach Ess- und Trinkbarem, rauchten und jammerten. Ich räumte das Sofa und ging auf die Toilette. Lange verharrte ich auf der Klobrille. Dann wusch ich mir an dem kleinen Waschbecken im Klo das Gesicht und ging nach hinten.
– *Hi mate,* sagte einer der Musiker zu mir.
Vorsichtig klopfte ich an Monas Tür.

Manchmal erzählte Casta von verschiedenen Stammkunden des Supermercad. Über Rodriguez, den Maler, der regelmäßig kam und die heilige Maria entworfen hatte, die neben dem Ladeneingang von der Wand blickte. Oder den alten Henry, der früher auf dem Balkon des Apartmentblocks an der Franklin gesessen war, aber sich mittlerweile in seiner Wohnung verkroch und nur mehr selten mit seinem Trolley vorbeikam, in dem er die Einkäufe nach Hause rollte.
– Irgendwie vermisse ich ihn, sagte Casta, aber es klang nur so dahingesagt.
Einer alten Dame im Senior Citizen Center auf der Las Palmas brachte sie die Einkäufe nach Hause.
– Zustellservice, weißt du, sagte sie und mokierte sich darüber, wie schwer es sei, die telefonischen Bestellungen der Alten zu verstehen. Um sicherzugehen, brachte Casta immer mehr Waren, als sie am Telefon notiert hatte. Noch nie sei das der Alten aufgefallen.
Ein anderer Nachbar sei kürzlich paranoid geworden, erzählte Casta. Plötzlich habe er sich eingebildet, dass ihn Leute von der Straße aus in seiner Wohnung erschießen wollen. Seit diesem Tag öffnete er die Vorhänge nicht mehr und robbte über seinen Teppichboden. Wenn Casta ihm Lebensmittel brachte, musste sie die Tüten vor seiner Haustür abstellen und drei Mal dreimal klopfen. Das Geld schob er ihr in einem Kuvert unter der Tür durch. Dann hatte sie den Eingangsbereich zu verlassen. Wie die Einkaufstüten schließlich in seine Wohnung gelangten, hatte sie nie gesehen.
Auch über ihren Chef, einen Nordmexikaner, der mehrere

Läden in Hollywood führte, erzählte mir Casta und senkte dabei die Stimme. Sie erzählte mir von ihren anderen Jobs, mit denen sie sich über Wasser hielt. Und natürlich redeten wir auch über das Erdbeben, das sie im neunten Stock des Hochhauses, wo sie wohnte, miterlebt hatte. Über eben jenes *Fontenoy* erzählte sie mir, ein heruntergekommenes Art-Deco-Gebäude, dessen glamouröse Zeiten längst vergangen waren. Und über die Whitley Avenue, an der es stand. Über sämtliche Straßen im Yucca Corridor wusste Casta etwas zu erzählen. Sie kannte sie im Detail und fürchtete sie nicht. Fürchtete weder die Junkies noch die Dealer. Höchstens die *Crackheads* seien unberechenbar, meinte sie. Die seien zu allem fähig. Die *Shopping-Cart-People* hingegen waren Casta schon seit ihrer Kindheit in Mexico-City vertraut. Dort sahen sie kaum anders aus als in Hollywood. Verstaubte Wesen, die ihre Habseligkeiten in einem Einkaufswagen mit sich führten. Bunte Plastiksäcke, ein wenig Kleidung, viel Müll, gesammelte Dosen, Flaschen, Bierdeckel schoben sie vor sich her. Meistens aber bewegten sie sich nicht. Meistens blieb alles bewegungslos im Corridor. Nach außen hin zumindest.

Als ich ihr Zimmer betrat, war Mona bereits angezogen, trug einen karierten Rock, eine leichte Bluse und saß an einem Arbeitstisch, wo sie Kohlezeichnungen anfertigte.
– Störe ich?
– Nein, nein, keinesfalls. Mir fällt sowieso gerade nichts Besonderes ein.
Leise schloss ich die Tür hinter mir.
– Kannst dich ruhig hier hinlegen und dich ausschlafen, wenn du willst. Stört mich nicht.
Sie deutete auf eine Matratze im Eck des geräumigen Zimmers.
Ich legte mich hin und sah mich um. Seidentücher verhängten einen Bereich des Raums, der als Schrank diente, vollgestopft mit bunten Kleidern. Der Boden des Zimmers war mit ihren Kohlezeichnungen ausgelegt, teils auch mit Aquarellen. Die meisten Bilder stellten abstrakte Motive dar,

manche auch alltägliche Gegenstände, Landschaften, Tiere oder Akte. An Schlaf war nicht zu denken.
Neben ihrer Matratze stand eine elektrische Gitarre mit einem kleinen Gitarrenverstärker.
– Spielst du Gitarre?, fragte ich.
– Ein bisschen. Du auch?, sagte sie, fast beiläufig. Du kannst sie gerne spielen, wenn du willst. Fühl dich wie zu Hause.
Sie reinigte ihre Brille.
Ich fühlte mich keineswegs wie zu Hause. Ich hatte kein zu Hause mehr. Kurz überlegte ich, ob das hier mein neues Zuhause werden könnte.
Ich nahm die Gitarre in die Hand und fing an zu spielen, leise, ohne den Verstärker aufzudrehen. So saßen wir für eine unbestimmte Zeit in ihrem Zimmer. Sie in ihre Zeichnungen, ich in mein Gitarrenspiel versunken. Als draußen in der Küche die Engländer die Stereoanlage in Gang gebracht hatten und Rockabilly-Sounds durch Monas Tür drangen, schaltete ich den Gitarrenverstärker an und begann zu der Musik zu spielen. Mona war dazu übergegangen, mich zu zeichnen, einen verwirrten Teenager, gekrümmt über eine Aria-Pro-II-Gitarre. Eine schmächtige, gebogene Gestalt mit langgestreckten Fingern und gedehnten Gesichtszügen. Über einem schmalen Mund wuchs eine Nase in die Tiefe, fast bis auf die Saiten der Gitarre. Die Haare, die die Augen verdeckten, zeichnete Mona dunkler, als sie tatsächlich waren. Ich weiß nicht, ob ich wirklich zu erkennen war. Der Gitarrist, den sie portraitierte, erinnerte mich eher an Rumpelstilzchen oder irgendein anderes Wurzelmännchen aus dem Wald. Ich glaube nicht, dass Mona allzu großes Talent hatte.

Später wurde in der Küche Tofu-Gulasch gekocht und Grüner Veltliner getrunken. Ich erzählte die Geschichte, dass meine Eltern übers Wochenende verreist waren und ich mich ausgesperrt hatte.
Wenigstens einen Tag noch, bis Sonntag, würde ich mich damit durchschlagen können.
Vom Essen wurde mir wieder schlecht.

Eine Band namens Massacre drehte sich auf dem Plattenteller.
Ein Pfeifen in meinen Ohren.
Ich schließe die Wohnzimmertür und es wird schwächer.
Ich lege mich wieder auf Monas Matratze.
Dünne Striche vor mir.
Ich bin jetzt allein in ihrem Zimmer.
Ich schwebe über Kohlezeichnungen. Es ist, als ob ich selbst in der Luft hänge.
Hektische Musik, wie ich sie noch nie gehört habe, rast durch den Türspalt.
Jetzt ist es nicht mehr zu überhören, das Pfeifen. Die Töne schlagen auf meinem Trommelfell ein. Werden dort zusammengestaucht und verschluckt von einem bodenlosen Abgrund. Werden geräuschlos, geschwindigkeitslos.
Der papierne Raum. Ein Strich. In mir.
Regungslos liege ich. Schuhe und Jacke ausgezogen.
Der Ort löst sich vor mir auf. Ich mich in ihm.
Wann würden meine Eltern von der Decke fallen? Verschluckt werden?
Wann würde man mich zu suchen beginnen?
Am Montag spätestens würde in der Schule meine Abwesenheit auffallen.

In den Gesprächen mit Casta brachte ich mich selten selbst ein. Kaum wagte ich, mit meinem rumpeligen deutschen Akzent ihren Sprachfluss zu unterbrechen. Lieber blieb ich beim Zuhören, das gleichermaßen ein Zusehen war. Wenn ich kurz etwas von mir gab, dann nur um Casta zu bestätigen, dass ich noch da und bereit war, neue Erzählungen von ihr aufzunehmen.
Casta referierte über mexikanische und amerikanische Lebensmittel, über Zigaretten und Tequila, über Schmuck, Kleidung, Winter, Sommer. Alles, was ihren schmalen, dunklen, nie von Lippenstift verdeckten Lippen entsprang, war mir recht. Über Luchadors, Wrestler und ihre Masken hörte ich sie reden. Sie schwärmte von El Santo.
– Das war der Größte. Der Größte aller Zeiten, sagte sie und

steckte mich mit ihrem Enthusiasmus an. In ihren glänzenden Augen meinte ich die Showkämpfe mitverfolgen zu können, von denen sie berichtete.
Auch von Musikerinnen schwärmte Casta, von aktuellen *Riot Girl*-Bands wie Hole, L7 oder den Babes in Toyland, die mir allesamt unbekannt waren. Mit einem ungläubigen Lächeln schüttelte sie den Kopf über solch Unwissen.
Kurz blitzte die Spalte zwischen ihren Schneidezähnen auf. Jetzt erst fiel mir das leichte Flöten in ihrer Aussprache auf. Wie ein sanfter Luftzug begleitete es die Silben, die Casta in die Welt schickte, mir zuschickte, mir, der ich im Gegensatz zu ihr alles verpasst zu haben schien. Aus ihrem Gesicht strahlte mir das Leben entgegen, wie es sein könnte, wäre man nicht in österreichischer Finsternis zur Welt gekommen. Ich bestaunte ihre hohen Wangenknochen und den Flaum, der sich wie ein Halbschatten über ihre Oberlippe legte.
Wie gut, dass sie kein Make-up trägt, dachte ich.
Ich beobachtete, wie sie die immergleiche Strähne ihrer schimmernden Haare aus dem Gesicht strich. Furchtbar lästig musste das sein, überlegte ich. Meine Haare schnitt ich so, dass sie mir nicht in die Augen hingen.
Ich hatte verloren, worüber Casta gerade sprach.
– Ich rede zu viel. Stimmt's?, sagte sie und fuhr fort, von einer japanischen Band namens Shonen Knife zu berichten und darüber, dass sie selbst Bass spielte.
– Nicht gut, meinte sie. Aber gut genug. *Definitely!*

Ich wusste nicht, wie lange ich geschlafen hatte. Durch die Fenster drang kein Tageslicht mehr in Monas Zimmer. Die Zimmertür war geschlossen und nur dumpf waren Saxofon-Improvisationen zu hören.
Aus dem Halbdunkel neben mir tauchte Monas Stimme auf.
– Magst du Free Jazz?, fragte sie. Das ist Ornette Coleman. Früher konnte ich ihn nicht ausstehen, aber mittlerweile habe ich mich daran gewöhnt. Tommy legt ihn immer auf.
Sie roch nach saurem Wein und kaltem Rauch. Behutsam nahm sie meine linke Hand und führte sie an ihren Bauch.

– Du wirst sicher auch einmal ein Musiker, sagte sie.
Ich spürte die nackte Haut, über die sie meine Hand gleiten ließ.
– Ob du dich an mich erinnern wirst, wenn du einmal groß und berühmt bist?
Mein komplettes Universum rutschte in meine Fingerspitzen, die, von Mona geführt, etwas Weiches, Warmes, Zartes streichelten.
– Ich glaube nicht. Aber das ist egal. Das musst du nicht.
Sie führte meine Hand zu ihren Brüsten und hinunter zu ihrem dicht behaarten Venushügel. Meine Hand begann zu schwitzen. Ich fing an, meine Finger selbst ein wenig zu bewegen und streichelte ihre Schamhaare.
Mona drehte sich zu mir, wodurch meine Hand tiefer zwischen ihre Schenkel rutschte. Zärtlich strich sie mir durchs Haar. Ich konnte ihre Achseln riechen und spürte ihre Brustwarzen, die mich berührten.
– Hast du schon einmal mit einer Frau geschlafen?
Ich antwortete nicht. Ich konnte nicht reden, selbst wenn ich es gewollt hätte.
– Das ist egal, sagte sie und ließ ihre Hand in meine Hose gleiten.
Ich befürchtete, auf der Stelle zu ejakulieren.
– Ich liebe dich nicht. Du liebst mich nicht, hörte ich sie sagen. So ist es am besten beim ersten Mal.
Ich spürte, wie mich sämtliche Kraft verließ. Ich konnte mich kaum mehr bewegen, aber das machte nichts.
– Du wirst sehen, es wird dir gefallen, sagte sie.
Danach ging alles zu schnell, um es in Erinnerung zu behalten.
Mona stieg auf mich. Ihre Vagina war groß, und feucht, und heiß.

Bei anderer Gelegenheit sprach Casta über Cilantro, Tijuana oder Baseball. Über die U-Bahn in Mexico-City, die so billig war, dass man Zehnerblocks kaufen musste, weil es kein kleineres Zahlungsmittel als die 5-Centavos-Münze gab. Als Kind hatte Casta täglich Stunden in den ratternden Zügen

der STC Metro verbracht, wenn sie von Ecatepec, wo sie wohnte, nach Tepito fuhr, wo ihr Vater einen Kleiderstand betrieb und sie ihm beim Verkauf gefälschter Markenartikel half. Die Reisen in der Linea B hörten erst auf, als Casta durch ihren Großonkel nach Kalifornien kam, wo es bessere Möglichkeiten gab, Geld zu verdienen.
Zehn Jahre war sie jetzt hier. Zehn gute Jahre, meinte sie. Gute Jahre, die noch besser werden würden. *The future so bright, I gotta wear shades,* zitierte Casta und lachte.
Ich erzählte ihr nichts von Wien und Linz. Die Straßen- und U-Bahnen dort gaben nichts her, von dem ich hätte berichten können. Ohnehin war es nicht notwendig, über mich zu erzählen. Casta erwartete nicht, dass ich über meinen Namen und meine Nationalität hinaus Auskunft gab. Sie wusste, dass ich aus *Austria,* nicht *Australia,* sondern *Austria in Europe,* kam, einem alten, für sie fast sagenumwobenen Kontinent, der nur in Büchern existierte und keine Relevanz für die wirkliche Welt hatte.
– Julian heiße ich, sagte ich. Fast wie in *Julia* von den Beatles.
Das war einer meiner Lieblingssongs von John Lennon, den ich auch regelmäßig auf der Straße spielte. Doch Casta kannte ihn nicht.
– Es ist ein guter Song, sagte ich.
– Ach, da ist so viel, was ich nicht kenne.
– Arnold Schwarzenegger aber solltest du kennen. Der ist auch ein Österreicher. *From Austria. Austriaco,* wie ich.
– Der *Terminator? Austriaco*?
Ungläubig verdrehte Casta ihre Kastanienaugen.
– Ich dachte schon, dass er dir ein bisschen ähnlich sieht.
Ein schelmisches Lachen in ihrem Gesicht.
Ich wusste, dass ich nichts, rein gar nichts mit Arnie gemein hatte.
– *Hasta la vista, Baby,* sagte Casta mit bassiger Stimme und mimte mit dem rechten Arm das Maschinengewehr, das sich der Terminator über die Schulter warf.

Später saß Mona wieder angezogen an ihrem Zeichentisch. Die Lampe blendete mich. Meine Hose war nass und ich hätte mich am liebsten in Luft aufgelöst. Mona skizzierte abstrakte spiralförmige Konturen auf raufasrigem Papier.
Ich schlich aufs Klo. Versuchte ihrem Blick zu entgehen. Schindete Zeit. Das war alles, was ich mit dem Rest der Nacht vorhatte: Zeit schinden.
Ich wollte mich wieder in den dunklen Innenhof zurückziehen und meine Ruhe haben, aber dort wurde nun eine Leinwand aufgebaut. Bald darauf begann die Freiluft-Vorführung eines japanischen Experimentalfilms namens *Im Reich der Sinne* – ein erotischer Schwarz-Weiß-Film, mehr Porno als Kunst, in dem sich ein obskures Liebespaar in immer perverseren Sexspielen verliert. Schon als die beiden Darsteller mit rohen Eiern experimentierten, die sie tief in die Vagina einführten, wollte ich ihr immer obsessiveres Lustreich verlassen. Doch ich kam nicht los. Gebannt und angewidert starrte ich auf die Leinwand. Ähnlich wie bei den *Gesichtern des Todes* konnte ich die ekelhaften Aufnahmen nicht ausblenden, musste ich den Weg der Leidenschaft dieses Paares mitverfolgen, ob ich wollte oder nicht, bis er mit der Kastration und Tötung von Kichizo, dem Hauptdarsteller, endete.
Danach fühlte ich mich elend. Wie gelähmt saß ich im Abseits und hoffte, dass mir weder Mona noch sonst jemand, den ich kennengelernt hatte, über den Weg lief. Es fühlte sich an, als wäre ich selbst an diesem apokalyptischen Wochenende kastriert und umgebracht worden. Leise schlich ich im Schatten der Mauer entlang zum Ausgang. Ziellos wanderte ich stundenlang durch die leere, nächtliche Stadt. Um das Kneipenviertel machte ich einen ebenso großen Bogen wie um die Straße, in der ich bis zum Vortag gewohnt hatte. Jene Straße, wo meine Eltern noch immer von der Decke hingen. Die Bilder drehten sich in meinem Kopf.
Wäre ich in diesem Moment auf Polizisten getroffen, so hätte ich mich ihnen vielleicht anvertraut. Aber das tat ich nicht. Ich traf auf niemanden. Ich blieb allein in dunklen, schmucklosen Straßen, die zum Bahnhof führten.

Um 4 Uhr 28 fuhr der erste Zug Richtung Wien. Vielleicht wäre es eine bessere Idee gewesen, mich von der Donau dorthin treiben zu lassen. In ihren braunen Wasserstrudeln für immer zu verschwinden. Doch seltsamerweise hielt ich an meinem Leben fest. Ich war nicht bereit, es hinzuwerfen, wie meine Eltern es getan hatten. Ich war nicht wie sie. Ich war auch nicht wie Kichizo, der sich von seiner Geliebten hatte massakrieren lassen. Ich war Julian Ogert. Noch keine 16 Jahre alt. Jung genug, um an einen Neuanfang zu glauben.

Der leere Zug stand kaum beleuchtet am Gleis. Die Türen waren geöffnet, kein einziges Abteil besetzt. Ich versteckte mich auf der Gepäckablage. Dort oben in der Dunkelheit würde mich niemand finden.

Ich schloss die Augen und irgendwann später spürte ich, wie der Zug sich holprig in Bewegung setzte. Das Triebfahrzeug brummte, die Weichen klapperten. Ich hörte die Räder auf den Schienen heulen.

Es waren meine letzten Minuten in Linz.

Nun entwischte ich dieser Welt. Ließ die grauen Eternit-Häuser und meine toten Eltern hinter mir. Nie wieder würde ich an diesen Ort zurückkehren.

7

Mit 16 war Castas Welt in der mexikanischen Hauptstadt zusammengebrochen. Ihr Vater war bei einem Überfall auf sein Geschäft erschossen worden. Die Mutter konnte vier Kinder nicht mehr durchbringen. Die Verwandtschaft in San Diego, nördlich der Grenze, sprang ein.

– Viele werden dort erschossen, sagte Casta über Tepito, jenes *barrio*, in dem ihr Vater gearbeitet hatte.

Raubüberfälle waren nichts Außergewöhnliches. Es war nur eine Frage der Zeit, bis sein Kleiderladen an der Reihe war. Es hatte ihrem Vater nichts gebracht, dass er bewaffnet

war. Im Gegenteil. Jeder dort war bewaffnet, und genutzt hat das höchstens denen, die ihre Waffen auch benutzen wollten.
Ob ich eine Waffe trüge, fragte sie mich. Ich schüttelte den Kopf.
Auf den Gedanken war ich nie gekommen. Jede Nacht waren meine Taschen voller Münzen, wenn ich mit meiner Gitarre von Santa Monica zurückkehrte. Doch nicht einmal Pfefferspray trug ich bei mir.
Sie hätte eine, meinte Casta. Schon hatte sie das Gespräch auf Selbstverteidigungswaffen gelenkt, worüber wir endlos diskutieren konnten.
Eine ihrer Freundinnen ginge nicht ohne Elektroschocker aus dem Haus, sagte sie.
Ihr Vater war die Asche in irgendeiner Urne in einem Vorortfriedhof Mexico-Citys. Mehr wollte Casta mir nicht von ihm erzählen. Wir lebten jetzt. Was davor war, war davor, war vergangen, gab sie mir zu verstehen.
Ich verstand es allzu gut.
Ich war nah daran gewesen, ihr zu erzählen, dass auch meine Welt mit 16 zusammengebrochen war. Aber Casta ließ mich nicht zu Wort kommen.

– Ich sag dir, ich hasse San Diego, *America's Finest City*, hörte ich sie reden. Amerikas langweiligste City sollte man es nennen!
Casta sprach ohne Kanten und Pausen. Ihr Leben war ein Rap, ein Flow, alles, was sie erzählte, wurde augenblicklich zu Texten, auch wenn es dadurch nicht an Bedeutung gewann. Als Story wurde das Leben größer, als es eigentlich war, aber stets nur für einen kurzen Moment. Casta war ein *griot*, ein singender Geschichtenerzähler, eine Dichterin. In ihren Erzählungen kamen und gingen die Figuren, flossen ineinander. Kurz trieb etwas, trieb jemand an der Oberfläche, dann wurde er von der nächsten Welle weggedrückt. Eine Zeit lang trieb ich an Casta vorbei. Sie war das schönste Stück Land, das ich je gesichtet hatte. Wäre ich nicht von ihrem Äußeren so beeindruckt gewesen, hätte ich mich ge-

fragt, wie weit ihre Geschichten der Wahrheit entsprachen. So aber hinterfragte ich nicht und genoss die Auszeit, die ich bei meinen Besuchen im Supermercad mit ihr verbrachte. Wie Urlaub fühlte es sich an. Wie eine Pause in meinem ansonsten in Routine auslaufenden Leben in Los Angeles.
Die Aufregung des Erdbebens war inzwischen vergangen. Die Wohnung hatte ich seit Wochen für mich allein. Die meisten Nachbarn waren zurück. Ich hörte sie durch alle Wände. Ich sah sie auf der Straße, auf den Gehsteigen und in ihren Autos. Wie entleerte Menschen in einer wieder aufgefüllten Stadt kamen sie mir vor.

Irgendwie hatte das Erdbeben meinen Blickwinkel verschoben. Ich hatte wohl insgeheim gehofft, dass es eine große Veränderung mit sich bringen würde. Doch da nun scheinbar alles weiterging wie zuvor, stellte sich bei mir eine gewisse Enttäuschung ein. Ja, ich hatte mir mehr erwartet von so einer Katastrophe.
Back to normal war im Februar 1994 das allgegenwärtige Motto, und für mich fühlte sich das wie ein Rückschritt an. Es deutete an, dass einfach alles immer so weitergehen würde. Was aber, wenn mir das zu wenig war? Wohin konnte ich denn noch gehen? Weder zurück noch weiter westlich konnte ich.
Ich wollte nicht darüber nachdenken. Lieber sah und hörte ich einfach Casta zu, wenn sie mir ihre Geschichten erzählte. Teils bessere, teils schlechtere. Eine nach der anderen.

Nachmittags jobbte sie in einem Kleiderladen in der Melrose Avenue, wo hippe Menschen ein- und ausgingen.
– Und die denken, sie seien schön, sagte Casta.
Flanellhemdenträger aus dem Valley, die in Melrose einen Sinn im Leben suchten.
An anderen Tagen bediente sie eine ähnliche Kundschaft im Le Croque, einem französischen Bistro in der Fairfax. Hin und wieder tauchten dort Schauspieler auf, die sie er-

kannte, und bestellten Iced Coffee und Croissants, die so groß wie Tortillas waren.
Wieso erzählte sie mir das alles, obwohl wir uns kaum kannten? Sah sie in mir bloß irgendeinen dahergelaufenen Gringo, mit dem sie sich die Arbeitszeit vertreiben konnte, oder spürte sie, dass wir seelenverwandt waren?
Casta beschrieb, wie sie ihr Fahrrad in die ächzende Aufzugskabine des Fontenoy zwängen und hoffen musste, dass der Lift bei der Fahrt durch neun Stockwerke nicht stecken blieb. Sie habe ihr Fahrrad in einem Sperrmüllcontainer in der Franklin gefunden, erzählte sie. Ein alter Rostesel sei es.
Vielleicht wirkte ich geheimnisvoll und anziehend, weil ich nichts von mir erzählte?
Frauen mochten doch geheimnisvolle Männer, in denen sie etwas Hintergründiges zu entdecken hofften. Etwas, was nur für sie dort verborgen war.
Oder wirkte ich verletzt, verwirrt, verloren, und Casta hatte das Gefühl, sich um mich kümmern zu müssen?
Immer nahm sie das Rad, um nach Melrose zu kommen, auch wenn Radfahren in LA eine Mühsal war, ein Kampf gegen Hitze, Abgase, Cops und nicht enden wollende, schnurgerade Autostraßen. Vor allem die Cops fürchtete Casta, denn sie hatte keine Green Card.

Auch ich hatte keine Green Card.
Wie sollten Korridormenschen auch eine Aufenthaltserlaubnis bekommen?
Ständig waren wir auf der Flucht. Ohne wirkliches Ziel. Nie kamen wir an. Jede Tür, die von unserem Korridor abzweigte, stellte ein Risiko dar. Jede falsche Bewegung konnte uns zum Ausgangspunkt zurückbringen, wo wir unsere Flucht begonnen hatten und von wo aus wir wieder und wieder fliehen würden. Würden sie uns abschieben aus den USA, würden wir versuchen wiederzukommen. Oder woanders unsere Chance suchen, in Australien vielleicht oder Neuseeland. In Brasilien oder Chile. Irgendwo in der neuen Welt. Wir würden nicht dort bleiben, wo wir herkamen. Das konnten wir nicht. Unsere Flucht war eine Bewegung, die,

einmal begonnen, nie enden konnte, ein immerwährendes Fort. Unser Leben war deshalb nicht schlechter als andere Leben. Wo andere eine Heimat hatten, hatten wir unseren Korridor. Wo andere festsaßen, fixierten wir wechselnde Fluchtpunkte.
Mein Fluchtpunkt war Santa Monica, auch wenn ich wusste, dass das nicht auf Dauer so bleiben konnte. Fluchtpunkte mussten sich immer verschieben, sonst waren sie irgendwann keine Fluchtpunkte mehr.
Vielleicht war es das, was mich nach all der Aufregung und dem langen Fluchtweg, der mich nach Kalifornien geführt hatte, nun ernüchterte: Ich bemerkte, dass ich hier festsaß. Ich war ein Korridormensch, der zum Stillstand gekommen war. Ich wusste weder, wohin ich hätte weiterziehen sollen, noch was es für mich in dieser Stadt noch zu entdecken gab. Die Hoffnung auf Neues, auf Besseres, die mich bislang vorangetrieben hatte, erschöpfte sich. Zum Glück gab es wenigstens Casta, deren schiere Existenz mich von dieser Erkenntnis ablenkte.

Ich war mit einem Touristenvisum in die USA eingereist. Die Beamten in der amerikanischen Botschaft in Paris hatten sich nicht näher mit mir beschäftigt. Wie alle Touristen musste ich einen Fragebogen ausfüllen, auf dem unter anderem gefragt wurde, ob ich Mitglied einer kommunistischen Partei oder schon einmal in der Sowjetunion gewesen war. Bei allen Fragen musste die *No*-Box angekreuzt werden. Ich gab mich als Student mit einwandfreier Gesundheit aus. Eine Woche später musste ich mich wieder in der Botschaft anstellen, und nach wenigen Stunden Warten hatte ich meinen Reisepass mit dem Visum in der Hand.
Enjoy your trip, sagte der Beamte. Freundlich, geradezu herzlich klang es.
Drei Monate hätte ich in den USA bleiben dürfen. Jetzt hielt ich mich schon seit vier Jahren in diesem Land auf und trug statt meines abgelaufenen Reisepasses drei gefälschte Ausweise bei mir.
Casta hatte die Grenze der Vereinigten Staaten im Koffer-

raum ihres Großonkels passiert. Ihre gefälschten Papiere hatte sie sich in San Diego besorgt. Dann war sie nach Los Angeles getrampt.
Wir beide verließen uns auf die gekauften Social Security Cards. Doch für mich war es einfacher als für Casta. Als *Caucasian* lief ich weniger Gefahr, dass mich die Cops von der Straße klaubten. Weiße haben es in Amerika immer leichter. Überall, denke ich, haben Weiße es leichter.

Vielleicht arbeitete Casta deswegen am liebsten zu Hause. Im Fontenoy in der Whitley Ave, wo sie und ihre Mitbewohner, andere *Hispanics*, großteils Musikerinnen und Künstler, wohnten und fast jede Woche Partys feierten. Es waren keine organisierten Partys, eher nur *Hanging Outs*, zu denen verschiedene Bekannte auftauchten oder nicht, ihre Getränke, ihre Drogen selbst mitbrachten und blieben, so lange sie wollten. Auch ich kam manchmal vorbei.
Im Grunde fühlte sich dieses Apartment #9012 an wie eine Bar, ein privater Club mit einer beeindruckenden Aussicht durch die riesige Fensterfront des Wohnzimmers, die auf einen Balkon führte, von dem aus halb Hollywood überblickt werden konnte.
Ich konnte nicht einschätzen, wer hier wirklich wohnte oder nur Gast war wie ich. Das spielte auch keine Rolle, denn der Übergang verlief fließend. Einige Gäste schienen sich länger in der Wohnung aufzuhalten als so mancher Mieter.
Nie begriff ich die tatsächliche Größe dieses Apartments. Eine Vielzahl von Zimmern zweigte vom eigentlichen Wohnbereich nach hinten ab. Die meisten davon sah ich nie von innen. Auch Castas Zimmer nicht. Es hätte mich interessiert, wo sie arbeitete und schlief, aber nie ergab sich die Gelegenheit, dass sie es mir zeigte. Im Gegenteil. Manchmal bekam ich sie überhaupt nicht zu Gesicht. Casta kümmerte sich nicht um uns Gäste. Sie war selbst wie ein Partygast in ihrer eigenen Wohnung. Sie fühlte sich nicht verantwortlich für das, was im Wohnzimmer geschah.

Ich glaube, sie nutzte die Zeit, die sie nicht mit schlecht bezahlten Jobs im Supermercad, in Melrose oder Fairfax verbringen musste, um ihrer Lieblingsarbeit nachzugehen, dem Verfassen von kurzen Biografien. Damit, denke ich, beabsichtigte sie, sich eine echte Zukunft aufzubauen. Nachts, während andere schliefen oder feierten, saß sie an der Schreibmaschine in ihrem Zimmer und brachte die Lebensgeschichten verschiedener Angelenos, die sie dafür bezahlten, zu Papier.

The story of your life. Let me write it for you, stand auf dem Flyer, den sie mir zeigte. *Dime su vida*, war auf Spanisch zu lesen. Und etwas von *Escribir su biografia.*

– Du könntest einer meiner Klienten sein, sagte sie.

Ich versuchte einzuschätzen, was Casta ernst meinte und wann sie Spaß machte.

Die meisten Interessenten erreichte sie im Senior Citizen Center auf der Las Palmas, wo sie manchmal Einkäufe auslieferte. In jede Lebensmitteltüte steckte sie einen ihrer Flyer. So gelangte er in die Hände von auf den Tod wartenden Menschen, die sich ein wenig Geld angespart hatten und ihre Memoiren hinterlassen wollten.

So eine Biografie sei eine gute Sache, sagte Casta. Etwas Sinnvolles, nicht nur, wenn man am Ende seines Lebens stünde. Auch zwischendurch sei es gut, mal Resümee zu ziehen. Und es koste nicht viel Geld, denn sie berechne nach Stundenlohn und könne schnell tippen. Sie habe eine gute Schreibmaschine. Und jede Menge *Wite-Out*, um Tippfehler zu verbessern, lachte sie.

Nein, ich sei wirklich kein potenzieller Kunde, sagte ich.

– Man weiß ja nie.

Meinte sie das ernst oder machte sie sich über mich lustig? War das ein Verkaufsgespräch? Waren ihre Erzählungen nur Werbemaßnahmen, um mich als Kunden zu gewinnen?

– Ich nehme nur acht Dollar die Stunde, sagte Casta.

Sie zeigte mir eine der Biografien, an der sie gerade arbeitete.

In Gesprächen mit einer alten Frau aus der Nachbarschaft

hatte sie deren Erinnerungen mit einem Diktafon aufgezeichnet und zu Hause niedergeschrieben, wie ihre Auftraggeberin sich für die Nachwelt in Erinnerung halten wollte. Ihren Kindern, Enkeln, Verwandten, Bekannten wolle diese Frau das Buch schenken, wenn es fertig sei, sagte Casta. Man könne sein Leben aber durchaus bloß für sich selbst festhalten.
Sie konnte nicht ernsthaft meinen, dass ich ihr meine Biografie in Auftrag geben würde!
Die meisten Lebensgeschichten, die sie zu schreiben bekäme, würden einander ähneln, sagte Casta. Oft könne sie dieselben Hintergrundbeschreibungen in unterschiedlichen Texten verwenden. Die Mexikanische Revolution, die *Dustbowl* Oklahomas, die Rezessionen, die Zapatisten oder das große Erdbeben von Mexico-City.
Dem sei sie übrigens selbst 1985 nur knapp entgangen, sagte sie. Dagegen sei das Northridge-Beben nur ein kleiner Ruck gewesen.
Kurz überlegte ich, wie es wäre, wenn Casta meine Biografie schreiben würde. Wenn sie der einzige Mensch wäre, dem ich mich anvertraute.

Fast alle Biografien, an denen sie arbeite, seien Einwanderergeschichten, von Okies, Latinos, Entwurzelten aus dem Osten und Süden, die irgendwann in diesem Jahrhundert aufbrachen, um ihr Glück in LA zu suchen. Menschen wie Casta selbst.
– Leute wie du und ich.
Sei eine Biografie etwas zu dünn, sagte Casta, müsse sie sie ein wenig ausschmücken, ein paar glorreiche Details hinzufügen.
– *Claro que si.*
Wer will schon ein langweiliges, deprimierendes Buch über sich selbst lesen? Niemand will so etwas hinterlassen. Jeder liest gerne, dass er dabei war, als Geschichte geschrieben wurde. Als Zeitzeugen würden wir Teil von etwas Größerem, sagte Casta. Selbst wenn ein Menschenleben noch so ereignislos verlaufen sei, zumindest habe es eine bestimmte

Epoche erlebt, sei vor Ort gewesen, als sich historische Ereignisse abgespielt haben. Kriege, Aufstände, Naturkatastrophen, irgendetwas finde sich immer, in das man die Biografie einbetten könne. So erhielte sie, wie mickrig sie auch sei, globale Bedeutung. Und genau das sei es, was ihre Kunden wollen, was ein jeder am Ende seines Lebens wolle: die Bestätigung, dass der Kampf um jeden Tag nicht umsonst gewesen sei, dass man etwas erreicht habe, dabei gewesen sei, als etwas erreicht worden ist.
– Fotos, Rezepte oder Fotokopien von Zeitungsausschnitten oder Dokumenten klebe ich ein, sagte Casta. Schön und bunt macht das die Bücher. Prächtiger als die Wirklichkeit. Dann sind sie den Alten jeden Cent wert, den sie dafür bezahlen.
Hätte ich Geld und Mut gehabt, hätte ich Casta vielleicht meine fiktive Biografie in Auftrag gegeben. Nicht über mich, aber über einen europäischen Singer-Songwriter hätte ich sie schreiben lassen. Einen wie Nick Drake, der zu Lebzeiten verkannt und später legendär wurde. Nick Drake, nur ohne Depressionen, ohne die Schlafstörungen, ohne den Selbstmord. Und mit mehr Geschwistern als nur der einen älteren Schwester, wie Drake sie hatte. Es sollte jemand sein, der einer armen Großfamilie entstammte. Das wäre mir am liebsten gewesen. Meine Brüder und Schwestern hätte ich für Casta erfunden. Eine neue Mutter, einen neuen Vater hätte ich mir gegeben.
Doch ich tat es nicht.

Manche ließen ihre Biografien immer wieder neu überarbeiten, erzählte Casta.
Zuerst haben sie es eilig, weil sie unbedingt, bevor sie sterben, das fertige Buch in den Händen halten wollen. Doch sei es fertig geworden und der Auftraggeber noch immer nicht gestorben, so nutze der seine verbleibende Lebenszeit, um die Biografie länger und länger gestalten zu lassen. Ein paar Stammkunden habe sie bereits, sagte Casta, deren Biografien immer ausführlicher würden. Eines Tages würde dieses Geschäft so gut laufen, hoffte sie, dass sie ihre restlichen

Jobs kündigen könne. Auch den Job im Supermercad, teilte sie mir flüsternd mit, würde sie dann endlich hinwerfen.
– Aber erzähl das niemandem!
– Nein, ich kann dir meine Biografie nicht in Auftrag geben, sagte ich. Später vielleicht, viel später einmal, wenn ich genug erlebt habe, das sich lohnt, festgehalten zu werden. Und ich das Geld dazu habe, mein Leben von dir ausschmücken zu lassen.
– Wart nur nicht zu lang, sagte Casta. Schließlich weiß man nie. Irgendwann erwischt es uns alle. Irgendwann kommen wir alle unter die Erde.

Wo die Überreste meiner Eltern jetzt wohl sind?
Nahe Linz gibt es einen Selbstmörderfriedhof. Dort werden sie begraben sein. Ein hölzernes, namenloses Kreuz über ihnen. Irgendjemand muss sie abgehängt, in Särge gelegt, eingeäschert haben. Ich nehme an, Onkel Ludwig hat sich darum gekümmert. Er versorgte ihren gesamten Nachlass. Als Lebende hat er sie stets gemieden. Als Tote wird er sie so schnell wie möglich verschwinden lassen haben.
Ich wollte damit nichts zu tun haben, nichts mehr haben aus der Bischofstraße, nicht darüber reden.
– Wenn du bereit bist, darüber zu sprechen, dann werden wir alles klären, sagte Tante Irmgard.
Doch dieser Tag ist nie gekommen. Irmgard gab mir Zeit. Alle gaben sie mir Zeit. Alle, außer Onkel Ludwig.
Dann war die Zeit gekommen und ich von einem Tag auf den anderen verschwunden. Dann saß ich im Zug Richtung Westen und ließ alles hinter mir.

Weiter westlich aber als bis zu den Pazifikküsten in Kalifornien und Chile, die ich erreicht habe, kann ich nicht kommen.
Zwölf Kilometer Luftlinie westlich von mir, 2400 Höhenmeter unter mir versinkt die Nebelküste Nordchiles im Stillen Ozean. Ich bin 27 Jahre alt, liege auf dem Höhenplateau im dunkelroten Schotter der Atacama und merke, wie mich die Wüste vertrocknen lässt. Seit Millionen von Jahren

lässt sie alles vertrocknen, was hier landet. *This is the end.* Diese Wüste ist das tote Ende. Ihrer Staubhitze kann ich nichts entgegensetzen. Wer hier nicht verenden will, muss umkehren. Muss erkennen, dass der einzige Weg weiter der Weg zurück ist. Zurück, dorthin, wo meine Eltern sich aufgelöst haben. Wo ihre tote Wohnung einen neuen Mieter gefunden hat. Wo Irmgard noch immer wartet, immer auf mich warten wird. Darauf warten, bis ich bereit bin, mit ihr zu sprechen.

8

Tante Irmgard und Onkel Ludwig bewohnten das untere Geschoss einer Stadtvilla im 13. Wiener Gemeindebezirk Hietzing. Über ihnen wohnte eine alte Frau, eine tattrige Greisin. Anscheinend wohnte dort auch deren Ehemann, den aber sah ich nie. Auch die Alte ging kaum vor die Tür. Irmgard kümmerte sich um das ganze Haus und den Garten und brachte dieser Frau Heise oft die Einkäufe nach oben.

Kinder hatten Irmgard und Ludwig keine, nur die Katze Mimmi, die nachts im Garten Mäuse und Vögel tötete und ihre Mordstaten nur allzu gerne nach Tagesanbruch präsentierte. Mich konnte sie damit nicht beeindrucken.

Ich läutete die Glocke, neben der ›Hempel‹ stand.

– Julian?

Irmgard traute ihren Augen nicht, als ich an diesem Sonntagmorgen plötzlich vor ihrer Tür stand.

– Was machst denn du hier?

Schweigend blieb ich im Hausflur stehen. Keinerlei Geräusche waren zu hören.

– Ist Maria auch hier? Und Rudolf?

Unbeholfen blickte Irmgard Richtung Treppenhaus.

– Seid ihr fürs Wochenende nach Wien gekommen?, fragte sie. Ich dachte, ihr kommt erst nächsten Monat, in den

Sommerferien. Oder haben in Linz die Ferien schon begonnen?
Ich spürte, wie Irmgard zu einem ihrer Redeschwälle ansetzte, mit denen sie oft ihre Verunsicherung zu überplappern versuchte. Doch mein knappes *Nein, ich bin allein hier* brachte sie aus dem Fluss.
– Die sind in Linz geblieben, sagte ich, und die Art und Weise, wie diese Worte aus meinem Mund kamen und eine Weile im Hausflur stehen blieben, verunsicherte Irmgard wohl zutiefst.
Inzwischen war Ludwig vom Frühstückstisch aufgestanden, wo er im *Sonntagskurier* gelesen hatte. Ich spürte, wie es ihn nervte, dass ich seinen Sonntagsfrieden störte. Immer schon hatte ihn alles genervt, was mit mir oder jemandem aus meiner Familie zu tun gehabt hatte. Gerne hätte er an die zweihundert Kilometer, die Linz von Wien entfernt liegt, noch Nullen angehängt, um mehr Abstand zwischen die Familien zu bringen. Er scheute den Kontakt zu uns. Jetzt musste er sich aber meiner Gegenwart stellen. Ohne Vorwarnung war ich eingedrungen in seine Welt.
– Was machst du hier, Julian, in aller Herrgottsfrüh?, fragte er, so unverbindlich wie möglich. Hohl und verkrampft klangen seine Worte.
– Lass den Buben doch endlich herein, sagte er zu Irmgard, die mich verwundert betrachtete.
– Die Maria hat mir gar nichts davon gesagt, dass du uns besuchen kommst, Julian.
Sachte schloss Irmgard die Wohnungstür hinter mir.
Ich stand im Wohnzimmer und brachte kein weiteres Wort über die Lippen. Vielleicht war es ein Fehler gewesen, hierher zu kommen.
– So ist das, wenn man sich so selten sieht. Wir haben ja schon ewig nicht mehr telefoniert, die Maria und ich. Zwei Rabenschwestern sind wir zwei, aber wirklich.
– Jetzt sag schon, was dich hierher verschlägt, Julian, so ganz und gar unangemeldet, sagte Ludwig mit einem gespielten Lächeln.
– Wissen deine Eltern davon?

– Sollen wir die Maria anrufen?
– Sollen wir die Maria anrufen?
– Ja.
Endlich hatte etwas in mir wieder Kraft gefunden zu reden.
– Ja. Macht das, sagte ich. Tonlos und mechanisch. Ruft sie an, die Mama.
Dann wieder Stille. Sekunden vollkommener Stille in der Hietzinger Villa.
Irmgard starrte mich an.
Auch Ludwig war von meiner Antwort sichtlich irritiert. Obwohl er ja selbst den Anruf vorgeschlagen hatte.
Hätte ich klar denken können, hätte mich mein *Ja* ebenso verwirrt.
– Ruft sie an, die Mama, wiederholte ich. Wiederholte etwas aus mir heraus.

Immer schon hat meine Stimme komisch blechern geklungen – heute ein Vorteil, wenn ich Bob-Dylan-Songs auf der Straße spiele. So mancher Folkfan bleibt bei mir stehen und lässt mich wissen, dass zur Perfektion nur noch die Mundharmonika fehle. Warum ich denn keine bei mir habe? Oft genug werde ich das gefragt. *Because I hate that sound,* würde ich am liebsten antworten, aber ich sage lieber, dass mir das Geld fehle, eine zu kaufen. Dann kann mein Zuhörer nicht anders, als mir Münzen in meine ausgebreitete Gitarrentasche zu werfen.
An jenem Sonntagvormittag in Irmgards und Ludwigs Wohnzimmer musste meine Stimme besonders verstörend geklungen haben.
Als wolle sie mich bloß nicht noch einmal sprechen hören, folgte Irmgard meiner Aufforderung. Ohne weitere Fragen zu stellen ging sie zum Telefon, das an der Wand befestigt war, und wählte die Nummer ihrer Schwester. Nichts Alltägliches lag in dieser sonst alltäglichen Handlung. Es wirkte, als versuchte Irmgard krampfartig das Gefühl herunterzuspielen, dass etwas Außergewöhnliches passiert sein musste.
Ludwig fixierte mich und sagte kein Wort.

Das Rattern der Wählscheibe ähnelte Morsegeräuschen. Das Telefon jetzt ein Morseapparat, der mich zurück in der Zeit führte. Zurück in die Bischofstraße.
0---7--3-2-. Je höher die Zahl, die Irmgard wählte, desto länger drehte sich die Scheibe zurück, desto länger das sägende Geräusch.
Ich hörte, wie es im Treppenhaus der Bischofstraße hallte. Deutlich erkannte ich die Linzer Vorwahl.
Links in der Schuhwanne vor unserer Haustür standen die Schuhe meiner Mutter. Das Paar meines Vaters daneben. Ganz rechts war der Platz für mein Paar.
Ich spürte, wie meine Knie zitterten.
Ein leises Pfeifen jetzt.
Darunter knarrte der Parkettboden. Knarrte, wie er immer knarrte.
Dann waren wir im Wohnzimmer meiner Eltern.
Links mein Vater. Die Mutter schräg rechts dahinter.
Ich zählte, wie oft Irmgard es läuten ließ.
Niemand konnte ihr Gespräch annehmen. Doch wir hörten zu, meine Eltern und ich hörten, wie das Telefon auf unserer Kommode nun einsam klingelte.

Oft hatte ich das Telefon durch die Tür meines Kinderzimmers läuten hören. Für gewöhnlich freute sich meine Mutter, wenn jemand für mich anrief. Dann ging das Gespräch auf dessen Kosten. Wenn hingegen ich selbst jemanden anrufen wollte, hielt sie sich meist in direkter Nähe des Telefons auf, belauschte mich und gab mir Zeichen, dass ich mich kurz fassen sollte. Telefonieren war in ihren Augen Geldverschwendung. Sein Nutzen lag ausschließlich im kurzen Informationsaustausch.
Auch jetzt befand sich meine Mutter in der Nähe des Telefonapparats. Seine Schallwellen erreichten in diesem Augenblick ihren toten Körper. Ich überlegte, ob sie ihn ein wenig in Schwingung versetzen konnten. Doch nein, keinerlei Bewegung war erkennbar. Ich stand vor ihm. Beobachtete alles. Regungslos.
Das Telefon würde so lange klingeln, bis Irmgard auflegte,

denn einen Anrufbeantworter gab es in unserer Wohnung nicht.
– Hebt niemand ab, sagte Irmgard, während sie auf eine Antwort wartete.
Das unbeantwortete Klingeln vermischte sich mit dem Pfeifen in meinen Ohren.
Es störte die Ruhe meiner Eltern im Wohnzimmer. Nie hatten meine Eltern in der Bischofstraße gestört werden wollen.
– Sind sie nicht daheim, die Maria und der Rudolf?
Jetzt hatte Ludwig seine Sprache wiedergefunden.
Ich blickte durch das Galgenzimmer hindurch zu ihm. Das Blut hatte aufgehört, in meinem Körper zu zirkulieren.
– Doch, sagte ich.
Es klang schwach und fern.
– Doch. Wir sind daheim.
Ich glaube nicht, dass meine Worte verständlich waren. Lücken klafften zwischen den Buchstaben. Mutter und Vater hingen vor mir von der Decke.
– Sie sind daheim.
– Vielleicht sind sie gerade im Bad und hören das Telefon nicht, sagte Ludwig.
– Probier es später noch mal, Irmgard.
Er achtete auf größtmögliche Gelassenheit.
– Sie sind nicht im Bad, sagte ich.
Die Worte kamen nicht aus meinem Mund, sondern aus dem Telefon.
– Im Wohnzimmer sind sie.
Meine blecherne Stimme aus dem Telefon.
Noch immer hielt Irmgard den Hörer in der Hand. Ich weiß nicht, ob sie mich hörte, durch das Pfeifen hindurch, das sich in alle Richtungen ausgebreitet hatte.
Dann konnte ich mich nicht mehr auf den Beinen halten und sackte zu Boden. Ich gab nach und sank in die Skizze des Wohnzimmers. Ein Schwarz-Weiß-Bild. Zweidimensional. Der Abgrund ein Strich.
– Im Wohnzimmer, sagte ich.
– Julian!

Jetzt baumelte der Telefonhörer an seinem gekringelten Kabel über dem Boden.
Irmgard hatte ihn fallen gelassen. Sie rannte zu mir und nahm mich in die Arme.
– Im Wohnzimmer, sagte meine Scherenstimme.
– Was ist passiert, Julian?
– Hängen sie.
– Du musst uns sagen, was los ist, Julian!
– Sie hängen im Zimmer.
Während Ludwig keine Vorstellung davon hatte, wovon ich redete, glaube ich, dass Irmgard mir folgen konnte. Sie kannte ihre Schwester, ihren Schwager, besser als ich diese Personen gekannt hatte. Sie konnte einschätzen, wozu meine Eltern fähig waren. Sie muss geahnt haben, dass niemand am anderen Ende der Leitung abnehmen würde. Geahnt, dass der Augenblick gekommen war.
– Schhhh, sagte sie.
Ich grub meinen Kopf in ihren Schoß. Vergrub mich. Versuchte, nichts zu sehen, nichts zu hören. Doch aus Irmgards Telefonhörer, der zu Boden hing, hörte ich weiter das Klingelzeichen. Und meinen Vater sprechen: Eines Tages wirst du verstehen.
Ich wollte nicht hören, wollte nicht verstehen. Seine Stimme tropfte zu Boden. Auch ich habe irgendwann verstanden, sagte sie.
– Aus!, brüllte ich, so laut ich konnte.
Ich brüllte mich in Irmgards Schoß hinein.
– Aus! Mach es aus!
– Leg den Hörer auf, wies Irmgard Ludwig an.
– Aus! Aus!
– Schnell!
Dann hatte ich keine Stimme mehr.
Auch mein Vater hatte keine Stimme mehr. Alles verlor sich.
Ich hörte noch, wie Ludwig den Hörer auflegte.
Zwei Paar Schuhe standen in der Wanne neben der Tür.
Dann löste ich mich auf.

Als ich erwachte, war das Pfeifen verschwunden. Alles war verschwunden, alles still, alles kalt. Ich zitterte am ganzen Körper, obwohl ich in mehrere Deckenschichten eingehüllt war. Nur das Geräusch meiner klappernden Zähne war zu hören.
Ich lag auf dem Sofa in Irmgards Wohnzimmer und wusste nicht, wie ich dort hingekommen war. Abgesehen von den unkontrollierten Zuckungen, die mich wie Stromschläge durchfuhren, konnte ich mich nicht bewegen. Als wäre ich auf einem zugefrorenen See eingebrochen und im letzten Moment aus dem Eisloch herausgefischt worden, so kalt war mir.
Draußen schien die Mittagssonne auf den Garten der Villa. Mimmi lag auf der Veranda, den Kopf ins eigene Fell vergraben. Sanft schwangen die Gardinen im Luftzug des geöffneten Fensters hin und her. Die Strömung, die sie bewegte, drang aber nicht ins schattige Zimmer vor. Hier drinnen war alles erstarrt, alles aus kaltem dunklen Holz, und unter meinen Decken klirrte der Frost. Schwerelos lag ich unter den Deckenschichten und wurde von Kältewellen durchgeschüttelt, die meinen Körper unablässig ergriffen. Wenn sie mich durchschossen, erzitterte die Welt vor meinen Augen. Doch ich fühlte keine Schmerzen. Kein Gewicht. Fühlte nichts. Mein Körper bestand aus eiskalter Luft.
Eine Weile blieb ich so allein mit mir. Alles hatte aufgehört zu sein.
Dann eilte Irmgard aus einem hinteren Zimmer herbei und breitete eine Wolldecke über mich aus.
– Da bin ich wieder, Julian, sagte sie.
Umständlich packte sie ein *Dextro-Energen* aus und bröselte mir den Traubenzucker in den Mund.
– Alles wird gut, sagte sie. Hier, iss. Trink.
Sie flößte mir Orangensaft ein und steckte mir einen Zuckerwürfel in den Mund.
Ich ließ alles über mich ergehen.
Mit ihren Worten kam stückchenweise die Erinnerung zurück, und ich wusste, dass nicht alles wieder gut werden konnte. Näheres wollte ich nicht wissen. Meine Eltern

waren tot. Sie hingen in Linz von der Wohnzimmerdecke. So viel hatte ich verstanden. Doch sie waren jetzt weit weg, weit entfernt von mir, viel weiter noch, als ich mich rein räumlich von ihnen abgesetzt hatte. Nur als Schwarz-Weiß-Zeichnung existierten sie. Als Bild von etwas Vergangenem.

Behutsam wischte Irmgard mein Gesicht mit einem feuchten Tuch ab.

Für den Moment fühlte ich mich in Sicherheit, geborgen. Auf dem Sofa. In Irmgards Armen. Hier ragte ich aus dem Nebel heraus, in dem die restliche Welt verschwunden war. Hier konnte ich verschnaufen.

– Der Arzt wird jeden Moment hier sein, sagte Irmgard.

Ich wollte keinen Arzt, aber ich hatte keine Kraft zu widersprechen.

Zärtlich streichelte Irmgard über meinen Kopf. Ich genoss die Wärme ihrer Hand. Lange knöchrige Finger, lang, knöchern wie alles an Irmgard. Selbst ihre langen, blondierten Locken waren hart und ausgetrocknet wie Stroh. Irmgard bestand nicht aus Fleisch und Blut, sondern aus Haut und Knochen. Und trotzdem war sie warm und weich in diesem Moment.

– Alles wird gut, wiederholte sie.

Hinter ihr die Holzvertäfelungen der Villa. Stoffpuppen, die ihre mit Wollsöckchen überzogenen Füße von Stellagen baumeln ließen. Blumenvasen mit 50er-Jahre-Mustern in kornblumenblau, korallenrot, seegrün. Eine Kuckucksuhr. Altmodische Malereien von alpinen Landschaften. Ein Lehnsessel, an den sich die Gardine schmiegte, wenn der Wind sie aufblähte. Hinter dem Fenster Mimmi, die in den Garten schlich.

Allmählich ebbten die Frostwellen ab. Alles rutschte nun in eine gleichmäßigere, stille Bewegung. Alles schien perspektivisch verrückt. Andersartig. Fremd. Durch Irmgards Finger hindurch betrachtete ich diese gleitende, ferne Welt. Wien.

9

Den Großteil meiner Wiener Zeit nahm ich nicht wirklich wahr. Kurze Augenblicke bloß schafften es, tiefer in mein Bewusstsein vorzudringen. Der Rest trieb fort in einer Brühe aus Wahnvorstellungen, Wunschvorstellungen, Mutmaßungen und Wirklichkeiten, die ich mir selbst zurechtmachte.

I'll fight until the end to escape from the true false world, sangen Metallica in meinem Kopfhörer. Wieder und wieder hörte ich es. Der Walkman auf Anschlag. Ich allerdings kämpfte nicht, sondern gab mich mit der wahren falschen Mischwelt zufrieden, in der ich gelandet war. Der Kugelhagel der Basstrommeln behütete mich vor der Wirklichkeit. Sobald das Denken schmerzhaft wurde, ließ ich es von dem vom Teufel besessenen Schlagzeuger Metallicas niederknüppeln. *Life's for my own to live my own way,* sang ich stumm in seinem Maschinenrhythmus. Doch es fehlte mir die Kraft, die Vision, um mein eigenes Leben zu beginnen. Hauptsächlich trugen dazu wohl die Therapiesitzungen mit Frau Doktor Rothenburger bei, die mir als Therapeutin zugeteilt wurde. Um genauer zu sein: die Psychopharmaka, die sie mir verschrieb. Denn viel mehr als das tat sie nicht. Für sie war ich ein Patient unter vielen anderen, mit denen sie sich herumschlagen musste. Einer, der dank ihrer Tabletten mit seiner Situation klarkommen würde.

– Sie werden dir helfen, darüber hinwegzukommen, sagte Frau Doktor Rothenburger. Darüber hinwegkommen, damit meinte sie: weit fortfliegen. Möglichst weit fort von der Unerträglichkeit des Lebens.

Außer den Medikamenten gab sie mir manchmal Stifte und Papier und ließ mich assoziative Bilder malen, die sie dann für mich interpretierte.

– Es ist gut, dass du dich auf diese Weise ausdrückst, sagte

sie und nickte sanft, als wollte sie mich in den abscheulichen Visionen, die ich zu Papier brachte, bestätigen.
– Du machst das gut, Julian. Das alles ist Teil des Stabilisierungsprozesses, durch den ich dich begleite.
Während Frau Doktor Rothenburger mit mir redete, zählte ich die Sommersprossen auf ihren Händen oder die Warzen auf meinen. Oder ich überlegte, wie sie ohne Brille aussehen würde. Ohne Arztkittel. Nackt. Hin und wieder bekam ich bei den Imaginationsübungen sogar eine Erektion. Frau Doktor Rothenburger kritisierte mein – wie sie es nannte – Vermeidungsverhalten.
– Eine emotionale Taubheit ist ganz normal, Julian. Nach dem, was dir zugestoßen ist. Trotzdem solltest du versuchen, dich mit den Ereignissen auseinanderzusetzen, sagte sie.
Und gab mir Tabletten, die eine Auseinandersetzung mit der Wirklichkeit gerade verhindern sollten.

Schon wenige Tage nach meinem Zusammenbruch in der Hietzinger Villa war ich Frau Doktor Rothenburger zugewiesen worden. Der Notarzt hatte mir zwei Spritzen, in den Arm und in den Hintern, verpasst, dann war mir warm geworden und ich war eingeschlafen. Noch immer hatten Irmgards Knochenhände mich gestreichelt.
Als Nächstes hing ich einige Tage lang im Wiener AKH an Infusionsschläuchen. Unablässig tropften Aufputsch- und Beruhigungsmittel in mich hinein, bis ich genügend Kraft und Schlaf gesammelt hatte, um wieder auf eigenen Beinen zu stehen. Ich teilte mein Zimmer in der Kinder- und Jugendpsychiatrischen Station mit zwei anderen Buben, die wohl in ähnlich sediertem Zustand waren wie ich. Einen hörte ich kein einziges Wort mit irgendjemandem reden. Es war, als existiere die Umwelt für ihn einfach nicht. Der andere fing manchmal aus dem Nichts heraus eine Unterhaltung an, die er dann unvermittelt wieder abbrach.
– Beim Fußball spiele ich immer linksaußen, sagte er. Ich hab einen guten linken Fuß. Mein Opa hat das immer schon gesagt. Einen guten linken Fuß. Ich werd einmal ein Linksaußen, hat der Opa gesagt.

Unvermittelt blendete er sich wieder aus, und hätte er nicht die Augen offen gehalten, hätte ich geglaubt, er wäre eingeschlafen. Über einen kurzen Austausch von unzusammenhängenden Sätzen und ein Aneinandervorbeireden ging unser Kontakt nicht hinaus.
– Du hast eine sogenannte Krise gehabt, erklärte mir die blonde Krankenschwester. Jetzt aber geht es wieder bergauf mit dir.
Ich war immer froh, wenn diese Schwester Schicht hatte. Linksaußen war es, glaube ich, auch. Ob ein Patient sie wohl schon gevögelt hätte, nachts im Personalraum, fragte er seinen stummen Bettnachbarn, nachdem sie den Raum verlassen hatte.

Irmgard kam mich jeden Tag besuchen und saß schweigend neben mir, bis es an der Zeit war, wieder zu gehen. Wenn sie redete, sprach sie so leise, dass ich sie kaum verstand.
– Morgen komme ich wieder, flüsterte sie. Der Ludwig lässt dich schön grüßen. Er ist froh, dass es dir wieder besser geht.
Er wäre froh, wenn er mich möglichst schnell wieder los würde, wusste ich. Unerwartet war ich in sein Leben eingedrungen, in seine Hietzinger Villa, wo er sich in der Zweisamkeit mit Irmgard eingerichtet hatte. Immer schon hatte es den Anschein gemacht, dass wir Ogerts, wann immer wir in Kontakt mit ihm traten, ihn stören, ihn belasten würden. Immer schon hatte er versucht, uns fernzuhalten und Irmgards und sein Leben möglichst wenig in Verbindung mit dem unsrigen zu bringen. Als ich an jenem Sonntagmorgen vor ihrer Haustür stand, musste das wie ein persönlicher Angriff auf Ludwig gewirkt haben.
– Du wirst sehen. Wir bringen das in Ordnung, sagte Irmgard.
Es tat gut, ihre Stimme zu hören. Auch wenn sie zu schwach wirkte, um Zuversicht auszustrahlen.
– Deine Mama ist lang und dürr. Wie eine Bohnenstange, sagte Linksaußen, nachdem Irmgard gegangen war. Mehr Suppe soll sie essen. Suppe ist gut, hat mein Opa gesagt.

Ich antwortete nicht. Doch auch wenn sie mir nicht schmeckte, aß ich die Frittatensuppe, die mir ans Bett gebracht wurde. Aufgeweichte Frittaten trieben in der klaren Brühe. Ich betrachtete die Maggi-Tropfen, die sich langsam darin auflösten. Wie schwarze Wolken breiteten sie sich still schwebend in meinem Teller aus und umhüllten die Teigfäden. Ich tropfte so viel von ihnen hinein, bis meine Suppe nach süßem Salz schmeckte.

– Sehr brav, sagte die Blonde, als sie den Teller abräumte. Hat's dir geschmeckt, was?

Der Leberfleck auf ihrer Wange sah aus wie ein alter Maggi-Fleck, der sich nicht mehr ausbreiten konnte, weil er bereits eingetrocknet war.

– Das ist gut, wenn du schon wieder solchen Appetit hast.

Auch der stumme Zimmerkollege betrachtete ihren Leberfleck.

Linksaußen war woanders gelandet, aber auch er hatte seine Suppe aufgegessen.

Dann schlief ich wieder ein.

In meinen Träumen blitzten Bilder von Mona, Bilder von Mutter und Vater auf. Doch es waren nur kurze Aufnahmen weit entfernter Figuren. Sie konnten mich nicht wirklich erreichen. Blieben nicht bei mir. Kurze Abrisse waren es bloß, die schnell verblassten. Wie Szenen aus Horrorfilmen, wie sie mich früher kurz erschreckt, kurz verstört hatten, verwandelten sie sich bald zu unwirklichen Erinnerungsfetzen. Als solche konnten sie mir nichts anhaben. Sie waren nicht echt. Linz war nicht echt. Nichts war echt.

Seit dem Erdbeben war Los Angeles für mich nicht mehr zurückgekommen. Es war, als hätten diese Erdstöße die Stadt verflacht. Das, was ich in sie hineingewünscht hatte, war zerdrückt worden, verloren gegangen. Und unter diesem verlorenen Ort schob sich etwas hoch, mit dem, auch wenn ich es nicht klar benennen konnte, ich jegliche Berührung vermeiden wollte. Es hatte etwas Deprimierendes an sich, vor dem ich zurückschreckte. An der Oberfläche meines Zufluchtsortes zeichneten sich Risse ab, und ich erkannte darunter keinen Raum, der mich auffangen, sondern harten Grund, auf dem ich aufschlagen würde. Ich merkte zum ersten Mal, wie dünn die Haut war, die über diese Stadt und ihre Bewohner gespannt war. Alles nur wie Requisite, alle nur wie Statisten, so wirkte es für mich. Und auch ich selbst bloß ein Schauspieler, der vortäuschte, gewisse Dinge erlangt zu haben. Einer, der wie alle hier seine Rolle spielte, nur scheinbar kein begabter Darsteller war, nicht fähig, sich auf Dauer in der Scheinwelt zu halten. War mein neues Leben nichts als eine Illusion? Diese Frage beängstigte mich.

Ich begann klarer zu sehen, nun, da bald zwei Monate nach dem Beben meine Betäubung im Begriff war nachzulassen, mein Rausch, den all die starken Eindrücke, die auf mich eingewirkt hatten, ausgelöst hatten. Dagegen musste ich mich wehren. Bald würde ich mich neu betäuben müssen.

Aus Casta jedoch sprudelte unverändert viel heraus, wenn ich sie im Supermercad antraf. Ich war ihr durch diese vielen Unterhaltungen zwar nicht näher gekommen, aber zumindest fühlte es sich immer wieder gut an, ihr Gesprächspartner zu sein. Von Casta wollte ich mich ablenken lassen, so lange mir das noch möglich war. Auch wenn es mich anstrengte.

Um Virtuosität ginge es nicht, meinte sie bei einer Gelegenheit. Nur die *Attitude* zähle, die Einstellung, Haltung. Das Gefühl.

– Was brauchen wir heute noch jemanden, der wirklich spielen kann, sagte sie.

Keine der Musikerinnen der Los Gatos Locos, einer Girlband, in der Casta Bass spielte, beherrschte ihr Instrument. Virtuosen gäbe es genug in LA, sagte sie.

Ganz Hollywood war voller Könner, einer flinker als der andere. Kaum einer von ihnen konnte von seiner Fingerfertigkeit leben. Jeden Tag strömten Neue, Bessere mit ihren Instrumenten und Träumen in die Stadt. Sie alle wollten hier ihren Durchbruch schaffen. Zusammen mit dem andauernden Zustrom an Filmleuten bildeten diese Rock-

musiker die aktuelle Einwandererwelle, die über Los Angeles hereinschwappte. Der Großteil von ihnen, so gut sie auch sein mochten, würde untergehen, früher oder später zurückgehen nach Ohio, Utah oder wo immer sie hergekommen waren. Oder im Senior Citizen Center auf der Las Palmas enden, wie die Generationen von Goldsuchern vor ihnen. LA hieß sie alle willkommen, aber schenkte ihnen nichts. Wer Glück hatte, schaffte es, als Studiomusiker Taschengeld zu verdienen. In den unzähligen Musikstudios der Stadt wurde er schlechter bezahlt als Casta, wenn sie die Biografien ihrer Rentner abtippte.
Dilettanten seien origineller, hätten mehr Energie und bessere Ideen, sagte Casta. Die *Gatas* müsse ich mir anschauen, dann wüsste ich, wovon sie redete.
– Es ist eine All-Latina-Riot-Band, so was wie mexikanische Babes In Toyland.
Groß würde es. Das nächste große Ding.
Ich wusste nicht, was ich antworten sollte, glauben sollte.
Casta spielte einen Fender Mustang Small Scale Bass, den sie sich von einem Bekannten geliehen hatte, und schrieb die Songtexte. Sogleich ging sie dazu über, mir Proben daraus vorzutragen.
Life's a flash – fast and hot. One moment you're here – and next you're not…
Ich spürte, wie mich Casta erschöpfte.
Weiterhin ging ich sie oft im Supermercad besuchen, aber meine Besuche wurden immer kürzer. Ich war ihr gegenüber skeptisch geworden. Ich konnte nicht einschätzen, was sie von mir wollte, von mir erwartete, was sie über mich dachte. Die Skepsis war so groß geworden, dass ich selbst nicht mehr wusste, was ich von Casta wollte.
– Klingt toll, sagte ich. Aber weißt du, ich muss jetzt los.
Einen Song müsse ich mir noch anhören, sagte Casta und setzte zu einer neuen Zeile an.
Ihr Gesang klang schräg.
Auch Bob Dylans Gesang war schräg, aber in ihm lag noch etwas anderes, etwas Unbeschreibliches. Castas Gesang war einfach nur schräg, sonst nichts. Ich wusste nicht, was für

ein Gesicht ich machen sollte, während sie mir ihre Punk-Texte vortrug. Ich hoffte, ein anderer Kunde würde in den Supermercad kommen und die Situation auflösen. Ich konnte nicht wegschauen und mir anmerken lassen, wie peinlich berührt ich war. Gleichwenig aber konnte ich Begeisterung heucheln. Dazu konnte ich mich nicht gut genug verstellen. Ich musste einfach irgendwie die Minuten, die mir wie Stunden vorkamen, über mich ergehen lassen. Ich zählte die verschiedenen Chilisorten hinter Castas Tresen. Am liebsten hätte ich mich in Luft aufgelöst.
Ich liebte John Lennons Gesang. Auch wenn ich es jeden Tag auf der Straße aufs Neue versuchte, nie konnte ich *Across The Universe* so mühelos singen wie er.
Auch liebte ich die weiche, unscheinbare Stimme Nick Drakes. Doch damit konnte Casta nichts anfangen. Mit all diesen alten Sängern, auf die mich Christian gebracht hatte, konnte sie nichts anfangen. Sie mochte Grunge, Girl Bands, Noise Bands, Sub Pop Records, SST. Sachen, die mich wiederum nicht sonderlich interessierten. Ich vermisste in ihnen jene Genialität, die ich bei den Bands und Songwritern der 60er und 70er Jahre spürte. Das war die Musik, an der ich festhielt wie an Vaters Zettel in der Innentasche meiner Jacke. An irgendetwas muss der Mensch wohl festhalten.

Onkel Ludwig hatte die Linzer Polizei am Tag, nachdem ich in Hietzing aufgetaucht war, verständigt. Einer hatte es schließlich tun müssen. Er wird sich dagegen gesträubt haben, sich in diese Geschichte hineinziehen zu lassen. Doch außer Ludwig war in diesem Moment niemand dazu fähig, sich darum zu kümmern. Je schneller er die Dinge in die Hand nahm, desto schneller würde er mich wieder loswerden.
Mein Vater war Montagmorgen nicht bei der Arbeit erschienen, und in der Wohnung nahm niemand das Telefon ab. Montagnachmittag läuteten Polizisten die Türglocke in der Bischofstraße. Meine Eltern hingen bereits drei Tage lang von der Decke des Wohnzimmers.

Ob die Gesichter der Erhängten tatsächlich einen freundlichen Ausdruck hatten?
Ob meine Eltern jemals einen freundlichen Gesichtsausdruck gehabt hatten? Ich weiß es nicht. Noch immer will ich es nicht wissen. Ich sehe sie nicht mehr.
Es heißt, dass der Schrecken bei Horrorfilmen noch größer wird, wenn der Zuschauer wegsieht. In seiner Einbildung wird das Grauen größer, als es auf der Leinwand überhaupt dargestellt werden kann. Ich glaube nicht daran. Ich sah immer weg.
Auch im Wohnzimmer habe ich nicht hingesehen.
Von unten habe ich für einen kurzen Moment die leblosen Körper meiner Eltern angestarrt, ihre Gliedmaßen, die regungslos in der Luft hingen. Das Tuch am Hals meines Vaters ist mir aufgefallen, aber ihre Gesichter waren mir nicht zugewandt. Ich sah die Gesichter meiner toten Eltern nicht. Ich habe der Versuchung widerstanden, ihnen in die Augen zu blicken. Elf Jahre ist es nun her. Fast zwölftausend Kilometer weit habe ich mich von ihnen entfernt. Zwölftausend Kilometer zwischen mich und die Bischofstraße gebracht. Ich sehe sie nicht mehr.

Nach oftmaligem Läuten entschieden die Polizisten, die Tür aufzubrechen. Es muss bereits gestunken haben, als sie die Wohnung betraten.
Diese Polizisten, die durch den Korridor ins Wohnzimmer schritten, wissen jetzt wie ich, wie Totenstille klingt. Es ist eine völlig andere Stille als jene, die in der Atacamawüste herrscht. Auch hier ist oft kein einziges Geräusch zu hören, außer dem Summen in den eigenen Ohren, dem eigenen Schnaufen, dem eigenen Herzschlag. Dann ist es windstill, aber nicht tot. In der Bischofstraße hingegen werden gedämpfte Straßengeräusche durch die Fenster gedrungen sein. Es wird nicht absolut still gewesen sein. Nur tot. Eine Stille, die mehr gefühlt als gehört wird. Eine Stille, die nicht das Fehlen von Leben bezeugt, sondern das Ende von Leben.
Die Wohnzimmertür hatte ich geschlossen, als ich den Raum, der für mich zu einer Skizze geworden war, rückwärts verlas-

sen hatte. Einer der Polizisten muss die Klinke der Wohnzimmertür gedrückt und meine Eltern entdeckt haben.
Vielleicht sollte ich versuchen, mit diesem Polizisten Kontakt aufzunehmen. Jetzt, nach all den Jahren. Vielleicht war es eine Polizistin? Ich glaube nicht. Ich kann mich nicht erinnern, in meiner Jugend je eine Polizistin gesehen zu haben. Der österreichische Polizeiapparat lag fest in Männerhänden, in weißen Männerhänden. Wie das ganze Land von weißen Männern kontrolliert wurde. Erst in den USA sah ich zum ersten Mal weibliche oder schwarze Polizisten.
In Linz werden sie einen jungen Streifenpolizisten in die Bischofstraße geschickt haben, um nachzusehen, was bei den Ogerts los war. Vielleicht war er nicht viel älter als ich. Vielleicht hatte er das Pech, dass meine Eltern sich zur Tür gedreht hatten und er in ihre Gesichter blickte. In jedem Fall wird er, wer immer er ist, diesen Moment nicht vergessen haben. Wahrscheinlich war er noch weniger darauf vorbereitet als ich, dessen Leben ja auf einen Nullpunkt zugesteuert war. Könnte ich herausfinden, wer an jenem Tag Dienst hatte, wer nach mir als Erster den Schritt ins Wohnzimmer zu machen hatte, sollte ich vielleicht mit ihm sprechen. Sehen, wie sich sein Leben seither entwickelt hat. Ob auch er flüchtete, das Land verließ, durch die halbe Welt floh. Oder ob er weiterhin seinen Job ausübt und weitere Leichen entdeckt hat, gleichmütig geworden ist, so viele Tote gesehen, dass er sich an ihren Anblick gewöhnt hat. Wasserleichen, die er aus der Donau herausfischte. Unfallleichen, aus einem Autowrack herausgeschnitten, Selbstmörder, die sich mit einer Kugel den Kopf durchlöchert hatten. Mitte der achtziger Jahre hatte die Selbstmordrate in Österreich ihren Höhepunkt erreicht. Nur in der Dunkelheit finnischer Winter nahmen sich mehr Menschen das Leben als in meinem Heimatland. Vielleicht hatte der Polizist bereits viele Erhängte vor meinen Eltern gesehen, so dass Rudolf und Maria Ogert nichts Besonderes mehr für ihn darstellten, dass der Schritt ins Wohnzimmer lediglich Routine war, Polizeiarbeit halt. Ich weiß es nicht.

Ich lag währenddessen jedenfalls im Wiener AKH und schlürfte meine Frittatensuppe. Eine Woche lang behielt man mich auf der Station. Dann hatte Tante Irmgard die Formalitäten auf dem Sozialamt erledigt, und ich kam zu meinen Pflegeeltern, Irmgard und Ludwig Hempel. Zu wem sonst. Außer ihnen gab es keinen einzigen Menschen, der noch für mich da gewesen wäre. Selbst Ludwig musste das anerkennen. Er würde Irmgard erst wieder für sich allein haben, wenn ich bereit war, sein Haus zu verlassen.

Als ich entlassen wurde, hatte Irmgard bereits das Gästezimmer für mich hergerichtet.

Mit Tixo klebte ich Metallica- und Led-Zeppelin-Plakate an meine neuen Wände. Zeichnungen von Monstern, Hämmern, Blutlachen. Filmplakate daneben. *Die Nacht der lebenden Toten. Texas Chainsaw Massacre. Fahrstuhl des Grauens.*

– Es tut ihm gut, beruhigte Frau Doktor Rothenburger Irmgard.

Dickes Blut tropfte von Michael Myers' Klinge.

– Lassen Sie ihn es ausleben.

Myers' Gesicht bloß eine eiterweiße Masse. Mit bodenlosen schwarzen Löchern anstelle der Augen und spitzen Lippen, die keiner Regung fähig waren.

– Er verschließt sich vor der Wirklichkeit. Das ist völlig normal bei Traumapatienten.

Neben Myers grinste Freddy Krueger von der Wand. Sein verbranntes Gesicht rot und braun vernarbt, und die messerscharfen Klingen, mit denen er Kinder in ihren Träumen aufschlitzte, trug er an den Fingern seines Lederhandschuhs.

– Auf diesem Weg kann er seinen Schock verarbeiten, sagte Frau Doktor Rothenburger. Julian fertigt auch in der Maltherapie dunkle, grausliche Bilder an. Geben Sie ihm Zeit, Frau Hempel.

Im Zeitgeben war Irmgard gut. Mit einer Geduld, die an Lethargie grenzte, schlich sie durch ihr Leben. Ähnlich wie ihre Schwester es getan hatte, erwartete Irmgard von einem Tag nicht mehr, als dass er möglichst sorgenfrei vergehen

sollte. Es reichte ihr aus, zu Hause zu sitzen und auf Ludwigs Rückkehr aus dem Büro zu warten. Selten verließ sie die Wohnung, nie hörte ich sie telefonieren. Ich glaube nicht, dass sie einen Freundeskreis hatte.
Vielleicht hatte ihr Nazi-Vater, der in Südamerika verschwunden war, als Irmgard noch zur Volksschule ging, sie verstört. Auch wenn bereits über vierzig Jahre vergangen waren, seit Irmgard und ihre große Schwester, meine Mutter, ihn zum letzten Mal gesehen hatten, schien es, als hätte dieser Mann seinen beiden Töchtern für immer das Vertrauen genommen. Meine Mutter landete am Strick, und Irmgards Leben, in das ich darauffolgend eingedrungen war, glich einem Sich-Verstecken vor dem Leben. Die damals 48-jährige Frau versteckte sich in der Villa ihres Mannes vor der Welt. Nur mir gestattete sie Zutritt. Selbst Ludwig konnte dagegen nichts ausrichten.

Als ich noch in den Kindergarten ging, besuchten Mutter, Irmgard und ich manchmal ihre Mutter im Krankenhaus. Großmutter war böse und abweisend geworden, seit sie vom Hautkrebs ans Krankenbett gefesselt war. Kaum ein Wort wurde gewechselt. Als wäre die Krankheit die Schuld ihrer Töchter gewesen, standen unausgesprochene Vorwürfe im Raum, gleich wie die dunkle, schwere Luft in dem Krankenzimmer stand, jeden Tag aufs Neue. Eine eisige Stille ging von Großmutters Krankenbett aus, die alles und jeden erfasste. Erst Anfang der siebziger Jahre nahm Großmutter dieses Schweigen mit ins Grab. Gab es an ihre Töchter weiter und entlud es jedes Allerheiligen am Friedhof von Neuem auf sie.
Ein Jahrzehnt später war also das von der Linzer Schäffel-Familie geblieben: ein toter Nazi in Brasilien, seine vom Krebs dahingeraffte Frau auf dem Linzer Barbarafriedhof, eine Tochter, die sich als Maria Ogert ihr Leben genommen hatte, und die jüngere Tochter, die unter Ludwigs Familiennamen Hempel versuchte, mit ihrer Vergangenheit als Irmgard Schäffel zu brechen.
Dieser Kampf war ihr, meiner Pflegemutter, ins Gesicht ge-

schrieben, wenn sie an meinem Bett saß, still neben Freddy Krueger und Michael Myers saß, meine Hand hielt, sich still an meiner Hand weiter im Leben hielt, ihr Leben aushielt.
Mit Ludwig Hempel war sie an Großmutters Todestag bereits verheiratet gewesen. Ein Bankangestellter bei der österreichischen Postsparkasse, der seine Tage in einem schlichten Büro absaß und gute Pensionszahlungen erwartete. Mit seiner von den Eltern geerbten Wohnung in der Hietzinger Villa hatte Irmgard es eigentlich nicht schlecht erwischt. Zumindest war sie Linz entkommen und hatte sich in Wien ein eigenes, wenn auch zurückgezogenes Dasein geschaffen. Vielleicht hatte sie davon geträumt, Kinder zu haben und alles besser zu machen als ihre eigenen Eltern. Vielleicht hatten sie es versucht, Ludwig und sie. Vielleicht aber hatte Ludwig auch nie Kinder gewollt, nicht einmal eigene Kinder, die seinen Hausfrieden stören und ihm die volle Aufmerksamkeit seiner Ehefrau nehmen würden.
Nur einmal begleitete Onkel Ludwig uns, als wir Großmutter im Krankenhaus besuchten. Bei der Hinfahrt lehrte er mich den Werbesong seiner Bank.
In der Stadt, auf dem Land, ist die P.S.K. bekannt…
Vielleicht dachte er, so etwas würde einem Kind Spaß machen. Irgendwann waren wir alle davon genervt.
Im Krankenhaus ertrug er Großmutters feindliche Blicke nur wenige Minuten lang.
– Komm, Julian, ich hab einen Ball im Auto. Lass uns unten auf der Wiese Fußball spielen, sagte er nach kurzer Zeit in dem von Schweigen erfüllten Zimmer.
Meine Mutter und ihre Schwester nickten mir zu. Ich war erleichtert, als wir die Treppen hinunterliefen und die drei Frauen zurückließen, die sich nichts zu sagen hatten.
Es war das einzige Mal in meinem Leben, dass ich mit Onkel Ludwig Fußball spielte. Tatsächlich haben wir kaum gespielt, und es war auch kein Fußball, den Ludwig aus dem Kofferraum seines Autos holte, mehr ein schlecht aufgeblasener Beach-Volleyball. Er warf ihn mir öfter mit den Händen zu, als ihn mit dem Fuß zu spielen. Nur ich kickte und rannte meinem eigenen Schuss hinterher. Ludwig blickte

auf seine Uhr und auf die Eingangstür des Krankenhauses. Bald saßen wir gelangweilt voneinander auf einer Parkbank und spielten *Ich sehe was, was du nicht siehst, das hat die Farbe Grün.* Ich ließ Ludwig raten und antwortete mit Nein. Dann ließ ich Ludwig etwas aussuchen und versuchte es zu erraten. Ich redete, weil ich endlich jemanden reden hören wollte. Onkel Ludwig wartete, bis er endlich heim nach Wien fahren durfte.
Als meine Mutter und Irmgard aus dem Gebäude traten, fielen mir kaum noch Farben ein.

Nach Großmutters Tod verebbte Irmgards Kontakt nach Linz, und sie tat das, was auch ich seit Jahren mache: Sie versuchte, möglichst großen Abstand zwischen sich und ihre Herkunft zu bringen. Die liebsten Familienmitglieder waren ihr jene, die sie nicht sehen musste. Einmal im Jahr zu Allerheiligen. Der Barbarafriedhof am ersten Novembertag eines jedes Jahres. Dieser Familienpflicht konnte sie sich nicht entziehen. Ansonsten aber hatte sie geschafft, sich von den Schäffels und Ogerts zu befreien.
Bis zu dem Tag 1985, als ich plötzlich vor ihrer Tür stand. Die Art und Weise, wie ich in ihr Leben trat, war sicherlich nicht das, was sie sich unter Mutterwerden vorgestellt hatte. Doch sie versuchte, es zu bewältigen. Da sie kein eigenes Kind hatte, wurde ich der Fokus in ihrem Leben – und bin es wohl heute noch. Ludwigs Befürchtungen bewahrheiteten sich. Bei jeder Gelegenheit ließ er mich spüren, dass ich es nicht verdiente, wie seine Frau sich um mich kümmerte. Doch er konnte nichts daran ändern. Ich war die *eine* Aufregung, die Irmgards ausweichendem Dasein einen Sinn versprach, die *eine* Lebensaufgabe, die ihr zugeteilt wurde.
Irmgard gab ihr Bestes. Fürsorglich strich sie mir über mein zerzaustes Haar. Machte mein Bett. Kochte die Speisen, von denen sie annahm, dass ich sie mochte. Saß still neben mir in der Straßenbahn, wenn sie mich zu Frau Doktor Rothenburger begleitete. Sie kaufte mir eine Westerngitarre, jene Gitarre, mit der ich heute noch unterwegs bin, mein Fluchtinstrument, das neben mir im Eck meines Wohncontainers

lehnt. Sie respektierte unseren Abstand. Versuchte, Onkel Ludwigs Eifersucht so fern wie möglich von mir zu halten. Bislang habe ich ihr nichts für all dies zurückgegeben. Nur ein paar Postkarten schickte ich ihr in den letzten acht Jahren. Ein paar Floskeln und liebe Grüße. Lebenszeichen von ihrem Pflegekind. Bestätigungen, dass es mich noch gab, dass es sie für mich noch gab und dass ich es ihr dankte, dass sie da war für mich. Wann immer ich ihr eine Karte schrieb, wusste ich, wie sehr sie sich darüber freuen würde. Wie erleichtert sie sein würde, von mir zu hören.

Sie wird eine Schublade haben, wo sie meine Postkarten sammelt. Wahrscheinlich stapelt sie sie genau in jener Schublade in ihrem Schlafzimmer, aus der ich am Tag meiner Abreise ihr Geld nahm. Mein Reisegeld, das ich jetzt mit diesen verstreuten Postkarten zurückzahle.

Knapp sechzig Jahre alt ist Irmgard jetzt. Ihre blondierten, strohigen Locken werden mittlerweile ins Grau übergegangen sein. Vielleicht sitzt sie in diesem Moment auf dem Sofa und blickt still in ihren Garten. Das tat sie immer, wenn sie nicht wollte, dass ich allein zu Hause blieb. Ich bin da, falls du mich brauchst, hieß es. Du weißt, wo du mich findest.

Der Herbst wird die ausgetrockneten Blätter der Kastanie bereits über der Wiese verstreut haben. Die kahlen Bäume Wiens werden wie jeden Oktober die Stadt noch tiefer in ihren Scheintod gestürzt haben. Irmgard wird an ihre tote Schwester denken, an mich, an meine Flucht und an ihre eigene Flucht. Sie wird daran denken, dass ich weit weggekommen bin und sie dem Sterben ein kleines Stück näher gekommen ist. Die welken Blätter einer erkaltenden Stadt. Eine Frau, die dem Sterben zusieht. Eine alte stille Frau, die nur redet, zu viel redet, wenn sie nicht weiß, was sie sagen soll.

Ich werde sie noch einmal besuchen müssen.

Eines Tages werde ich wieder vor ihrer Haustür stehen. Sie wird mich nicht fragen, woher ich komme oder wo ich gewesen bin. Sie wird mich einfach wieder zurücknehmen, Irmgard Hempel, meine Pflegemutter.

10

Ende März kam Casta auf Nirvana zu sprechen. Die hatten ein paar Jahre zuvor einen Hit gelandet, dem sich niemand entziehen konnte. In keinem Kaufhaus, keiner Bar, keinem Radiosender war diesem *Teen Spirit* zu entkommen. Dieser eine Song hatte sämtliche Radiostationen Amerikas veranlasst, ihr Programm von *Classic Rock* auf *Alternative* umzustellen. Sogar ich hatte überlegt, ihn in mein Straßenset zu integrieren. Doch es wäre mir anbiedernd vorgekommen, zeitgenössische Rockhits in mein Repertoire aufzunehmen. Lieber blieb ich bei Neil Young, CCR oder den Beatles. Das amerikanische Straßenpublikum schätzte meine europäisch anmutenden Versionen der alten Klassiker.

Nirvana hingegen befand sich gerade in Auflösung, und der Sänger, Kurt Cobain, kam aus den Schlagzeilen, die er mit seinen gescheiterten Selbstmord- und Drogenentzugsversuchen machte, nicht heraus.

Casta schätzte ihn sehr – wohl auch, weil er zwei Jahre zuvor Courtney Love, an der sie sich orientierte, geheiratet und ein Kind mit ihr hatte.

– Ich hoffe, er bringt sich nicht wirklich um, sagte Casta.

Sie ahnte wohl, dass der Suizidversuch mit einer Überdosis Tabletten, den er gerade überlebt hatte, nicht der letzte Vorstoß bleiben würde, sein tragisch erfolgreiches Leben zu beenden.

– Ein Mädchen hat ihm einen Brief geschrieben, erzählte Casta. Nicht diese übliche Fanpost, eher das Gegenteil. Eine Schwarze. Sie berichtete ihm davon, wie sie vergewaltigt wurde, *gang-raped*, vier weiße Jungs sind über sie hergefallen, als sie auf dem Nachhauseweg war, irgendwo in einer beschissenen Kleinstadt im Mittleren Westen. In einen Park haben sie sie geschleppt, sie geknebelt, ihr die Kleider vom Leib gerissen und sie vergewaltigt, alle vier, mehrfach, wieder und wieder. Haben sie geschlagen, erniedrigt, gefickt. Und während sie das taten, während sie ihr das antaten, sangen sie *Smells Like Teen Spirit*, lachten, tranken Bier und grölten diesen, seinen Song, spornten sich gegenseitig damit an bei ihrem scheußlichen Treiben. *Here We Are Now, Entertain Us*, sangen sie. *A Mulatto, My Libido*. Unsere Mulattenhure kann gar nicht genug kriegen, lachten sie. Ein Refrain geht noch. *Here We Are Now, Entertain Us*. Der nächste war an der Reihe. So lange bis sie irgendwann von ihr abließen und verschwanden, sie blutig im Park zurückließen. Die Arschlöcher wurden nie gefunden, und das arme Mädchen, sie bekommt dieses Lied nie mehr aus dem Kopf. Das schrieb sie ihm. Dass sie den Gestank von diesem *Teen Spirit* nie mehr von sich abstreifen kann. Dass sie sterben will und dass sie im Moment ihres Todes noch immer stinken wird, stinken nach Deinem Song, Kurt, schrieb sie, und dem, was ihre Peiniger damit gemacht haben.

Eine erdrückende Stille fiel zwischen uns.
Ich brachte kein Wort heraus. Noch nie hatte ich Casta so ernsthaft, so bitter reden hören. Ich wusste nicht, was sagen. Ich war froh, dass ich den Song nicht in mein Set aufgenommen hatte.
– Was machst du, wenn dir deine Musik so entgleitet?, fuhr Casta fort. Wenn sie plötzlich zur Untermalung von Vergewaltigungen taugt. Wenn sie da draußen missbraucht wird und Schlimmes tut, und du nichts, rein gar nichts dagegen tun kannst. Wenn du die Kontrolle über dein eigenes Werk verlierst. Nur zuschauen kannst, wie dein Lied missbraucht wird und Leute es in den Mund nehmen, denen du am liebsten den Kopf abhacken würdest. Plötzlich singen es alle möglichen Arschlöcher. Und du kannst es ihnen nicht verbieten. Aus deinem Kopf ist es in ihren gewandert, und es ist zu spät, um das alles jemals wieder rückgängig zu machen. Ohne es zu ahnen, hast du ein Monster erschaffen. Ein Monster, das sich verselbstständigt und zu stinken beginnt. Und dieser Gestank überträgt sich auch auf dich, und du wirst ihn nicht mehr los. Da kannst du dich noch so viel

waschen. Du kriegst ihn nicht mehr weg von dir. Der Gestank sitzt in deinem Kopf. Dort, wo einst dieses Lied entstanden ist. Dort stinkt es jetzt so widerlich, dass du dir dein Gehirn wegpusten willst.

Eine Weile lang war es ruhig zwischen uns. Außer mir waren keine anderen Kunden im Supermercad. Castas Chef war irgendwo im Hinterraum. Ich nahm an, dass er dort eingeschlafen war, denn schon länger hatte man kein Geräusch mehr von ihm gehört.
Casta brauchte ungewöhnlich lange, bis sie mit ihrer Erzählung fortfuhr.
– Weißt du, als Jugendlicher hatte Kurt einen Erhängten gesehen, sagte sie. Von einem Ast in seiner Heimatstadt Seattle baumelte der. Kurt hatte ihn zufällig dort entdeckt.
Ich weiß nicht, ob Casta bemerkte, wie stark mich berührte, was sie da gerade von sich gab. Auch ich war mir nicht darüber bewusst, dass ich anfing, in der Zeit zurückzuschlittern.
An sich war der Tod kein Thema, das Casta aussparte, wenn sie ins Reden kam. Das Sterben gehörte für sie wie alles andere zur Welt. Manche lebten, manche starben. Manche wurden umgebracht. Manche brachten sich um. Aber dass gerade Kurt sich umbringen wollte, das bedauerte Casta zutiefst.
Ich stand vor ihr und sah meine Eltern von der Decke hängen. Sie hatten nicht gestunken. Nein. An keinerlei Geruch kann ich mich erinnern. Bloß der übliche, leicht süßlich modrige Geruch unserer Wohnung lag in der Luft, diese Mischung aus Holz und Staub, vertrockneten Hauspflanzen, verblichenen Gardinen und Ölgemälden. Der Geruch einer Wohnung, in der seit Jahrzehnten die Fenster nicht geöffnet wurden. Doch sonst nichts. Nichts darüber oder darunter, nichts, an das ich mich erinnern kann.
– Drei seiner Großonkel haben sich umgebracht, sagte Casta.
Neben ihrer Stimme hörte ich nun ein Pfeifen. Langsam

stellte es sich zwischen Casta und mich. Wie eine dünne, unsichtbare Wand baute es sich auf.
– Das alles hatte Kurt mitbekommen. Der Suizid, verdammte Scheiße, der muss in dieser Familie liegen.
Ich hörte Castas Stimme jetzt nur mehr durch diese Pfeifwand hindurch.
– Eine echte Selbstmördersippe das, diese Cobains, sagte sie.
Das Pfeifen begleitete sie jetzt in vielen Frequenzen. Doch ich verstand genau, was sie da sagte. Sie sprach jetzt deutsch, wienerisch, und ich mochte ihre Sprache nicht.
Ich weigerte mich zu glauben, dass Suizid vererbbar war.
Sollte Casta, sollte Onkel Ludwig es ruhig behaupten. Ich würde sie Lügen strafen.
Ich wollte Casta sagen, dass Selbstmord eine *Entscheidung* war, keine Erbkrankheit. Du suchst es dir aus oder eben nicht, wollte ich sagen. Du wirst nicht hineingeboren in den Selbstmord. Dass dein Leben nicht auf den Galgen zielt, bloß weil deine Väter sich erhängen, wollte ich sagen. Doch ich brachte kein Wort heraus.
Ich würde diese Erblast nicht tragen. Weit, weit hinter mir hatte ich sie doch gelassen.
Während Casta weiter von den Cobains redete, begann das Pfeifen in meinen Ohren zu schmerzen. Ich musste jetzt etwas sagen, um es abzustellen.

Ich unterbreche Casta mitten im Satz.
– Kurt Cobain wird sich nicht umbringen, weil sich drei seiner Onkel umgebracht haben, sage ich schnell, ruckartig, fast stotternd.
Ich muss jetzt laut reden, um über das Pfeifen hinwegzukommen.
– Das kann nicht sein!
Ich rede stockend und viel lauter, als ich beabsichtige.
– Es gibt keine Vorbestimmung!, rufe ich gegen Casta und das Pfeifen an. Sein Leben ist nicht vor seiner Geburt geschrieben worden!
Ich habe die Türklinke in meiner Hand.

– Falls Kurt Cobain sich entscheidet, es zu beenden, dann macht er das nur deshalb, weil er es nicht mehr ertragen kann, dieses, sein eigenes Leben, sein jetziges Leben, diesen nicht endenden Rausch, der ihm den Kopf verdreht!
Fast schreie ich jetzt. Ich will es nicht.
Ein paar Schritte noch. Vielleicht schreie ich schon.
– Wenn er sich umbringt, dann nur deshalb, weil er nicht mehr klar denken kann oder will. Weil er müde ist, zu müde, um weiterzuleben!
Es platzt aus mir heraus. Noch nie habe ich Casta gegenüber so laut, so viel gesprochen. Geschrien.
– Quatsch, Quatsch ist das alles. *Bullshit!*
Ich höre gar nicht mehr auf. Ich will es nicht, aber ich kann nicht anders. Ich beschimpfe Casta.
Sie starrt mich an. Ihr Mund spitzer als sonst. Es steht ihr nicht, dieses komische Lächeln. Von einem Moment auf den anderen ist irgendetwas an ihr hässlich geworden. Ich hasse diese Hässlichkeit, die sich überall hineindrängt.
– Ich bringe mich nicht um, weil meine Eltern sich umgebracht haben!, brülle ich Casta an.
Sie kann nicht verstehen, wovon ich rede. Vielleicht bekommt sie Angst vor mir.
– Nein. Das tu ich einfach nicht!, schreie ich weiter, obwohl ich es nicht will. Ich weigere mich, verstehst du!
Ihr Chef im Hinterraum ist von meinem Lärm wach geworden. Ich höre, wie er sich räuspert. Was hier los sei, fragt er.
In Castas Blick meine ich, Entsetzen zu erkennen. Vielleicht täusche ich mich. Vielleicht spiegle ich mich in ihr und das Entsetzen steht in meinem Gesicht.
– *Por favor, amigo, keep it down!*, sagt ihr Chef und kommt vor zu uns. Er sieht aus wie eine Kröte.
Casta sagt nichts mehr. In ihren Augen kann ich endlich lesen, was sie von mir denkt.
Bitte geh!, denkt sie. Geh raus aus meinem Laden. Geh und lass mich in Ruhe!
Ich will ihr den Gefallen tun. Doch ich kann mich nicht bewegen.

Einen Augenblick lang hängen da, wo sich die Pfeifwand aufgebaut hat, meine Eltern zwischen uns. Und die Hässlichkeit des Lebens. Vielleicht kann auch Casta sie sehen.
Das will ich sie fragen, aber ich sage jetzt nichts mehr.
Eine Sekunde fällt in die nächste.
Dann höre ich das elektronische Klingeln der Eingangstür. Es hört nicht auf zu klingeln, weil ich an der Türschwelle in der Lichtschranke stehe.
Das Pfeifen verschwindet im Klingelgeräusch.
Castas Chef geht auf mich zu und will mich aus dem Laden hinausschieben. Casta hält ihn zurück.
– *It's okay*, sagt sie.
Ihr Chef sieht mich an. Beide sehen sie mich an. Reden miteinander auf Spanisch.
Ich sage nichts mehr.
Das spitze Lächeln verschwindet langsam wieder von Castas Mund. Doch ein bisschen Hässlichkeit bleibt an ihr haften.
– Entschuldige, ich wusste nicht, es ist nur, du weißt, Kurt, ich will nicht, dass er stirbt, nicht jetzt, sagt Casta. Stammelt irgendetwas, weil sie jetzt irgendetwas sagen muss.
Dann trete ich ins Freie. Das elektronische Klingeln hört auf. Das Pfeifen, alles hört auf.
Ich muss los, will ich sagen, weil ich doch auch irgendetwas sagen muss.
Doch die Tür fällt zu. Ich sehe Casta nicht mehr. Ich kann nicht wieder hineingehen.
Also gehe ich heim. Langsam heim. Es fühlt sich an, als ginge ich rückwärts durch die Straßen.

Die Tabletten, die mir Frau Doktor Rothenburger gab, drückten alles weit hinaus aus meinem Leben. Es müssen bessere gewesen sein als die, die Nick Drake verabreicht bekam. Oder zumindest dosierte sie Frau Doktor Rothenburger besser für mich. Drake starb 1974 an seiner Überdosis. Oder er starb an den Depressionen, gegen die er seine Tabletten schluckte.
Nichts wirkte echt, was mich in Wien umgab. Was immer

ich sah und hörte, ich konnte mir nicht sicher sein, dass es in der Realität existierte. Die Grenze zwischen Einbildung und Wirklichkeit war verschwommen. Dieser Umstand ermöglichte mir eine gewisse Freiheit. Alles war zu Bildern geworden, alles ohne Dringlichkeit, auch die Wirklichkeit selbst nur ein Abbild der Wirklichkeit.
Ich wollte diesen Zustand, in dem ich mich von Dingen umgeben sah, deren tatsächliche Existenz mich nicht kümmerte, bewahren. Freddy Krueger aus *Nightmare on Elm Street*, *Hellraisers* Pinhead oder James Hetfield waren mir als Mitmenschen ebenso vertraut wie Tante Irmgard, Onkel Ludwig oder Frau Doktor Rothenburger. Die alte Frau Heise im oberen Stock, der kastrierte Kichizo, Mimmi, die Katze, sie alle kamen und gingen, schwebten durch mein Leben. Irgendwo hingen meine Eltern, oder sie hingen nicht mehr, wurden im umgeleiteten Strom meiner Neurotransmitter davongetragen. Alle waren sie Fantasiefiguren, die weit entfernt von mir und von dem blieben, was sie in der reellen Welt darstellten.
Meine ersten beiden Wiener Jahre wehten in Böen an mir vorbei. Ich war ein ungreifbares Luftwesen geworden, ausgestattet mit der Fähigkeit, meinen Mitmenschen entschweben zu können. Wer immer mich fassen wollte, löste sich vor meinen Augen auf.
Ich hörte, wie vorne im Wohnzimmer Ludwig Irmgard fragte, wie lange ich denn noch bei ihnen bleiben müsse.
– Was meinst du? Julian ist jetzt unser Kind, sagte Irmgard.
– Er ist nicht unser Kind. Er ist das Kind deiner Schwester.
– Meine Schwester ist tot.
– Der Sohn von Rudolf Ogert ist er. Nicht mein Sohn.
– Wo soll er denn sonst hin? In ein Kinderheim wie sein Vater?
Ich hörte sie sprechen, aber was sie sagten, blieb mir fern. Sie sprachen nicht über mich. Mich gab es nicht.
– Er ist sowieso kein Kind mehr, sagte Ludwig. Nächstes Jahr wird er volljährig, dann wird er sich wohl um sich selber kümmern können.

Ludwigs Stimme blieb in einer anderen Dimension hängen. Sie, sie alle, die Toten und die Lebendigen erreichten mich nicht. Es war ein angenehmer Zustand.

Lange, vielleicht für immer hätte ich abgelegt in dieser Parallelwelt bleiben können, in sicherer Entfernung vor dem wirklichen Leben. Doch irgendwann drängte eine Echtheit in mein Dasein, die sich nicht fortschieben ließ. Die Dinge um mich herum bekamen schärfere Konturen. Ich sah, wie sie in die Tiefe ragten, ob ich wollte oder nicht. Wie sie aus der Tiefe heraus zu mir reichten. Ihre Oberflächen bekamen Schattierungen, raue Fasern, Schmutz. Ich sträubte mich dagegen, denn ich hatte mich an die antiseptische Glätte meiner Umwelt gewöhnt. Doch langsam erkannte ich dort, wo vorher alles eben gewesen war, die unterschiedliche Beschaffenheit des Materials.

Zuerst waren es die Dinge, die sich veränderten, als die dritte Dimension zurückkam. Der verklebte Wollteppich, die grobe Rinde des Baums, das beschlagene Fenster, Rost, Schimmel, Wasserränder, Fettschichten, Staubmäuse fielen mir auf. Dann kamen Lebewesen dazu. Insekten zuerst, Ameisen, Spinnen, Fliegen belebten plötzlich die lange Zeit ruhiggestellten Räume. Vögel, Katzen, Hunde folgten, und es dauerte nicht lang, da bevölkerten wieder echte Menschen meine Welt, Personen, die sich von den Bildern auf Plakaten, von den Bildern im Fernsehen, den Bildern in meinem Kopf unterschieden. Ich nahm ihren Geruch, ihr Gewicht, ihre Größe wahr. Sie lösten sich nicht mehr auf, wenn ich sie wegwünschte. Sie gehorchten mir nicht mehr. Ich musste mich mit ihnen abfinden.

Die Rückkehr der Realität erschreckte mich, aber sie zeigte mir auch einen Ort, der mehr zu bieten hatte als das planierte Scheinleben, mit dem ich mich zufrieden gegeben hatte. Nun nahm ich die Westerngitarre, die mir Irmgard gekauft hatte, in die Hand und spürte ihr Holz, spürte ihre Masse, ihre Schwingungen. Der Korpus vibrierte, wenn ich die Saiten anschlug, und der Klang drang tief in meinen Körper ein. Ich spürte den Schmerz, wenn sich die Stahlsaiten in meine Fingerkuppen kerbten, merkte, wie die Hornhäute wuchsen, wenn die von der Bronzelegierung verfärbten Finger über das Griffbrett strichen. Ich suchte den Schmerz. Ich begann so lange Gitarre zu spielen, bis der Zeigefinger meiner Schlaghand blutete und sich die linke Hand kaum mehr bewegen ließ. Ich arbeitete an meiner Stimme und den Texten. Ich lernte sämtliche Beatles-Lieder, Stones, Dylan. Nick Drake, Bruce Springsteen, Neil Young. Woody Guthrie. Metallica. Ich hörte mir die Schallplatten, die mir Irmgard kaufte, wieder und wieder an, so lange, bis das Vinyl verkratzt war und ich die Akkorde der Lieder verstanden hatte. Ich spielte die Songs in eigenwilligen Interpretationen. Wo mir Akkorde nicht gefielen oder ich sie nicht erkennen konnte, fügte ich eigene Wechsel ein. Ich transponierte die Stücke meiner Stimmlage entsprechend, änderte das Tempo, rearrangierte gesamte Kompositionen. Ich machte mir die Songs zu eigen und begann sie zu lieben. Die Coverversionen, die ich bis zur Erschöpfung spielte, stellten die Verbindung zu meiner Umwelt wieder her.

Wahrscheinlich klammerte ich mich deshalb so an diese Lieder. Über all die Jahre. Über meine Zeit in Wien, Paris und New York hinweg bis nach Los Angeles. Diese Songs nahm ich immer mit. Jeden Tag verbrachten sie mit mir am Santa Monica Beach. Sie wurden mir nicht langweilig. Sie waren ein Teil von mir, ein Teil, den ich behalten wollte, vielleicht das Einzige, das ich immerzu behalten wollte.

Da konnte mir Casta noch so lange von Nirvana vorschwärmen. Nie würde ein Song für mich so wertvoll werden wie jene, die ich mir in Wien angeeignet hatte.

Keine zwei Wochen nach meinem Gespräch mit Casta jagte sich Kurt Cobain eine Patrone seiner Browning-Flinte durch seinen Schädel. Zuvor hatte er sich eine Überdosis Heroin gespritzt. Der Kopfschuss diente dazu, um sicherzugehen.

It's better to burn out than to fade away. Mit diesen Worten hatte Cobain seinen Abschiedsbrief geschlossen. Immer musste ich seither daran denken, wenn ich das Neil-Young-Stück, aus dem dieses Zitat stammt, in meinem Straßenset spielte.

Es dauerte lange, bis ich mich wieder zurück in den Supermercad traute.
Erst Wochen später traf ich Casta wieder. Monate waren nun seit dem Beben vergangen. Die sonnigen Wintertage waren durch einen Frühling ersetzt worden, der dem wolkenlosen Sommer glich, in den er übergangslos führen würde. Ein Tag glich dem anderen. Über allem der Sonnenschein. Und darunter diese Leere, die sich in mir ausbreitete. Ich hatte eine Belanglosigkeit erreicht, nach der ich mich sogar gesehnt hatte, aber ich musste erkennen, dass diese nichts Spontanes, nichts Stärkendes an sich hatte. Vielmehr entwickelte sich LA zu einer Falle, in die ich getappt war und nun nicht mehr wusste, wie ich herauskommen sollte. Ein Gedanke drängte sich mir auf, immer wieder, auch wenn ich ihn, so gut ich konnte, von mir wegschob; die Befürchtung, dass meine Flucht mich bislang nirgendwo hingeführt hatte.
Vorsichtig trat ich über die Türschwelle und hörte das elektronische Klingeln.
– Julian, *qué tal,* sagte Casta, freundlich, als wäre nichts passiert, aber trotzdem lag eine gewisse Unzugänglichkeit in ihren Worten.
Ich merkte, wie die Distanz zwischen Casta und mir größer geworden war. Nie wieder würden unsere Unterhaltungen so unbeschwert sein wie früher. Kein *Two Of Us* würden wir gemeinsam spielen, diesen Song, den ich immer in meinem Set hatte. Ich hatte davon zu träumen begonnen, ihn eines Tages zu zweit, nicht immer allein zu spielen, ihn zweistimmig zu singen, mit Casta zu singen, wie John mit Paul gesungen hatte. *You and I have memories, longer than the road that stretches out ahead,* wollte ich mit Casta singen. Doch dazu würde es nicht kommen. Ich würde weiterhin am Ocean Front *Standing solo in the sun* betonen, und der eine oder andere Passant würde das lächelnd zur Kenntnis nehmen.

So war es wohl auch richtig. Casta war keine Straßenmusikerin. Wie hatte ich mir vorstellen können, dass sie eines Tages mit einem akustischen Bass neben mir stehen und mit mir in großen Terzen singen würde! Sie hatte ihren eigenen Weg eingeschlagen, einen, der geradewegs in die Zukunft führte. Ich, der dunkle Zweifler, würde sie nur aufhalten.

Casta redete jetzt weniger, zurückhaltender als früher, erzählte kaum mehr etwas über sich.
Irgendwann fiel mir auf, dass wir nie unter uns waren. Immer waren andere dabei. Andere Kunden, Bekannte, Freunde von ihr, mit denen sie ausschließlich spanisch redete. Ihr Chef, die Kröte. Sobald ich den Laden betrat, kam er aus dem Hinterraum und hielt sich in der Nähe des Tresens auf. Er grüßte mich und blieb in unserer Nähe, wenn ich versuchte, mit Casta ins Gespräch zu kommen. Auch Christian und Ludwig tauchten manchmal auf. Meine Eltern hingen neben den Chilischoten von der Decke.
Eines Tages fiel mir der modrige Geruch auf, den ich als Kind beim Heimkehren von den Sommerurlauben wahrgenommen hatte. Die Fenster des Supermercad wurden nie geöffnet. Er hatte gar keine Fenster, nur die Eingangstür, die elektronisch klingelte, wenn ich ihre Schwelle übertrat.
Was ich im Lauf des Jahres immer seltener tat.

Einige Veränderungen ergriffen den Yucca Corridor, das war nicht zu übersehen. Ein Apartmentbuilding in meiner Nähe war unter dem Vorwand, dass es einsturzgefährdet war, geräumt worden, und die Anzahl der Polizeiwagen, die neben den Neighborhood-Watch-Gruppen durch das Viertel patrouillierten, war deutlich erhöht worden. Nachts konnte ich vom Balkon meiner Wohnung aus die *Guardian Angels* beobachten, die zu ihren Säuberungsaktionen ins Viertel zogen.
Ja, ich sah die Wohnung inzwischen als die meine an, auch wenn ich wusste, dass es nur eine Frage der Zeit war, bis Eleanor zurückkehren würde. Längst schon war es über-

fällig, dass sie etwas unternahm. Vielleicht hatte ich mich auch deshalb in meiner Warteposition eingerichtet.
Ich nahm von dem Notiz, was mich umgab, aber im Grunde versuchte ich, so wenig wie möglich wahrzunehmen, so wenig wie möglich zu sehen, zu hören, zu denken. Teilnahmslos schlich ich durch die Straßen meines Korridors.
Das ›La iguer‹ war weiter von meiner Wohnung entfernt als Abe's Deli. Der Weg durch den Yucca Corridor ermüdete mich, langweilte mich, und immer seltener legte ich ihn zurück. Ich ließ den kalifornischen Herbst an mir vorüberziehen, der strahlend, nicht als Herbst zu erkennen, in ebenso leuchtende Wintertage überging. Meine Lebensmittel konnte ich bei Abe oder in anderen Läden besorgen, denn Los Angeles hatte ja längst wieder in seinen Alltag gefunden. Bald jährte sich das Northridge-Beben zum ersten Mal, und von diesem Gedenken abgesehen wurde so getan, als hätte es sich nie ereignet. Ich bildete mir ein, dass die Stadt ein bisschen leerer geworden war, denn einige, wie Eleanor oder Joyce, waren nicht mehr zurückgekehrt. Ich befürchtete, dass der Jahrestag der Katastrophe Eleanor an ihre Wohnung erinnern würde, in der ich nach wie vor hauste.
In den Wochen nach ihrer Abreise hatte Eleanor noch hin und wieder angerufen und sich um ein paar Dinge gekümmert. Doch längst schien sie sich in Portland eingerichtet und ihre Zeit in Hollywood wie mich aus ihrer Erinnerung gestrichen zu haben. Ich hatte mit ihr vereinbart, die monatliche Miete meines Zimmers sowie die Telefonrechnung bei Pacific Bell direkt zu begleichen. Das tat ich auch. Ich versuchte, möglichst wenig Aufmerksamkeit zu erregen. Ich wollte mich bei Eleanor nicht in Erinnerung rufen. Wollte sie nicht wieder bei mir in ihrer Wohnung haben. Abwarten wollte ich, solange dieser Zustand hielt.

So saß ich sie also aus, die Sonnentage, einen nach dem anderen. Ohne Höhepunkte und ohne Tiefe. Die Horizontal City war flach geworden. Ihre Bewohner ihr gleich, auch ich. Wir taten so, als reichte es, jeden Tag zwischen Sonne

und Klimaanlagen und ohne größere Erdstöße zu überstehen.
Ich weiß nicht, wie weit das meine Nachbarn erfüllte. Ich jedoch spürte, dass es das nicht gewesen sein konnte. Auch wenn ich mich hier momentan ziemlich gut eingerichtet hatte, sollte ich in meinem Leben noch etwas anderes tun, außer die kalifornischen Tage wie früher die Linzer an mir vorüberziehen zu lassen. Statt hinter Gardinen war ich nun hinter Lamellenvorhängen vor der Welt versteckt. Ich hatte mich von einer dunklen Umgebung in eine helle gesetzt, war aber wie früher ein Außenseiter geblieben. Ich spürte, dass ich kein Teil dieser Stadt werden konnte, niemals, so sehr ich mich bemühte.
In Linz war ich von meinen Eltern ignoriert worden. In Los Angeles ignorierte mich die ganze Stadt. Die Einsamkeit war die gleiche. Und weil sie wie in meiner Jugend keine wirkliche, keine gewollte Einsamkeit war, sondern eine Einsamkeit mitten unter Menschen, bekam sie auch in LA ein immer hässlicheres Gesicht.
Jeden Tag saß ich im Bus nach Santa Monica, die Mexikaner neben mir, alle freundlich wie immer. Am Ocean Front blieben Passanten vor mir stehen, warfen Münzen auf meine Gitarrentasche.
– *Sounds great,* sagten sie.
Hätte ich noch so schlecht gespielt, hätten sie das gesagt. Sie waren höflicher, freundlicher als die Österreicher, vor denen ich geflüchtet war, aber auf Dauer machte sie das nicht besser. Ich wehrte mich noch dagegen, aber insgeheim musste ich mir zugestehen, dass meine Flucht westwärts in eine Sackgasse geraten war und mich das, was ich hinter mir gelassen hatte, wieder einholen würde. Ich würde weiterziehen müssen, wohin auch immer, irgendwohin weiter weg. Oder mich umdrehen und dem stellen, wovor ich weggelaufen war.

11

Ich wiederholte die elfte Schulstufe auf einem Realgymnasium im 12. Wiener Gemeindebezirk. Die Schule war nicht schwierig, aber sie interessierte mich nicht. Höchstens in den Fremdsprachen strengte ich mich an, denn intuitiv spürte ich, dass ich sie brauchen würde. Die anderen Fächer ließ ich über mich ergehen.

Ich hätte in meinem zweiten Anlauf die vorletzte Klasse Gymnasium wohl geschafft. Irgendwie weitergemacht und im Jahr darauf vielleicht sogar das Abitur bestanden. Doch dazu kam es nicht, denn ab dem Frühling 1988 stülpte sich die Wirklichkeit immer zwingender über das Paralleluniversum, in dem ich mich eingerichtet hatte. Sie ließ sich nicht mehr aufhalten. Jeglicher Rückhalt wurde mir entzogen. Groß und unleugbar begann die Realität zu mir zurückzukehren.

Frau Doktor Rothenburger schrieb mich untauglich für das Bundesheer. Damit schloss sie meine Akte. Meine Therapiesitzungen wurden nur mehr als gelegentliche Kontrolluntersuchungen weitergeführt und endeten bald gänzlich. Anscheinend war ich nun *darüber hinweggekommen* und bereit, auf eigenen Beinen zu stehen, bereit, die Welt, die von außen auf mich drückte, allein zu verkraften.

Eines Tages wirst du verstehen, Julian.

Ich merkte, wie dieser eine Tag sich näherte.

Ich hielt das fasrige Stück Papier in meiner Hand. Zwei Sätze in der Handschrift meines Vaters.

Der Tag, an dem ich schließlich verstand, war ein weißer Tag im Juni 1988. Meine Eltern waren seit drei Jahren tot. Der Himmel hatte keine Farbe. Nichts hatte eine Farbe. Das Wohnzimmer der Hempels in Graustufen gezeichnet. Das Sofa wie aus Stein. Keinen Zentimeter sank ich ein.

Der ganze Raum kein Raum. Alles eng, hart, klein, zu klein, als dass ich darin Platz fand.
Ich saß auf dem Stoffstein.
Ludwig saß mir gegenüber.
– Wir müssen endlich reden, sagte er.
Ich wollte aufstehen und in mein Zimmer gehen. Die Tür hinter mir schließen.
– Nur du und ich, sagte Ludwig.
Wo ist Irmgard?, überlegte ich. Warum ist sie jetzt nicht hier bei mir? Warum lässt sie mich allein mit ihm?
– Du weißt, was geschehen ist, sagte Ludwig.
Ganz trocken. Ohne Vorwarnung. Als hätte er mir bereits erzählt, was er mir jetzt erzählte. Als wollte er mich, nur um sicherzugehen, noch einmal daran erinnern.
Ich hatte keine Kraft, um ihm zu antworten.
– Du musst es wissen, sagte er.
Immer blickte Ludwig ein wenig an mir vorbei, wenn er mit mir redete. Als wäre ich nicht wirklich dort, wo ich war.
– Vielleicht hilft es dir ja, sagte er zu dem Raum neben mir. Irgendwann musst du wieder auf die Beine kommen, Julian. Und dazu musst du wissen, dass dein Vater dasselbe erlebt hat wie du.
Ich wollte Ludwig nicht zuhören, aber ich hatte keine andere Wahl.
– Sicherlich hat er dir nie davon erzählt. Auch deine Mutter nicht. Die redete sowieso mit niemandem, die Maria. Nur der Irmgard vertraute sie sich hin und wieder an. Ehrlich gesagt, wäre mir lieber gewesen, sie hätte auch ihrer Schwester gegenüber alles einfach weggeschwiegen. Aber gut, das kann man nicht mehr rückgängig machen. All diese Dinge kann man nicht rückgängig machen. Also sollst du es wissen. Du bist alt genug. Weißt du, dein Vater, der Rudolf, er war zwölf Jahre alt, noch jünger als du, als er seine Eltern fand. Anfang '38 war das, kurz bevor die Wehrmachts-Truppen hier in Wien einmarschierten. Wahrscheinlich wollte dein Großvater einfach diesem ganzen Austrofaschismus entfliehen, der nun ins Deutsche Reich aufgenommen wurde, und sah keinen anderen Ausweg mehr als den Selbst-

mord. Das ist durchaus nachvollziehbar, findest du nicht? Seine Frau nahm er mit, genau wie der Rudolf die Maria mitgenommen hat.

Ludwigs graue Hände streichelten sein Kinn. Ich hörte, wie sie über die schlecht rasierte Haut strichen, aber es war kein Schaben, kein Kratzen, das ich hörte, sondern ein Pfeifen. Ganz leise zuerst. Doch irgendwann war es nicht mehr zu überhören. Ich kannte dieses Pfeifen.

– Sie waren zwar Katholiken, deine Großeltern, sie hätten die Nazis also nicht direkt fürchten müssen. Vielmehr die Strafe Gottes vielleicht, wenn sie sich selbst das Leben nehmen. Aber um Gott habt ihr Ogerts euch nie sonderlich gekümmert, gell? Deine Großeltern lebten in dieser schönen großen Wohnung im Zweiten, Leopoldstadt, mit Blick auf den Augarten. Es war ein jüdisches Viertel. Auch wenn sie dort ein zurückgezogenes Leben führten, mussten sie miterlebt haben, wie die Nazis im Begriff waren, ihre Nachbarschaft auszuradieren. Die Schlägertrupps, die jahrelang schon durch ihre Straßen zogen. Die Übergriffe gegen die Ostjuden, die vor ihrer Haustür durch die Straßen gehetzt und zusammengeschlagen wurden. Die Hakenkreuzler, die über Jahre hinweg schon ihr Terrorregime errichteten und den Anschluss vorbereiteten. Haben sie einfach weggeschaut, die Ogerts? Vielleicht haben sie so lange wie möglich so getan, als wären sie nicht betroffen. Doch von allen Seiten drängte die Barbarei auf eure kleine Akademikerfamilie ein, und irgendwann nahm sie deinem Großvater jegliche Hoffnung. Und dein Vater, er war ein Einzelkind wie du. Hineingeboren in diesen Fluch. Um ihn herum das Totschlagen und Morden. Was macht das aus einem jungen Menschen, wenn er tagtäglich das Unmenschliche, das Bestialische miterlebt?

Ludwig machte eine Pause, als würde er von mir eine Antwort auf seine Frage erwarten. Als wäre ich ein Zeuge und könnte ihm von meinen Erfahrungen berichten.

Nach einer Weile fuhr er fort.

– Als Zwölfjähriger kommt dein Vater also von der Schule heim. Die Wohnungstür steht offen. Er schließt sie nicht

hinter sich. Er sieht sofort nach, was los ist. Wahrscheinlich ahnt er etwas. Das wollte ich dich auch immer schon fragen, Julian: Hast du etwas geahnt?
Das Pfeifen in meinem Ohr liegt in derselben Frequenz wie Ludwigs Stimme. Es drängt sich in die Silben hinein, die er von sich gibt. Noch nie mochte ich seine Stimme. Jetzt bereitet sie mir körperliche Schmerzen. Ich möchte mir die Ohren zuhalten und nichts mehr hören von dem, was er sagt. Doch würde ich die Hände über meine Ohren halten, würde das Pfeifen nur lauter werden.
Ich bleibe regungslos sitzen. Mein Blick starr auf Ludwigs Lippen gerichtet. Zwei Striche, zwischen denen Hässliches herauskommt. Dünne, hässliche Striche. Es kommt mir vor, als würden sie es genießen, diese Striche, mir das hinzuwerfen.
– Er findet seine Eltern nicht bei Tisch vor, wo er sie erwartet hatte, dein Vater. Er ruft. Bekommt keine Antwort. Die Nachbarin aber wird auf sein Rufen aufmerksam. Rudi? Sie steht an der Türschwelle. Rudi, ist alles in Ordnung? Rudolf mittlerweile im Schlafzimmer der Eltern. Rudi, ist etwas passiert? Sein Vater, seine Mutter hängen dort von der Decke. Die Nachbarin findet Rudolf, wie er auf dem Parkettboden vor ihnen kauert. Kein Wort hat er gesagt, dein Papa. Keinen Laut von sich gegeben. Ein stummes Häuflein Elend auf dem Boden des Schlafzimmers. Ein regungsloses Bündel.

Das Wohnzimmer der Hietzinger Villa, in dem wir sitzen, friert ein. Mein Steinsofa. Die steifen Gardinen. Obwohl der Wind durch das geöffnete Fenster weht, bewegen sie sich nicht. Alles erstarrt.
Ludwig redet weiter.
– Vielleicht hast du mal Bilder von ihm gesehen, deinem Großvater? Ein freundlicher Mann, auf allen Fotos dieses fast schon einstudierte Lächeln im Gesicht. Die hohen Wangenknochen hast du von ihm. Auch diese Nase und das Kinn. Krumm, spitz, kantig alles. Auf den Fotos sieht er dir tatsächlich ähnlich.
Ludwigs Stimme dieses Pfeifen. Er hört nicht auf zu reden.

– Soll ich ein Foto von deinem Großvater suchen?, fragt er.
Sein ganzer Vortrag eine einzige Frage.
– Ich habe die Fotoalben aus dem Schlafzimmer deiner Eltern mitgenommen. Man soll sie nicht wegwerfen, diese alten Bilder, meint die Irmgard. Solche Aufnahmen sind unersetzlich. Dein Großvater sieht aus wie ein friedlicher Mensch. Dein Vater ja auch. Nach außen hin friedlich. Alles andere als brutal. Keineswegs hinterhältig. Aber trotzdem zu so etwas fähig. Wieso tun die Ogerts das ihren Söhnen an? Warum, Julian, warum bloß? Etwas Dunkles, Krankes muss tief in euch stecken. Man sieht es nicht, aber irgendwann bricht es durch.
Ludwigs Strichgesicht nun eine widerliche Fratze. Ich möchte sie anschreien, anspucken, ihr sagen, dass sie aufhören soll. Doch ich habe keine Kraft.
Ich schwebe. Als ob ich selbst in der Luft hinge.
– Dein Vater kam in ein katholisches Kinderheim. Eine Internatsschule. Eine gute Schule, an Geld mangelte es den Ogerts ja nicht. Nach dem Krieg studierte dein Vater Jus und wurde Rechtsanwalt. Irgendwann zog er nach Linz und eröffnete dort die Anwaltskanzlei. Warum er Wien verlassen hat, weiß ich nicht, aber ich nehme an, er wollte wegkommen von der Leopoldstadt und dem Fluch, der hier über ihm lag. Du bist ja auch aus Linz geflohen und weigerst dich zurückzugehen in deine Heimatstadt, nicht? Heute wissen wir jedenfalls, dass deinem Vater diese Flucht nichts gebracht hat. Und doch hat er ein ziemlich erfolgreiches Leben geführt. Nach außen hin zumindest. Als wäre nichts geschehen. Jahrzehntelang.
Ludwigs Sprache war tonlos. Ohne Emotionen, ruhig und sachlich redete er auf mich ein. Nur einen Hauch zu langsam sprach er. Ein wenig zu viel Platz ließ er zwischen seinen Wörtern und drückte dadurch aus, wie widerlich er das alles fand und welchen Genuss es ihm bereitete, endlich all diese Widerlichkeiten loszuwerden, sie weiterzugeben an mich. Wegen dieser Hohlräume in seinen Sätzen klang es, als würde er mit einem Geisteskranken sprechen.

In dieser Art hatte auch Frau Doktor Rothenburger mit mir geredet.
– In Linz lernte er die Maria kennen. Sie heirateten. 1969 kamst du auf die Welt. Den Rest kennst du ja, sagte Ludwig. In der Leere zwischen all den Fakten, die er nüchtern wie ein Arzt von sich gab, lag eine Beschuldigung. Lag der Vorwurf, den er mir machte. Mir, meinem Vater, meinem Großvater, uns kranken Ogerts. Er glaubte tatsächlich an die Erbschuld, daran, dass Suizid vererbbar war. Dass es eine Erbkrankheit war, sich vor seinen Kindern zu erhängen. Er gab mir die Schuld daran, dass über meine Mutter, seine Schwägerin, die schwarze Seele der Ogerts in seine heile Welt gedrungen war. Ich verpestete seine Hietzinger Villenwohnung.

– Den Rest kennst du ja, sagte Ludwig und blickte an mir vorbei.
Rückwärts schwebte ich durch den Korridor.
Ich sagte nichts. Konnte nicht. Hatte nichts zu sagen.
Ludwig blieb sitzen.
Ich schwebte nach hinten zu meinem Zimmer.
– Julian?
Lautlos fiel die Tür ins Schloss.
Dann war Ludwig nicht mehr zu hören. Auch das Pfeifen kaum noch hörbar. Die Stahlsaiten lauter als es. Lauter als alles. Ich würde sie so lange spielen, bis sie alle gerissen waren. Gekrümmt über den Korpus. Mein Ohr ganz nah am Schallloch.
Das *Hellraiser*-Plakat auf der Decke über meinem Bett.
Der erste Film des Blutes, hieß es. Als würde es auf mich heruntertropfen, jetzt, im Rhythmus meiner Musik. Pinhead, die Cenobiten für immer gefangen in ihren Höllenqualen. Gehäutete Monster.
Meine Finger überzogen von festen Hornhautschichten. Ich spielte schnell und hart und laut, aber es tat mir nicht weh.
Hunderte Nägel in den Köpfen der Cenobiten, Haken in der Haut, Eisenketten daran befestigt, die ihnen das Fleisch vom

Schädel rissen. Ekelhaft waren sie. Aber sie hatten nichts mit der Hässlichkeit zu tun, die sich immer wieder in das Leben drängte.

Ich habe nie mit Irmgard darüber gesprochen. Ich konnte nicht. Sie sprach auch nicht mit mir. Vielleicht wartete sie auf eine passende Gelegenheit. Wartet immer noch.
Eines Tages muss ich mit ihr sprechen. Nur mit ihr. Einmal mit jemandem reden. Irmgard erzählen, was ich weiß. Wer ich bin. Wo ich gewesen bin. Klopfen an die Tür in Hietzing. Hoffen, dass Ludwig im Büro ist.
Nach seiner Rede blieb ich noch ein paar Wochen bei ihnen. Ich musste auf dem französischen Konsulat mein Visum für Frankreich beantragen. Heimlich ließ ich es in meinen Pass eintragen. Ich hatte meinen Entschluss gefasst. So schnell wie möglich würde ich Wien verlassen. Niemand sollte davon erfahren. Nur Gaspard Braillet. Ihm schrieb ich einen Brief.
Bald werde ich dich besuchen kommen, schrieb ich. Wir hatten damals, als er Gastschüler bei uns war, besprochen, dass ich ihn in Lyon besuchen würde.
Ich hoffe, das passt dir, schrieb ich.

Ich grüßte meine Pflegeeltern, wenn ich sie im Flur traf, im Wohnzimmer, am Küchentisch, aber ich ließ mich auf kein Gespräch mit ihnen ein. Irmgard musste etwas gespürt haben. Doch sie fragte nie nach. Immer ließ sie mir die Zeit, die ich brauchte. Immer vermied sie die Fragen. Auch Ludwig hatte aufgehört zu fragen, zu reden. Verstohlen beobachtete er mich, aber ich gab ihm so selten wie möglich Gelegenheit dazu. Wenn ich zu Hause war, hielt ich mich in meinem Zimmer auf und spielte Gitarre. Die Schule in der Rosasgasse besuchte ich regelmäßig. Ich machte meine Hausaufgaben. Nach außen hin funktionierte ich. Gute Fortschritte hatte ich gemacht. Nur noch schweigsamer als zuvor war ich nun. Nichts, was aufgefallen wäre.
Auch in mir selbst war es stiller geworden. Die Wärme des Frühsommers brachte den Garten zum Leben, mich aber

erreichte sie nicht. Ich wusste, dass ich mit dieser Stadt abgeschlossen hatte. Die braunen Wassermassen der Donau spülten den Schlamm weiter nach Osten, nach Ungarn, Bulgarien oder Rumänien, wo in einem riesigen Geäst ganz Österreich ins Schwarze Meer entwässerte. Dort sank diese ganze Hässlichkeit auf den Meeresboden und schwärzte das Wasser.
Es wäre falsch gewesen, weiter mit diesem Strom zu ziehen. Ich wusste, dass ich jetzt in die entgegengesetzte Richtung aufbrechen musste.
Ich wusste, wo die Geldtasche von Irmgard und Ludwig zu finden war. Ein dickes Portemonnaie in der unteren Schublade ihres Nachttisches. Alle Geldscheine, die ich vorfand, nahm ich heraus. Tausender, Fünfhunderter. Auch die Hundertschillingscheine, Fünfziger und Zwanziger. Dafür steckte ich Irmgard einen kurzen Brief hinein.
Ich muss weiter, schrieb ich.
Danke für alles. Das Geld werde ich zurückzahlen. Bitte gib der Schule Bescheid, dass ich nicht mehr kommen werde. Meine Pflicht ist erfüllt. Sucht mich nicht. Niemand soll sich die Mühe machen, nach mir zu suchen. Versprich mir das! Und mach dir bitte keine Sorgen. Wir werden uns wiedersehen, wir zwei – Julian
Dann nahm ich meine Gitarrentasche und den Rucksack.
Am Westbahnhof kaufte ich mir die Fahrkarte.
– Einmal nach Paris, sagte ich. Über Lyon. Nur Hinfahrt.

12

Pedro hatte ich auf einer dieser Partys in Castas Apartment im Fontenoy kennengelernt.
Irgendwann Anfang letzten Jahres muss das gewesen sein, im Frühjahr 1995. Noch immer wohnte ich allein in Eleanors Wohnung, versteckte mich dort vor ihr und vor der Welt. Ich versuchte mich damit abzufinden, dass mir das

Leben nichts Neues zu bieten hatte. Ich erwartete nichts mehr von LA. Nichts mehr von Casta. Auch nichts von Abe und all den anderen flüchtigen Bekanntschaften, die ich gemacht hatte, die eben nicht mehr waren als das, *acquaintances*, flüchtige Bekanntschaften, die ich genauso gut nicht machen hätte können.
Eleanor hatte mich und ihre Wohnung, so hoffte ich zumindest, vergessen. Sobald du aus dem Blickfeld verschwindest, wirst du vergessen in diesem Land. Das hatte ich gelernt. Darauf vertraute ich jetzt. Ich zahlte monatlich die kleine verabredete Miete, ansonsten stellte ich mich tot. Den Telefonhörer nahm ich nur ab, wenn ich mich vergewissert hatte, dass es nicht Eleanor war, die anrief. Sporadisch hatte sie Nachrichten auf dem Anrufbeantworter hinterlassen, aber inzwischen hatte ich schon lange nichts mehr von ihr gehört. Das war gut so. Das wenigstens war gut.
Wenn ich nicht in Santa Monica Gitarre spielte, bunkerte ich mich zu Hause ein, sah fern und kiffte, trank Bier, soweit ich mir das alles leisten konnte. Sonne und Kontakt zu Menschen hatte ich am Santa Monica Beach genug.
Casta besuchte ich im Supermercad fast nie mehr. Nur hin und wieder raffte ich mich auf und ging hinüber ins Fontenoy, um eines dieser *Hanging Outs* über mich ergehen zu lassen. Insgeheim hoffte ich wahrscheinlich, Casta dort anzutreffen, aber meistens bekam ich sie gar nicht zu Gesicht und wurde stattdessen von irgendwelchen Partygästen oder Mitbewohnern vollgelabert, bis die von meinen einsilbigen Antworten genug hatten und einen willigeren Gesprächspartner suchten.

Im riesigen Wohnzimmer des Apartments saß ich auf der Couch, nippte an meinem Bier und starrte durch die Fensterfront auf den nächtlichen Himmel LAs.
Die Wände um mich herum trugen ein Blau, das gleichzeitig organisch und wie nicht von dieser Welt wirkte. Zumindest nachts – im Tageslicht habe ich die Wohnung nie gesehen – schien dieses dunkel schimmernde Blau die

adäquate Farbgebung Hollywoods zu sein, weder die Farbe des Himmels noch des Ozeans, vielmehr ein Wunschblau, ein *Make Believe,* die Farbe einer Filmrequisite. Im Raum standen einige hellgraue Säulen, Philodendren und abgewetzte Sofas, davor flache Glastische. Eine große, mit verspiegelten Fliesen bekleidete Bar trennte die Küchenzeile ab. Selbst der Kühlschrank wirkte überdimensioniert und wie aus einer vergangenen Epoche. Der Glam dieser Fontenoy Apartments, wo in den fünfziger Jahren noch Hollywood-Divas während ihrer Filmdrehs gewohnt hatten, war weiterhin zu spüren, obwohl das gesamte Gebäude heruntergekommen war und seine glitzernde Vergangenheit von der Fassade bröckelte. Seit Jahrzehnten war die Rezeption des Hauses nicht mehr besetzt, öffnete kein *Doorman* den Bewohnern die Eingangstür. Der Aufzug holperte, als wäre jede Fahrt seine letzte, und im durchgetretenen Teppichboden des Hausflurs waren an vielen Stellen Löcher. Trotz allem hielt sich selbst im schummrigen Neonlicht der Gangbeleuchtung jener Glanz, den die Filmwelt hier einst ausgestrahlt hatte. Die Illusion, die sie auf die Leinwand gezaubert hatte, lebte im Fontenoy geisterhaft weiter und ignorierte die Realität, die längst den Yucca Corridor ergriffen hatte.
Von dieser Aura lebten auch die Partys in Castas Apartment. Die Künstler, Schauspieler oder Musiker, die sich hier zusammenfanden, gaben sich dem Wunschdenken hin, sie hätten den Durchbruch geschafft oder wären zumindest im Begriff, groß herauszukommen. Träumer waren sie allesamt. Verweigerer der Wirklichkeit. *Fake People,* die im neunten Stock über ihrer *Fake City* schwebten und vorgaben zu sein, was sie nicht im Entferntesten waren.

Casta war anders als sie. Sie würde sich nicht in einer Fiktion verlieren, sondern arbeitete daran, ihr eigenes Leben aufzubauen. Wahrscheinlich nahm sie deshalb nie wirklich teil an den Zusammenkünften, die in ihrer Wohngemeinschaft stattfanden.
Auch Pedro war anders. Er war kein Künstler, der im Show-

business Fuß fassen wollte, sondern eher das Gegenteil davon: Tiefbauingenieur. Er war nur vorübergehend in Los Angeles, weil er an einem Brückenbau in North Hollywood beteiligt war. Eigentlich stammte er aus Chile. Dort hatte er auch, bevor er nach Los Angeles gekommen war, an einem riesigen Bauprojekt in der Atacamawüste gearbeitet.
– Ihr Europäer errichtet dort ein gewaltiges Teleskop, erzählte er. Das VLT. Very Large Telescope. Den ganzen Gipfel des Cerro Paranal haben wir abgetragen, damit er jetzt als Plateau für das Observatorium dienen kann. Es ist verrückt. Absurd fast. Riesengroß!
Sein Englisch war ausgezeichnet. Auch schien er sich lieber mit mir als mit den anderen Partygästen zu unterhalten, die großteils Latinos waren und untereinander spanisch sprachen. Er hatte wenig mit ihnen gemein. Er wohnte nur ebenfalls im Fontenoy, ein paar Stockwerke über Castas Apartment.
– Der Ausblick von meinem Apartment aus ist noch um einiges cooler, sagte er und schenkte uns Tequila ein. Er schien mich in seine Wohnung locken zu wollen, aber ich ging nicht näher auf seine Avancen ein. Das VLT, das interessierte mich. Das Alleinsein, dort ausgesetzt zu sein in der Abgeschiedenheit der Atacama. Doch vorerst schenkte Pedro diesem Thema keine weitere Aufmerksamkeit.
Er sah aus wie ein Wels. Ein schwerfälliges, fleischiges Tier. Ein rundes Fischgesicht mit dunklen, hervorstehenden Augen und einer plattgedrückten Nase. Wie fast jeder damals trug er ein Flanellhemd und einen *goatee* am Kinn, einen Ziegenbart, der bei ihm vielmehr den Eindruck von Barteln erweckte, verstärkt durch seinen langgezogenen Schnurrbart. Schräg nach links und rechts unten zog sich dieser über Pedros wulstige Lippen. In der Mitte hatte er ihn rasiert. Genau unter der Nase ein Stückchen frei. Wie das Negativ eines Hitlerbartes, dachte ich. Ob es noch viele Altnazis in Chile gab? Kurz musste ich an Irmgards Vater, meinen Großvater, den ich nie kennengelernt hatte, denken. Ob auch er in Südamerika irgendwelche Berge abgetragen hatte, um Siedlungen für die Europäer zu bauen? Wie weit

waren die Nazis in Chile wirklich involviert? Das hätte ich Pedro gerne gefragt. Doch der prostete mir zu und verfolgte andere Interessen.
Sobald er seinem Shot Tequila etwas Bier nachgespült hatte, kam er zur Sache.
– *How long is your dick when it's hard?*, fragte er. Ganz unverblümt, als wäre es die normalste Frage der Welt. So gut sein Englisch war, ich traute meinen Ohren nicht. Wollte er wirklich wissen, wie lang mein Penis war? Wie lang er war, wenn er steif war?
– *I'm not gay*, antwortete ich nach einer Weile.
– Du musst nicht schwul sein, um einen Schwanz zu haben.
– Nein, echt, ich bin nicht schwul.
– Trotzdem hast du einen Schwanz, oder nicht?
– Ja, ich glaube schon.
– Also, wie lang ist er?
– Weiß nicht.
– Was, weiß nicht?
– Ich habe ihn noch nie abgemessen.
– Das glaub ich nicht.
– Ehrlich, ich hab noch nie meinen Penis gemessen.
– Aber deine Freundin, wenn du eine hast. Die hat ihn doch sicher schon abgemessen.
– Nein.
Pedro lachte, als hätte ich einen absurden Witz erzählt.
– Ihr Europäer!, sagte er. Ihr seid echt komisch. Habt einen Schwanz, und wisst nicht, was ihr habt. *Salud!*
Wir prosteten uns zu. Auch ich musste jetzt lachen.
Acht Zoll, zehn Zoll, zwölf Zoll, überlegte ich. Irgendwann muss ich ihn abmessen. Ich weiß ja gar nicht, was ich habe.
– Wie auch immer, er ist sicher zu klein für dich, sagte ich und zog mich aus der Affäre.
– Wird wohl wahr sein, sagte Pedro und lächelte.
Irgendwie war er mir sympathisch.

Die anderen Partygäste wussten bestimmt, was sie hatten. Ein blasses Mädchen, das mich längere Zeit schon fixiert hatte, setzte sich dicht neben mich. Hether, als die es sich

vorgestellt hatte, war schon nach wenigen Worten, die wir gewechselt hatten, begeistert darüber, dass ich, wie sie meinte, deutsch war. Irgendwann steckte sie mir ihre gepiercte Zunge in den Mund und schleppte mich zu einem der hinteren Zimmer. Ihre auftoupierten Haare rochen scharf nach Chemikalien. Ich versuchte mich daran zu erinnern, ob Ellie in dem Linzer Kulturzentrum ähnlich gerochen hatte. Jetzt war ich ein King Kurt und bestaunte die unzähligen Tattoos auf ihrer aufgeschwemmten Haut.
Hether muss noch betrunkener gewesen sein als ich.
– Ich will deinen Schwanz lutschen, sagte sie, nachdem sie mit ihrem Fuß die Tür hinter uns zugestoßen hatte.
Es dauerte länger, meine Hose abzustreifen, als mich zum Höhepunkt zu bringen. Damit hatte sie nicht gerechnet. Sie spuckte das Sperma aus.
– *Man, that's gross*, sagte sie und wischte sich über die Lippen.
Ich befürchtete, dass sie sich übergeben musste. Stattdessen hob sie ihren Schottenrock hoch und setzte Walkman-Kopfhörer auf. Ich sah, dass sie keine Unterhose trug.
– *Now fuck me like a man, buddy*, sagte sie, und legte sich vor mich mit gespreizten Beinen auf das Bett.
Aus ihrem Walkman dröhnte jetzt laute Rockmusik. Sie hatte die Augen geschlossen und erwartete offensichtlich, dass ich sie im Rhythmus der Musik penetrierte.

All das Ecstasy, das bei diesen Partys eingeworfen wurde, verfehlte bei mir die Wirkung. Ich wartete und wartete, nahm mehr, aber während die anderen sich stundenlang streichelten, stöhnten und es sichtlich genossen, sich gegenseitig abzuschlecken, begann ich mich zu langweilen. Ich versuchte, mich mit Bier und Tequila in Stimmung zu bringen. Doch der unüberschaubare Freundeskreis Castas wurde mir von mal zu mal fremder. Noch deutlicher als sonst fühlte ich mich unter diesen Leuten wie ein Außenseiter. Ich konnte nicht Spaß haben wie sie, und die Musik, die aus der Stereoanlage dröhnte, gefiel mir nicht. Ob Mudhoney oder Das Damen oder wie immer die Bands hießen, über die sich die anderen begeisterten, ich konnte daran keinen Gefallen finden. Meistens saß ich am Rand eines Sofas, blickte durch die Fensterfront über die Dächer Hollywoods hinweg und beobachtete die Polizeihubschrauber, deren Suchscheinwerfer das Fontenoy streiften. Hin und wieder leuchteten sie direkt in die Wohnung. Dann johlten die Partygäste. *Salud!* schrien die, die schnell genug reagieren konnten, und hoben ihre *Dos Equis*-Flaschen zum Himmel. Ich einer von ihnen. Für solch einen kurzen Moment wenigstens wirklich einer von ihnen.

Pedro traf ich später nur mehr selten im Fontenoy an. Auch ich ging ja kaum mehr hin. Ich glaube nicht, dass Pedro sich bei den *Hanging Outs* wohlgefühlt hatte, auch wenn er mir erzählte, wie angenehm es sei, nach der langen Zeit in der Atacama hier auf all diese unterschiedlichen Menschen, endlich wieder auf Menschen zu treffen.

Beim Bau des Paranal-Observatoriums war er ein Jahr lang in die Wüste versetzt gewesen und dabei ausgetrocknet wie alles Leben dort. Ein paar Dutzend Bauleute waren sie im Basislager am Fuß des Cerro Paranal. Jeder für sich in einem Baucontainer. Wortkarge Europäer und frustrierte Chilenen, die die Stunden zählten, bis sie der Bus alle zwei Wochen zum Kurzurlaub nach Antofagasta brachte, die 130 Kilometer entfernte Hauptstadt der Region. Oder sie, wenn sie Glück hatten, ein paar Tage daheim in Santiago verbringen durften.

– Alles Männer, alles Heteros, erzählte er. Ausgedörrt, gebrochen, schon nach kurzer Zeit. Sie sehnten sich nach ihren Frauen, nach Bier, nach wirklichem Essen. Und nach einem anderen Ausblick als diesen Horizont aus schwarzroter, toter Erde. Wie Matrosen auf dem Ozean waren wir, wochenlang eingesperrt in der undurchdringlichen Einöde. Über die Geröllebenen fegte der Wind und spuckte uns Sandkörner ins Gesicht. Von oben brannte die Sonne herab. Kein Schatten, kein Wasser, nichts weit und breit. Unbarmherzig. Ich sag dir, unmenschlich das alles. Tagsüber errichteten wir in der brütenden Hitze die kilometerlange

Zufahrtsstraße zu den Teleskopen, bauten Lagerhallen, Wartungs- und Freizeitbereiche. Nachts lagen alle in ihren Containern und lasen Pornohefte. Jeder nach seinem Geschmack. Auch wenn es absurd schön und unglaublich still war dort in der Atacama, bald habe ich jede dieser Zweiwochenschichten verflucht, wenn ich nach dem Erholungsurlaub wieder anreisen musste. Jeweils zwei Wochen auf einem fremden, lebensfeindlichen Planeten waren das. Im Nichts, ich sag dir, wirklich im Nichts. *Nada.* Kein Lebewesen trieb sich dort herum, außer uns Verdammten.
Ich nippte an meinem Bier und hörte ihm aufmerksam zu. Schon lange hatten mich keine Schilderungen so interessiert wie das, was er von der Atacama zu berichten wusste. Ein fremder, lebensfeindlicher Planet. Weit entfernt von Europa, weit entfernt von Kalifornien. Vielleicht war es das, wonach ich mich sehnte. Pedro aber schien genug davon zu haben.
– Es ist gut, dass dieser Job erledigt ist und ich jetzt in LA mit Freaks wie euch rumhängen kann. Niemand kann dieses Wüstenplateau auf Dauer ertragen. Auch wenn es mittlerweile sogar in Paranal ganz angenehm ist. Wir haben da wirklich was hingestellt. Bald kannst du dort sogar Squash spielen, wenn du willst. Und ein Schwimmbecken gibt es auch. Vielleicht wäre das ja was für dich, Julian? Ein Partylöwe scheinst du ja nicht zu sein.

Er hatte recht. Ein *party animal* war ich wahrlich nicht, von Tag zu Tag immer weniger. So wie Pedro sich in der Wüste nach Zivilisation und Menschen gesehnt haben musste, so sehnte ich mich nach deren Abwesenheit. Das Zusammenleben mit meinen Mitmenschen in Los Angeles wurde immer anstrengender für mich. Eine Mühsal war es geworden, dem mich auszusetzen mir zunehmend sinnlos erschien.
Wozu der ganze Smalltalk, wenn er doch nichts bedeutete? Vielleicht sollte ich besser nach Finnland ziehen, hatte ich bereits überlegt, wo die Menschen anscheinend auf alle Floskeln, auf alles sinnlose Gerede verzichteten. Wo sie dich in Ruhe ließen und keine Sonne vom Himmel schien.

Abe und all die anderen waren freundlich wie immer, aber mir fiel es zunehmend schwer, mit ihnen mitzuhalten. Immer öfter verstummte ich einfach.

Was sollte ich mit all diesen Leuten quatschen? Welchen Wert hatte das überhaupt? Was brachte es mir? Nach Jahren in dieser Stadt, was hatte es mir gebracht?

Im Fontenoy saß ich – besonders, wenn Pedro nicht anzutreffen war – wortkarg, wie er die Europäer in Paranal beschrieben hatte, am Rand des Sofas. Vielleicht war ich das einfach, ein Europäer, ob ich wollte oder nicht? Als Kalifornier schien ich jedenfalls wenig zu taugen. Von Tag zu Tag weniger.

Ich war betrunken und bekifft und überlegte, warum ich hier überhaupt saß, wenn ich mich doch fern von allen halten wollte.

Erst mit dem Heimweg stellte sich eine gewisse Erleichterung ein. Wie ein Fluchtweg in die Einsamkeit fühlte sich die Strecke in die Yucca Street an.

Jede Party im Fontenoy endete mit dieser Flucht. Mit dem Aufatmen, wenn ich daheim war, die Tür zu Eleanors Wohnung hinter mir verriegelt hatte. Ich war wieder dazu übergegangen, alle drei Schlösser an der Wohnungstür abzusperren. Damit schien ich die Distanz zur Außenwelt vergrößern zu können. Dann war ich endlich allein. Allein, ohne Eleanor, die mich hoffentlich vergessen hatte, und Castas Freunde – sofern das ihre Freunde waren.

Ich nahm die Gitarre zur Hand und spielte *Blackbird. Blackbird singing in the dead of night,* sang ich, und es fühlte sich richtig an, richtig und gut, das Beste, was ich tun konnte. Das Einzige. *Take these broken wings and learn to fly,* sang ich wieder und wieder, Dutzende Male hintereinander, so lange, bis ich mich weg aus LA, hinaus aus meinem Leben gesungen hatte und ein anderer geworden war. Bis ich zu einer anderen Zeit, an einem anderen Ort lebte. In einem einsamen Tal, auf einem Berg, einem Wüstenplateau oder in Finnland eben oder England. Oft sang ich, bis ich ein britischer Singer-Songwriter aus den 60er Jahren geworden war, einer mit anderer Biografie. Jemand, dessen Lebensgeschichte Casta hätte verfassen sollen.

Doch diese Gelegenheit hatte ich verpasst.

Zum Supermercad ging ich kaum mehr, und wenn, dann hauptsächlich aus Neugierde, um zu sehen, ob Casta dort überhaupt noch arbeitete. Eigentlich war ich froh, wenn ich sie nicht im Laden antraf, sondern der neue Verkäufer hinter der Theke saß, der sie nun oft vertrat, ein junger Chico, dessen Namen ich vergaß, wenn ich zur Tür hinausging. Rein aus Höflichkeit ließ ich Castas Chef, die Kröte, ihr noch Grüße von mir ausrichten. Irgendwann hörte ich auch damit auf. Es fühlte sich falsch an, dieses *Tell her I said hi.*

Ich merkte, dass ich die Dinge, die sich falsch anfühlten, nicht mehr tun wollte. Ich wollte den Menschen nicht mehr ins Gesicht lächeln, wenn ich sie lieber angespuckt hätte. Ich wollte nicht vorgeben, ihr Freund zu sein, wenn ich im Gegenteil genervt von ihnen war. Wenn ich meine Ruhe haben und nicht zugeschüttet werden wollte, von den Belanglosigkeiten, die sie von sich gaben, ihren Wörtern, die so schnell in der Luft verpufften, wie sie ausgesprochen waren. Ich wollte nicht länger schönreden, was ich hässlich fand. Immer öfter sehnte ich mich danach, einfach nur meine Ruhe zu haben. Eleanors Wohnung für mich allein zu haben und *Blackbird* zu singen. *Blackbird fly* singen. *Into the light of the dark black night.*

13

In Zürich unterbrach ich meine Reise nach Frankreich zum ersten Mal. Ich stieg aus dem Zug und wanderte durch das Bahnhofsviertel. Ich bestaunte die Auslagen. Überall Schmuck, Juwelen, teure Anzüge. Es war das erste Mal, dass ich meine Füße auf ausländischen Boden setzte. Befreiend fühlte es sich an. Tief atmete ich die frühsommerliche Seeluft ein. Ich wechselte Schilling in Schweizer Franken und

spürte, wie die Welt sich vor mir öffnete. Die Last der Heimat fiel ab, ihre Gefängnismauern lösten sich auf. Die Schweiz roch anders als Österreich, die Menschen sahen anders aus, waren anders gekleidet, redeten anders. In der Tram hielten sie ihren Blick nicht zu Boden gerichtet, sondern blickten einander, blickten mir ins Gesicht. Wenn die Blicke sich trafen, trugen sie nichts Trauriges, nichts Feindseliges in sich. Leben war in ihnen zu spüren, der Wille zu leben. Die Aussicht auf ein gutes Leben. Mir zumindest kam das so vor. Alles kam mir besser vor als dort, wo ich hergekommen war und nicht einmal zum Sterben zurückkehren wollte. Dort, wo der Tod eine größere Rolle spielte als das Leben vor ihm. Ich hatte meinen ersten Schritt in die Freiheit gemacht. Mit knapp 18 Jahren hatte ich soeben zu leben begonnen. Ich spazierte durch Niederdorf, so leichtfüßig, dass ich mit jedem Schritt fast abgehoben wäre. Mein Rucksack hatte kein Gewicht.
In der Fußgängerzone setzte ich mich auf das Kopfsteinpflaster und begann *Blackbird* zu spielen. *You were only waiting for this moment to be free,* sang ich. Passanten warfen mir Münzen in die Gitarrentasche, große, dicke Münzen, die ich noch nie gesehen hatte. Eine Frau applaudierte und sagte etwas zu mir in einem Schwyzerdütsch, das ich kaum verstand. *Merci. Merci Madame,* sagte ich. Ich wollte nie mehr Österreichisch reden. *Blackbird fly,* sang ich. Und schon nach kurzer Zeit hatte ich genügend Geld, um mir ein Shawarma Sandwich zu kaufen. Es kostete das Vierfache wie in Wien. Doch das war es mir wert. Jeder Bissen war es mir wert.
Auch in Genf machte ich eine Fahrtunterbrechung und übernachtete wie in Zürich in einem besetzten Fabrikgelände, das von ähnlichen Freaks bewohnt wurde wie das Linzer Kulturzentrum. Bei ihnen wusste ich, dass sie mich in Ruhe lassen würden. Ein Außenseiter unter Außenseitern war ich dort, und wenn mir die Bierbank in den Morgenstunden zu hart wurde, ging ich zum See und sprang in das kühle, von der einsetzenden Schneeschmelze in den Bergen gespeiste Wasser. Meine Haut prickelte. Vor mir sprühte die

Fontäne das Seewasser hundert Meter in die Höhe. Dahinter das Gebirgsmassiv des Jura, rötlich leuchtend in der Morgensonne. Ein steinerner Wall, der den Eingang nach Frankreich markierte.

Lyon war weitaus weniger spektakulär. Das biedere Wohnhaus der Braillets riss mich aus meinen Träumen. Sie nahmen mich zwar überraschend freundlich auf und kochten zweimal täglich mehrgängige Menüs, aber bei Tisch wollte ich nicht von mir erzählen und gab vor, schlechter französisch zu sprechen, als ich es tat. Bald beschränkte ich mich auf ein gelegentliches *Oui, Monsieur* oder *Oui, Madame* und wünschte mich weg von ihren Braten und Saucen und Salaten, über die sie unablässig diskutierten. Ich war nicht in die Welt gezogen, um Gourmet zu werden. Die teuren Weine, die Monsieur Braillet mit großer Geste aus seinem Weinkeller holte, bedeuteten mir nichts. *Oui, il est bon,* sagte ich und genoss mehr seine Wirkung als den Geschmack. Monsieur Braillet referierte über bessere und schlechtere Jahrgänge, größere und kleinere Bordeaux und den Geschmack von irgendwelchen Blutwürsten, den sie anscheinend komplementierten. Zustimmend nickte seine Frau und mahnte mich, nicht zu schnell zu trinken. *Pas si vite, mon petit,* sagte sie und dass man in Österreich wohl eher das Biertrinken gewohnt sei.
Gaspard ließ alles über sich ergehen. Wie schon in Linz, als er Gast an unserer Schule war, konnte er die Dinge über sich ergehen lassen. Alles prallte von ihm ab. Ein kleines unscheinbares Leben, mehr erwartete er wohl nicht. In seiner Heimatstadt konnte es nicht an der Sprachbarriere liegen. Selbst wenn er mir die Sehenswürdigkeiten Lyons zeigte, redete er kaum, nicht mit mir, nicht mit anderen, nicht mit seinen Eltern. War mir in Linz seine Verschwiegenheit noch sympathisch gewesen, so begann sie mich nun zu langweilen. Ich wollte nicht unbedingt mehr plaudern und mich austauschen mit ihm, aber jeden Tag aufs Neue im Zimmer zu liegen und Comichefte zu lesen, war einfach zu nah an jenem Dasein, dem ich entflohen war. Zu stark ähnelte das

Leben in der Rue Julie dem in der Bischofstraße. Ich wollte meine neu gewonnene Freiheit nicht sogleich verschenken, wusste jedoch nicht, wohin sonst ich mich hätte wenden können. Ich merkte, wie ich in ein neues Gefängnis rutschte und verzweifelte daran. Da kam die Rettung in Form eines Pariser Wohnungsschlüssels.
Er gehörte Gaspards *grand-mère*. Sie besaß ein kleines Apartment im 7. Arrondissement, das sie so gut wie nie nutzte. Winter wie Sommer verbrachte die Großmutter an ihrem Hauptwohnsitz an der Côte d'Azur. Wenn überhaupt, hielt sie sich höchstens im Frühjahr und Herbst kurz in der Hauptstadt auf.
Gaspard und ich fuhren nach Paris, um ein Wochenende zu verbringen. Die Wohnung in der Avenue Bosquet war klein und dunkel. Unauffällig versteckt lag sie im dritten Stock eines großen Pariser Mietshauses. Selbst wenn wir stundenlang das Fenster geöffnet hielten und den Lärm der Straße hereinziehen ließen, wirkte die Luft noch abgestanden.
Auf eine ganz andere Weise jedoch als in der Wohnung meiner Eltern. In der Bischofstraße hatte sich die Luft im jahrelangen Warten auf den Tod verbraucht. Aus der Avenue Bosquet war das Leben schon seit langer Zeit verschwunden. Hier gab es keinen Geruch von Menschen mehr, sondern lediglich den von Dingen, von Möbeln und dem Staub, der sich auf sie setzte. Daran würde ich mich gewöhnen.

Am Sonntag begleitete ich Gaspard zum Bahnhof. Unbemerkt gelang es mir in der Metro, den Schlüssel des Apartments aus seiner Tasche zu nehmen. Am Gare de Lyon wartete der TGV bereits, der Gaspard nach Hause bringen würde. Ich meinerseits gab vor, weiter in den Norden zu reisen. Wir verabschiedeten uns, umarmten uns, ein Küsschen links, eines rechts und noch eines links, in der Gewissheit, dass wir uns nicht mehr wiedersehen würden. Ich spürte den Wohnungsschlüssel in meiner Hosentasche. Gaspard hatte getan, was die Gastfreundschaft von ihm verlangt hatte. Mehr als genug hatte er getan, ohne sich dessen bewusst zu sein.

Jemandem wie ihm würde es lange nicht auffallen, dass er den Schlüssel verloren hatte. Er stieg in seinen Zug und hatte keine Ahnung, dass er mir eine Unterkunft in Paris verschafft hatte. Ich bedankte mich noch einmal für alles. *Pour tout*, sagte ich. *Merci, Gaspard, au revoir!* Ich winkte ihm hinterher, als der Zug sich in Bewegung setzte. Gaspard winkte zurück aus seinem Abteil. *Au revoir, Julian*, las ich von seinen Lippen.

Dann nahm ich die Metro zurück zur *École Militaire* und richtete mich in der Wohnung seiner Großmutter ein. Ich konnte davon ausgehen, dort lange niemandem aufzufallen, viele Monate lang in Ruhe gelassen zu werden. Trotzdem blieb ich darauf vorbereitet, von einem Augenblick auf den nächsten aufzubrechen. Ständig hielt ich, wenn ich zu Hause war, meinen Rucksack und meine Gitarrentasche abreisebereit. Wenn ich die Wohnung verließ, nahm ich meine Sachen mit oder versteckte sie im Kellerabteil. Jedesmal, wenn ich heimkam, klopfte ich vorsichtig an, bevor ich die Eingangstür aufsperrte, um sicherzugehen, dass die Wohnung mein geblieben war. Aufregend und komfortabel zugleich war diese Zeit in der Avenue Bosquet.

Das Leben, wie ich es heute, gut acht Jahre später noch führe, hatte mit dem Tag von Gaspards Heimreise begonnen. Mein selbstbestimmtes Leben, unabhängig, frei. Das Eremitenleben von einem Tag in den nächsten, sei es mitten in den größten Städten oder trockensten Gegenden der Welt. Ich war davongekommen.

Täglich nahm ich die Metro in die Innenstadt. Spielte auf dem Boulevard Poissonnière, in Montmartre oder vor dem Centre Georges Pompidou. Verdiente meine Francs-Münzen und fiel niemandem auf, dem ich nicht hatte auffallen sollen.

Eines Tages – im September letzten Jahres muss es gewesen sein – plötzlich Eleanors Stimme in meinem Ohr.

– *Hi, Julian! How are you?*

Im selben Moment bereute ich, dass ich ohne aufzupassen den Hörer abgenommen hatte. Ich war stoned und hatte

gerade eine meiner Lieblingsserien, *The Twilight Zone*, zu Ende gesehen. War in die Wohnküche gegangen, um mir etwas aus dem Kühlschrank zu holen. Da hatte das Telefon geläutet. Reflexartig hatte ich abgehoben.
Am liebsten hätte ich sofort wieder aufgelegt. Ich wusste, es konnte nichts Gutes bedeuten, wenn sich Eleanor nun meldete, nach all dieser Zeit.
Ihre Stimme war dünn und unruhig wie immer. Alles zwischen uns war sofort wie früher. Als wäre keine Zeit vergangen. Derweil waren anderthalb Jahre verpufft, seit sie nach Portland abgereist und nie mehr zurückgekehrt war. Mehr als fünfhundert Sonnentage mussten verstrichen sein.
– Gut, dass ich dich endlich erreiche, sagte sie.
– Ich war viel beschäftigt in letzter Zeit, sagte ich.
Da fiel mir ein, dass ich seit dem Sommer vergessen hatte, die Miete zu bezahlen. Das musste sie an mich erinnert haben. Was war ich für ein Vollidiot.
Ich wollte ihr gerade versichern, dass ich meinen Mietrückstand so schnell wie möglich aufholen würde, da erzählte mir Eleanor bereits, dass Joyce und sie entschieden hatten, den Buchhandel nach Portland zu verlegen.
– Wir haben endlich ein passendes Objekt dafür gefunden, sagte sie. Zentral gelegen, günstig, geräumig und, du weißt, erdbebensicher. Das Leben hier ist um vieles einfacher in Portland, *Rose City*, du weißt. Du solltest dir das ruhig mal überlegen …
Da war sie wieder, die Hässlichkeit.
Wie ein Stich hinein in meinen weichgekifften Schädel.
… ob du nicht auch weggehen willst aus LA, meine ich …
Ein hässlicher Ton in dieser Stimme am anderen Ende der Leitung.
… ich meine, wie du willst, tu was du willst, aber ich, ich habe mich nun endgültig entschieden …
Natürlich meinte sie nicht ernsthaft, ich solle nach Portland nachkommen.
… Ich werde die Wohnung in der Yucca Street aufgeben. Bald, sehr bald, so bald wie möglich …

Sie war froh, dass ich tausend Meilen von ihr entfernt war.
… Es tut mir leid, Julian, aber du wirst dir eine neue Bleibe suchen müssen…
Vielleicht tat es ihr wirklich leid.
Immer wieder tut jemandem etwas leid. Doch das macht keinen Unterschied. Er tut es trotzdem, auch wenn es ihm leid tut. Ob es meinen Eltern leid tat oder nicht, was spielt das für eine Rolle? Mitleid hat noch niemandem geholfen. Auch Eleanors Mitleid änderte nichts daran, dass sie mich jetzt auf die Straße setzte.
– Bitte, Julian, schau dich um. In LA findest du schnell etwas. Du kennst das ja. Falls du überhaupt in der Stadt bleiben willst. *Anyway*, bis Ende des Monats müssen wir die Wohnung räumen.
Wir!
– *I'm sorry, Julian.*

Am Monatsende sind es zwei Holzfällertypen mit Baseballkappen, so amerikanisch wie der Superbowl, die aus Oregon angefahren kommen, um die Wohnung zu räumen. Mit Eleanors Schlüsseln verschaffen sie sich Zutritt. Ihr Van steht unten auf der Straße. Ich liege noch im Bett, als ich höre, wie sie die Tür aufsperren. Es braucht ziemlich lang, bis sie die drei Schlösser geöffnet haben. Zuerst denke ich an Einbrecher, aber bald ahne ich, dass Eleanor dahintersteckt.
– *Hi.* Wir machen den Umzug für Eleanor, sagen sie.
Moving Men. Man sieht ihnen an, dass sie ihr ganzes Leben lang nichts anderes tun, als Möbel zu transportieren. Männer fürs Grobe. Eleanor hat sie organisiert, um einen Schlussstrich unter ihren Lebensabschnitt auf der gesprungenen Glasscheibe Kaliforniens zu ziehen.
– Du musst Julian sein, stimmt's?
Nur in der Unterhose stehe ich vor ihnen. Nackt komme ich mir vor. Nackt und schwach.
– Wir sollen dir ausrichten, dass du deine Sachen bis abends hier rausschaffen sollst. Wir werden neue Schlösser installieren und alles räumen. Abends werden dem Besitzer die

neuen Schlüssel übergeben. Dann musst du draußen sein. Okay?
Ich weiß nicht, was sagen. Ob ich das okay finde oder nicht, macht keinen Unterschied. Es interessiert die Umzugstypen auch nicht.
Eleanor, du feige Sau, denke ich.
Ich werde sie nicht anrufen und den Auftrag dieser Typen bestätigen lassen. Auch nach einer Autorisierung oder Ähnlichem frage ich ihre Vollstrecker nicht. Nichts würde etwas daran ändern, dass der Tag gekommen ist, an dem ich endlich diese Wohnung zu verlassen habe. Lange genug habe ich mich hier totgestellt. Nun ist es an der Zeit, dass ich mich auf die Straße werfen lasse und durch ihre Ritzen hindurch auf dem harten Grund aufschlage, auf dem die Illusionen LAs errichtet sind.
– Zieh dich erst mal an und mach dir was zu frühstücken, sagt der Größere der beiden. Wir werden den ganzen Tag brauchen, bis wir alles hier rausgeschafft haben. Stress dich nicht, Buddy. Hast du Kaffee?
Währenddessen macht sich der andere, ein fast viereckiger Mann, der wie eine Bulldogge vor Energie strotzt, an die Arbeit, die Türschlösser zu wechseln.

Ich frühstücke rasch und still und sehe ihnen dabei zu, wie sie die Wohnungseinrichtung auseinanderbauen. Sie wissen, was sie tun. Alles verpacken sie gründlich in große Umzugskartons.
Einmal hat mir Eleanor davon erzählt, dass sie als Teenager in Portland in psychiatrische Behandlung geschickt wurde. Sie hatte sich zu viel Gedanken über das Leben in der Gesellschaft gemacht. Zu viel nachgedacht über das Zusammenleben mit ihren Mitmenschen. Das fanden ihre Eltern nicht normal. So ein Reflektieren, das zu keinen konkreten Ergebnissen führe, mache nur krank. Auch der Familienpsychiater war dieser Meinung. Häufiges Sinnieren führe mit fortschreitendem Alter zu Depressionen und Angstzuständen, *anxiety attacks*. Eleanor laufe Gefahr, in solch psychische Notstände zu schlittern, attestierte er. Je früher man

dem vorbeuge, desto besser. Schon als Kind sei ihren Eltern ihr zurückhaltendes Verhalten aufgefallen, bestätigten diese. Also brachten sie sie jahrelang einmal pro Woche zur Therapie. Eleanor bekam die gleichen Tabletten verschrieben, die ihre Mutter einnahm, Valium, *Mother's Little Helpers*. Schon die Stones hatten darüber gesungen.
Wahrscheinlich hatte auch meine Mutter ähnliche Tabletten genommen. Doch es hatte ihr nichts genutzt. Bevor sie auf die Idee gekommen wäre, auch ihren Mann oder mich mit *Happy Pills, Prozac,* was immer zu versorgen, nahm sie sich das Leben.
Erst von Frau Doktor Rothenburger wurde ich dann mit Psychopharmaka behandelt.
Eleanor hat ihre Tabletten viel leichtfertiger verabreicht bekommen. Sie ist Amerikanerin. Ich glaube, dass jeder in diesem Land täglich Tabletten schluckt.
Vielleicht sollte auch ich es tun. Wieder zu tun beginnen.
Für Eleanor ist es schon als Teenager selbstverständlich gewesen, sich mit Valium vor dem Alltag zu verstecken. Nicht, weil sie ihre Eltern vom Strick hängen sah, ist sie behandelt worden. Nein, weil sie nachdenken und Gegebenes hinterfragen wollte, deshalb wurde sie sediert.

Es ist bereits Nachmittag, als ich mit meinem Rucksack und der Gitarre die Wohnung verlasse. Ich verabschiede mich nicht. Die Wohnungsschlüssel lasse ich auf meinem Bett liegen.
Wenigstens scheinen die zwei Muskelpakete keinen Auftrag bekommen zu haben, das Geld der nicht bezahlten Mieten von mir einzufordern, denke ich.
Oder vielleicht haben sie dies auch einfach bloß vergessen.

Plötzlich höre ich die Schlüssel in der Tür.
Ich reagiere schneller als die Alte und habe meine Sachen schon halb gepackt, als sie die Haustür hinter sich schließt.
Fast fällt sie um, als sie mich sieht.
– *Mais, alors!* Wer sind Sie? Was tun Sie hier in meiner Wohnung?, fragt sie nach einer Schrecksekunde.

Ich habe mich gefasst und versuche möglichst gelassen zu wirken. Jetzt cool bleiben, höflich bleiben, denke ich. Die Alte ablenken und möglichst unauffällig die Kurve kratzen.
– *Bonjour, Madame*. Entschuldigen Sie, wenn ich Sie erschreckt habe. Ich bin ein Freund von Gaspard. Wir haben hier übernachtet.
Seit über einem halben Jahr habe ich unentdeckt in ihrer Wohnung in der Avenue Bosquet gehaust.
– Gaspard? Er hat mir gar nichts davon erzählt …
Meine letzten Kleidungsstücke sind im Rucksack verstaut. Vorsichtig ziehe ich den Reißverschluss zu.
– Er ist gerade zum Bäcker, Croissants holen.
Mit großen Augen starrt mich Gaspards Großmutter an.
– Ich heiße Peter. Ich bin ein Freund von ihm aus Deutschland.
– *Enchantée* …
Mechanisch kommt das Wort über ihre Lippen. Sehr erfreut, mich kennenzulernen, wird sie nicht sein.
– Ich bin seine Großmutter. Aber das können Sie sich wohl denken.
– Dann sind Sie also etwas früher angereist als erwartet?
– Ähm … nein …
– Also ich an Ihrer Stelle würde bei diesem Wetter lieber in Cannes bleiben.
Das ist keineswegs gelogen. Der Winter in Paris ist so kalt und regnerisch geworden, dass ich meine Auftritte in die Metro verlegt habe. Allmählich gehen mir die in Neonlicht getauchten, gefliesten Katakomben der Stadt auf die Nerven, in denen ich die vielen Regentage verbringe. Für einen Straßenmusiker ist Paris um diese Jahreszeit kein guter Ort, auch weil es an den geeignetsten Stellen des Metro-Netzes große Konkurrenz gibt. Russische Blaskapellen, britische Skiffle-Bands, Streichquartette, Jazz-Trios, Didgeridoo-Spieler oder Avantgarde-Schlagzeuger machen mir jene Plätze streitig, wo eine *Correspondence* möglichst viele Passanten vorbeischleust. Selbst gegen Dudelsäcke, Alphörner oder Honky-Tonk-Pianos habe ich klein beigeben müssen.

– Hatten Sie eine gute Reise?, frage ich Gaspards Großmutter.
Nun habe ich meine Schuhe und Jacke angezogen und muss nur mehr an ihr vorbeischleichen, um aus der Wohnung zu kommen.
– Ein wunderschönes Apartment haben Sie hier, sage ich, um sie abzulenken. So nah beim Eiffelturm auch. Das ist für Touristen wie mich natürlich besonders praktisch.
Langsam habe ich das Vertrauen der Alten gewonnen. Kurz überlege ich, ihr dabei behilflich zu sein abzulegen. Doch das kommt mir zu aufdringlich vor.
– Ich bedanke mich ganz herzlich bei Ihnen, dass wir hier wohnen durften, sage ich stattdessen und nehme die Klinke der Haustür in die Hand.
– Wie war Ihr Name noch mal?, fragt sie.
Beiläufig setze ich einen Fuß vor den anderen.
– Komisch, dass mir Gaspard nichts von Ihnen erzählt hat.
– Ach, Sie kennen ja Gaspard, sage ich. Der Gesprächigste ist er nicht gerade.
Die Haustür ist nun geöffnet.
– Da haben Sie wohl recht, sagt sie.
– Aber Sie können ihn ja gleich selbst fragen. Er müsste jeden Moment wieder hier sein.
Ich merke, wie meine Worte im Hausflur hallen. Jetzt nur keine Nachbarn auf mich aufmerksam machen!
– Ich werde mal schauen, wo er bleibt, Ihr Enkel, sage ich.
Rasch und leise schließe ich die Tür. Dahinter steht die Alte noch immer verdutzt am Eingang ihrer Wohnung.
Und los. Ich eile durch den Korridor. Es fühlt sich gut an. Die Tür zu diesem Apartment werde ich nie mehr öffnen. Den Wohnungsschlüssel werde ich oben beim Pont de l'Alma in die Seine werfen. Dann werde ich auf der Parkbank sitzen bleiben und überlegen, was als Nächstes zu tun ist.

14

Am Ende des Tages kam ich im Howard Weekly unter. Wo sonst? Nirgends konnte man 1995 billiger wohnen als in diesem Motel auf der Whitley Avenue. Nun war ich hingekommen, wo ein jeder landete, der durch die Ritzen LAs gerutscht war. Motels wie das Howard Weekly waren ein Auffangbecken, die letzte Stufe vor dem freien Fall. Hier wurden jene von uns aufbewahrt, die ihren endgültigen Absturz wenigstens noch hinauszögern konnten. Die noch nicht ganz zu den Pennern und Einkaufswagenmenschen im Yucca Corridor gehörten.

120 Dollar die Woche verlangte der alte Chinese an der Rezeption. Das war weniger, als ich bei Eleanor zu zahlen gehabt hatte, als wir noch zusammenwohnten. Nur hatte Eleanor stets mit sich reden lassen, wenn ich knapp bei Kasse war, und hatte mir, wenn ich meine Münzen umständlich vor ihr ausgebreitet hatte, Aufschub oder Nachlass gewährt. Meist hatte sie mir dann auch geraten, mir einen anderen Job zu suchen. Der Chinese hingegen kannte kein Pardon. Jeden Montag musste ich bis 12 Uhr meine Wochenmiete im Voraus bezahlt haben, notfalls auch in Dimes und Nickels, sonst hätte er mich vor die Tür gesetzt. Einige meiner Nachbarn ließ er sogar das Zimmer räumen, wenn sie das Geld für eine weitere Woche zahlen wollten. *Sorry, no more room available,* sagte er mit harschem Akzent, wenn man Pech hatte oder irgendetwas getan hatte, das ihn oder die Motel-Leitung verärgert hatte. Niemand konnte sich sicher sein, länger als eine Woche hier wohnen zu dürfen. Niemand von uns wusste, wie viel Zeit ihm vor dem endgültigen Aufprall noch blieb. Deshalb war es eben das Howard Weekly. Ein Leben auf Zeit bot es an, auf kurze Zeit, ein begrenztes Leben mit ständig drohendem Ablaufdatum.

Dementsprechend sah die Klientel aus, die sich im Howard Weekly aufhielt. Vormittags, wenn der Chinese seine Autorität ausstrahlte, war es ziemlich ausgestorben, aber Nachmittags, wenn die Rezeption unbesetzt und der ganze Komplex unbeaufsichtigt wirkte, schlurften die Mieter wie Schatten aus ihren Zimmern. Trotzdem kehrte mit ihnen kein Leben im Howard ein. Denn abgekämpft, verbraucht und kraftlos waren fast alle. Kamen sie aus ihren Zimmern, schleppten sie sich zur Mikrowelle im Foyer. Ein großer Automat daneben gab gegen Quarters unterschiedlich beschriftete Plastikpackungen aus, die man ungeöffnet ein paar Minuten in den Mikrowellenherd legen musste. So kochten fast alle hier, obwohl unsere kleinen Zimmer mit einer Küchenzeile ausgestattet waren. In allen Zimmern, die ich je im Howard von innen sah, war diese unbenutzt. Unbenutzbar wie der Swimmingpool im Innenhof des Motels, der mit nichts gefüllt war als alten Blättern, Budweiser-Dosen oder sonstigem Dreck.

Jedes Haus, das ich in Los Angeles kannte, hatte einen Swimmingpool besessen, aber nie fand ich einen, der funktionierte. Swimmingpoolattrappen waren es vielmehr, entweder mit zu kaltem, völlig verdrecktem oder ganz ohne Wasser. Dennoch musste es sein. Zu einem Haus gehörte ein Pool. Und zu einem Wochenzimmer im Howard gehörte die Illusion einer Küche. Deshalb nannte es sich auch *Room with kitchenette*. Als ob allein die französische Endung den Ort schon zum Kulinarium machte. Erst im dritten Zimmer, das ich im Howard bewohnte, funktionierte wenigstens der Kühlschrank.

Gekocht wurde also im Mikrowellenherd des Foyers. Die Zutaten wurden im Automaten daneben erstanden. Wenn das glühend heiße Paket nach kurzer Kochzeit aus der Mikrowelle geholt und an seiner Perforierung aufgerissen wurde, versprühte es sogleich einen widerlich chemischen Geruch im Raum. Egal, ob es sich um Tex-Mex, Pasta, Asian Stir-Fry oder Goulash handelte, immer roch es nach einem säuerlichen Brei und verbranntem Plastik. Freudlos schlürften die Motelgäste die dampfende Masse direkt aus der Verpackung.

Hin und wieder ein *Fuck, it's hot.* Sonst fanden wenig Gespräche im Foyer statt. Zu ausgelaugt, zu enttäuscht von ihrem Dasein waren die, die das Schicksal ins Howard Weekly verschlagen hatte.

Auch im Waschraum daneben, der *Laundrette,* herrschte eine derartige Stimmung. Auch hier konnte das französische Diminutiv nicht über die Realität hinwegtäuschen. Wie das gesamte Hotel war die *Laundrette* in mattem Braun und Beige gehalten und von schwachen Neonröhren beleuchtet. Männer saßen auf Plastikstühlen und schoben Quarters in Waschmaschinen, sofern sie sich dazu aufraffen konnten. Sie starrten auf die Umdrehungen ihrer Wäsche und warteten, bis der Waschgang beendet war. Energetischere unter ihnen warteten ihn im Freien vor der Eingangstür ab. Dort konnten sie rauchen, aber ansonsten machte es wenig Unterschied. Auch im äußeren Bereich des Howard war alles braun. Selbst der Garten nichts als vertrocknetes Gras mit zwei abgestorbenen Palmen.
Wenn sich die Bewohner in ihre Zimmer zurückzogen, waren von ihnen nur mehr Hustenanfälle oder Schnarchen zu hören. Durch die Zimmerwände, dünn wie Karton, drang das Geräusch der Fernseher, das sie und mich in Schlaf wiegte.
Ich war jetzt einer von ihnen. Wir alle, was auch immer wir gesucht hatten, waren hier gestrandet. Wir *Weeklys.* Die Gestrandeten LAs. Unsere Versprechungen hatten sich in dieser Stadt nicht eingelöst. Noch hatten wir nicht völlig aufgegeben, aber unsere Kraft und Zuversicht war geschwunden. Wir vergruben uns im Howard, weil wir uns kaum mehr Hoffnungen machten. Das Eine wenigstens einte uns. Sonst hätten wir nicht hierbleiben können, nebeneinander, miteinander.

Wie ich es so lange aushielt im Howard, ist mir ein Rätsel. Über ein halbes Jahr bin ich letztendlich in diesem Motel geblieben. Vielleicht war das ein Rekord? Vielleicht führte der Chinese eine interne Liste über die, die am längsten

durchgehalten haben? Mein Name würde ganz oben auf dieser Liste stehen. Mein Name, den ich ihm als *Julian Hope* angegeben hatte.
Ich nehme an, dass kein einziger Mensch je im Howard unter seinem echten Namen eingecheckt hat. Die meisten Bewohner schienen ihren echten Namen ohnehin bereits vergessen zu haben. Wieso ich auf *Hope* kam, weiß ich nicht. Wahrscheinlich war es nur die phonetische Ähnlichkeit zu Ogert gewesen, als ich in letzter Sekunde entschieden hatte, nicht meinen echten Namen zu verwenden. Vielleicht hatte ich aber auch tatsächlich eine Art Hoffnung geschöpft, als ich bei Eleanor auf die Straße geworfen wurde. Endlich war mir eine Veränderung aufgezwungen worden. Endlich hatte ich etwas unternehmen müssen. Endlich vorbei, dieses Versteckspiel in der Yucca Street.
Schnell aber musste ich erkennen, dass sich im Howard mein Zustand nicht bessern würde. Bald schon schlitterte ich zurück in die Untätigkeit und gab mich meinem Schicksal hin. Ehe ich mich versah, war mein Leben wieder, was es das ganze Jahr zuvor schon gewesen war. Eine Desillusionierung. Ein Warten auf den Nullpunkt. Ein Hinausschieben der Realität.
Nur eine Stufe tiefer jetzt. Im Howard. Einen weiteren Schritt dem Ende näher.

Ich war mittlerweile 26 Jahre alt und nirgends angekommen. Es sah nicht aus, als käme ich jemals irgendwohin. Ich war im Howard gelandet. Hatte Münzgeld in der Tasche, das mich von einer Woche in die nächste brachte. Was für eine Zukunft hatte ich vor mir? Wann würde ich ganz unten angekommen sein?
Noch war ich es jedenfalls nicht. Noch ging mein kalifornisches Leben weiter. Immerhin brachte ich die Energie auf, um meinen Alltag aufrechtzuerhalten. Ich verbrachte meine Tage in Omnibussen, am Ocean Front oder in meinem kleinen, sattelbraunen Kartonzimmer. Ich zählte sie nicht. Ließ sie an mir vorbeiziehen. Verlangte nichts von ihnen.

Manchmal spielte ich nun auf dem Bürgersteig des Hollywood Boulevards, weil ich zu schlapp für den langen Weg nach Santa Monica war. Die immergleichen Songs spielte ich. Mein Repertoire war seit Jahren unverändert.
Langsam schlich ich mit meiner Gitarre durch die Stadt. Hielt mich im Schatten. Ich ging den Menschen und der Sonne aus dem Weg, machte einen Bogen um das Fontenoy und vermied es, im Supermercad einzukaufen. Casta war dort nicht mehr anzutreffen. Wahrscheinlich wohnte sie auch nicht mehr im Fontenoy, sondern hatte sich weitergemacht auf ihrem Weg. Im Gegensatz zu mir schien sie ja zu wissen, wohin sie wollte. Casta ließ sich nicht bremsen. Ich aber war im Howard Weekly gelandet. Weit weg Richtung Westen hatte ich gewollt. Bis ganz an die Westküste hatte ich es geschafft. Nun wusste ich nicht, was ich hier sollte.
Ich begann, schon morgens Gras zu rauchen und die Tage, Wochen, Monate ineinanderfließen zu lassen. Aus einem Korridormenschen war nun ein *Weekly* geworden. Ich war nicht stolz darauf. Aber ich konnte mir auch Schlimmeres vorstellen. Ich versuchte, wenig nachzudenken.
Zum einzigen Fixpunkt meines Lebens wurde der wöchentliche Zahltag, wenn die Zimmermiete fällig war. Insgeheim hoffte ich wohl, dass mich der Chinese an der Rezeption eines Montags vor die Tür setzen, dass er eine Entscheidung für mich fällen würde, mich befreien würde. Ich weiß nicht warum, aber ich legte mein Schicksal in seine Hände, ähnlich passiv, wie ich das Jahr zuvor meinen Rausschmiss bei Eleanor abgewartet hatte. Würde es soweit sein, würde ich etwas unternehmen. Bis dahin die Entscheidung hinauszögern. Mochte mich der Chinese aus meinem erstarrten *California Dreaming* erwecken.
Ich wartete darauf. Jede Woche erwartete ich es von ihm. Doch er tat mir den Gefallen nicht. Jede Woche aufs Neue nahm er meine 120 Dollar in Empfang. Lächelte mich kurz an, sagte nichts. Ich weiß nicht, ob er Mitleid mit mir hatte oder mich quälen wollte. Ob ich als Mensch überhaupt für ihn existierte oder vielmehr ein Gespenst war, dem er

gestattete, sich hier herumzutreiben. Verflucht war ich jedenfalls dazu, Woche für Woche im Howard Weekly abzusitzen.

Auch im Hotel Les Pyrenées, nah dem Place de la Bastille im Pariser Osten, hatte ich einige Monate abgesessen. Nachdem Gaspards Großmutter zurückgekehrt war und ich ihr Apartment hatte aufgeben müssen, musste ich mich im Pyrenées einmieten. Wie später im Hotel Regina in New York gesellte ich mich zu Tagelöhnern, die in der billigsten Unterkunft der Stadt ein weiches Bett und ein Dach über dem Kopf suchten. In beiden Hotels war ich der einzige weiße und sicherlich jüngste Gast. Beide Hotels teilte ich mir mit Dealern, Prostituierten, Ratten und Kakerlaken, und in beiden plagten mich schreckliche Albträume. Menschgroße Insekten, blutrünstige Nagetiere, Axtmörder und andere Monster verfolgten mich in den Schlaf. Nie aber waren meine Eltern dabei, die einzigen echten Leichen, die ich gesehen hatte.
Seit ich Wien verlassen hatte, sah ich keine Horrorfilme mehr. Auch hatte ich gänzlich aufgehört, Metallica zu hören. Es interessierte mich einfach nicht mehr. Thrash und Gore waren aus meinem Leben verschwunden, und erst in den Nächten im Pyrenées kehrten diese Inhalte in meinen Träumen zurück.
Schweißgebadet wachte ich oft nach kurzem Schlaf auf. Es fühlte sich an, als stände Wasser auf dem Matratzenschutz des Betts. Ich hatte Angst, dass jemand in mein Zimmer eingedrungen war, etwas, nicht unbedingt ein Mensch, irgendein Ding, ein Wesen sich in meinem Zimmer befinden würde. Unter meinem Bett, im Schrank. In der Dusche. Ich wagte nicht nachzusehen und war froh, dass ich die Vorhänge nicht geschlossen hatte. Die rote Leuchtschrift des Hotels leuchtete mein Zimmer aus, und solange ich nicht die Augen schloss, fühlte ich mich in Sicherheit. Sobald ich aber versuchte, wieder Schlaf zu finden, kehrten die Monster zurück. Ich hasste meine ersten Nächte im Les Pyrenées.
Irgendwann jedoch lernte ich meine Visionen zu akzep-

tieren. Entweder ich versuchte erst gar nicht, nach Einbruch der Dunkelheit zu schlafen, sah fern, spielte Gitarre oder las *Maigret*-Romane (später in New York wechselte ich von Simenon zu Raymond Chandler), oder ich stellte mich auf die wiederkehrenden Albträume ein. Nach einiger Zeit gelang mir das so gut, dass ich sie sogar – ähnlich den Horrorfilmen früher – in gewisser Weise genießen konnte. Ich erwartete den Horror, sobald ich die Augen schloss. Kam er nicht, war ich zuweilen sogar enttäuscht. Erreichte und schüttelte er mich aus dem Schlaf, knipste ich das Licht an und setzte mich sogleich an den wackeligen Tisch des Hotelzimmers, wo ich meine Visionen aufzuzeichnen versuchte.

Es entstanden detaillierte Bilder von Wesen, die einander Leid zufügten oder sich selbst verstümmelten. Ein Mann war zu sehen, der sich mit einer Säge den großen Zeh abtrennte. Der abgehackte Unterarm einer Frau trieb in der Seine. Ein Schwarm kleiner Fische mit scharfen Zähnen versuchte ihren Ehering abzuziehen. Ein Kind hatte seinen Kopf mit einem Schraubstock fixiert und bohrte mit einem Sahnebesen ein Loch in seinen Schädel. Berge von Pestleichen türmten sich in einem Fußballtor, bis das Netz zu reißen drohte. Aus aufplatzenden Warzen sprangen Spinnenkolonien. Ein toter Hund gebar eine Bisamratte. Ein Esel leckte ihm den Schaum vom Maul. Und das Rückgrat eines Mannes verwandelte sich in eine Leiter, die hinauf zum geöffneten Großhirn führte. Auf dieser Leiter stieg ein schwarzer, nackter Zwerg hoch. Würde er das Ende der Leiter erreichen und mit einem Kopfsprung in die Hirnmasse tauchen, so wäre das Gehirn des Mannes für immer dem Wahnsinn verfallen.

Eine Zeit lang versuchte ich in Paris sogar, diese aus Albtraumnächten entstandenen Werke auf der Straße zu verkaufen. Meine düsteren Visionen fanden jedoch keine Abnehmer. Im Gegenteil, sie schienen das Publikum, das von meinen Folksongs angelockt wurde, zu verstören. Keineswegs passten sie mit der Musik zusammen, die ich spielte. Die Einnahmen verschlechterten sich, wenn ich meine

Albtraumbilder neben mir ausstellte. Den Nutzen, den ich nachts daraus zog, wenn ich sie mit Bleistift zeichnete oder Ölkreiden malte und den Schrecken aus meinem Kopf auf das Papier ableitete, kehrte sich tagsüber in sein Gegenteil, wenn mir diese Bilder mein Geschäft zerstörten. Bald entschied ich, sie nicht mehr der Öffentlichkeit preiszugeben, denn sie hatten wohl für niemanden einen Wert außer für mich selbst. Sie waren nicht für den Tag bestimmt. Sie gehörten der Dunkelheit. Der Tag hatte nichts mit der Nacht zu tun. Und die Lieder, die ich sang, nichts mit den Bildern, die ich malte.
You know the day destroys the night, ritzte ich in Jim Morrisons Grabstein im Friedhof Père Lachaise.
Und auf dem Tisch meines Hotelzimmers wuchs der Stapel von Bildern, die ich nachts im roten Licht, das durch mein Fenster schien, anfertigte.

Allmählich verloren meine Albträume an Schrecken. Und Paris an Reiz. Ich sparte mir das Geld für den Flug zusammen und organisierte das Visum für die Vereinigten Staaten. Meine Bilder ließ ich auf dem Tisch im Hotelzimmer zurück, als ich im Pyrenées auscheckte. Das Zimmermädchen wird sie weggeworfen haben, ohne sich den Stapel näher durchzusehen. Dutzende Bilder müssen es gewesen sein, die im Papierkorb landeten. Ich ließ sie hinter mir, ließ Paris, Europa hinter mir.
Ich musste weiter.
Am liebsten wäre ich mit der Concorde nach New York geflogen. Immer schon hatte mich diese elegante Maschine mit ihrem spitzen Schnabel fasziniert. Doch auch die Economy Class der *American Airlines* erfüllte ihren Zweck.

Im Frühjahr 1989 landete ich in Amerika.
Mein Rückflugticket, das ich bei der Einreise hatte vorweisen müssen, warf ich noch am JFK-Flughafen in einen Mülleimer.
Seither liegt der Atlantik zwischen mir und meiner Vergangenheit.

Nie wieder wollte ich ihn in die entgegengesetzte Richtung überqueren.
Nie wieder wollte ich zurück.

15

– *It's all rehashed,* rief der Typ mit Cowboyhut, Büffellederhose und Westernstiefeln vor mir.
– *It's all rehashed. Fuck the Beatles!*
Es war schwer, ihn mit meiner Musik zu übertönen, auch wenn seine Stimme so gebrechlich wie sein in die Jahre gekommener Körper war. Außer den Conchas, die in der Sonne glitzerten, war nichts Glanzvolles an ihm zu erkennen. Als würde er seine letzte Kraft hierfür opfern, brüllte der schmächtige Mann unablässig auf mich ein. Er machte mir keine Angst, das nicht, aber ignorieren konnte ich ihn ebenso wenig.
– *Fucking Brits. Stealing our music, fucking make millions of bucks with it!*
Offensichtlich hasste er meine Version von *Rocky Raccoon.* Und das Original hasste er ebenso. Weil es in seinen Augen kein Original war. Es war geklaute, amerikanische Musik, Diebesgut, mit dem die Beatles und jetzt auch ich Geld verdienten, das eigentlich den Amerikanern zustand.
– *Get outta here you fucking Brit!,* rief er und streckte mir einen zerfurchten Zeigefinger entgegen. Die kleinen, bösen Augen in seinem kleinen, bösen Kopf, dessen von Sonne und Alkohol gerötetes Gesicht nun mit der Erregung einen fast purpurnen Ton angenommen hatte, starrten mich an. Sie hatten in mir einen Feind erkannt. Einen Schmarotzer amerikanischer Werte. In immer krächzender werdenden Tonlagen beschimpfte er mich.
Während ich versuchte, ihn zu übergehen und die letzte Strophe zu spielen, blickte der Cowboy um sich, um in der Handvoll Stehengebliebener, die uns beobachteten, Gleich-

gesinnte zu finden. Doch die Leute blieben neutral, stellten sich weder auf seine noch auf meine Seite. Ein Haufen Schaulustiger war es, zu meinem Glück kein aufgebrachter Mob.
Ich überlegte, ob ich etwas typisch Amerikanisches im Repertoire hatte, das den Kerl beruhigen würde. *Rubbernecking* von Elvis wäre mir passend vorgekommen. Oder Woody Guthrie vielleicht. Oder etwas, das ich ihm inhaltlich hätte widmen können. *Times They Are A-Changing* zum Beispiel.

In New York hatte ich diesen Song täglich am Washington Square gespielt. Es war aufregend gewesen, Bob Dylan dort zu spielen, wo seine Lieder ursprünglich entstanden waren. Ich ließ die Mundharmonika-Einlagen weg und konzentrierte mich stattdessen auf den Text. Tagelang hatte ich ihn auswendig gelernt, denn jetzt in Amerika, wo jeder die Textzeilen verstand, durfte ich mir keine Fehler erlauben. Ich war richtig nervös, wenn ich den Dreiviertel-Takt des Songs zu schlagen begann. *You better start swimming or you'll sink like a stone,* sang ich, doch kaum jemand nahm Notiz von mir. Sie zogen an mir vorbei, die New Yorker, ohne mich zu beachten. Selbst wenn ich mich bei der dritten Strophe verhaspelte, wo ich immer über die *Senators* und *Congressmen* stolperte, fiel es kaum jemandem auf.
Es gab Tage in New York, da hatte ich nach einem ganzen Nachmittag auf der Straße keine zehn Dollar verdient, egal, ob ich es am Washington Square oder St. Mark's Place probiert hatte. Später, an guten Tagen in Santa Monica oder auch auf meiner Busreise von der Ostküste nach LA, als ich mir die einzelnen Streckenabschnitte mit Straßenmusik in verschiedenen Städten verdienen musste, war ich manchmal auf zehn Dollar die Stunde gekommen. So viel machte ich inzwischen auch am Santa Monica Beach nicht mehr, aber noch immer war es deutlich besser als in New York, wo die Passanten durch mich hindurchgeblickt hatten und jegliche Freundlichkeit vermissen ließen, die ich in den USA erwartet hatte.
Mit dem überraschend früh einsetzenden Herbst, dessen kal-

te Winde in die Straßenschluchten Manhattans hineinfuhren, waren die Umstände für einen Straßenmusiker wie mich noch widriger geworden. Spätestens mit dem Einsetzen des Winters hatte ich in die U-Bahn-Stationen übersiedeln müssen.
Manchmal leistete ich mir sogar einen *token*, um durch das Drehkreuz hindurch zu den Zügen zu gelangen und in den neonbeleuchteten Wagen zu spielen. Dort war es zwar warm, aber äußerst ermüdend, sich gegen den Lärm und das Rütteln durchzusetzen. Wenigstens konnte mir das Publikum, wenn ich zwischen den Stationen hin und her schwankend vor ihm stand, nicht ausweichen und schenkte mir mehr Beachtung als auf der Straße. Überhaupt funktionierte zu meinem Erstaunen das *Busking* in Manhattan unterhalb der Erde besser als oberhalb. Unten schienen die Leute mehr Mitgefühl mit mir zu haben und warfen mir mehr Kleingeld zu. Dennoch blieben die New Yorker Passanten das ablehnendste Publikum, mit dem ich je konfrontiert war.
Abgesehen von dem Cowboy freilich, der jetzt am Ocean Front Santa Monicas vor mir stand.

Er spuckte mir seinen Kautabak vor die Füße und stammelte irgendetwas, das ich nicht verstand. Ich war froh, dass er nicht in meine Gitarrentasche spuckte oder die Münzen herausholte, die sich dort gesammelt hatten. Vielleicht kam er noch auf die Idee, sie an echte Amerikaner zu verteilen, an *Yankees* wie ihn selbst!
Trotzig machte ich mit Paul McCartneys *DoDoDoDoDoDo*s noch ein paar Extraschleifen und überlegte, ob ich direkt in Bruce Springsteens *The River* übergehen sollte. Christian hatte mir damals das frisch erschienene Album auf Kassette überspielt. *Down to the river though I know the river is dry*, war eine meiner Lieblingszeilen. Aber es war ohnehin zu spät. Nicht einmal Bruce Springsteen hätte nun den Cowboy beruhigen können.
Als ich endlich *Rocky Raccoon* zu Ende gebracht hatte, wagte kaum einer der Anwesenden zu applaudieren.

– *You better get the fuck outta here and go back to where you come from,* sagte der Alte jetzt siegessicher und heischte bei den Zuschauern um Zustimmung.
Ich sollte zurück, wo ich herkomme – er wusste nicht, wie recht er hatte.
– *Thank you,* sagte ich in die Runde.
Ich bedankte mich natürlich nicht direkt beim Cowboy, sondern sprach es einfach so hinein in die Leere zwischen den Leuten. Aus Hilflosigkeit heraus wohl. Denn auch mein restliches Publikum, das mir keinen einzigen Quarter für diesen Song in die Tasche warf, hatte sich meinen Dank nicht verdient.

Ich überlegte, ob ich noch ein Lied versuchen oder besser meinen Platz räumen sollte. Vielleicht für immer. Nie wieder hier herkommen. Was hatte ich hier eigentlich verloren?
Da hörte ich plötzlich eine mir vertraute Stimme, einen mir vertrauten Akzent.
– *You take it easy, Mister Stars and Stripes,* sagte sie.
Ganz ruhig baute Pedro seinen Körper vor dem Cowboy auf. Er strahlte eine Souveränität aus, der der kleine purpurne Mann nichts entgegenzusetzen hatte.
– Ich hoffe, du weißt, dass echte Cowboys sich *Vaqueros* nennen und eine Sprache sprechen, die du gar nicht verstehst, Daddy. Obwohl sie in dieser Stadt mehr gesprochen wird als Englisch. Kann es sein, dass du dich an den falschen Ort verirrt hast?
Verdutzt blickte der Alte zu ihm auf. Zu schwach, zu heiser, zu feige, um Pedro zu widersprechen.
– Und deine amerikanische *Countrymusic* wäre nicht hier, wenn nicht irische Einwanderer sie mitgebracht hätten. Du wärst gar nicht hier, Daddy, wenn deine, ich sage mal polnische Familie nicht immigriert wäre.
– Woher weißt du, dass sie Polen waren?, fragte der Cowboy, jetzt weniger aggressiv, eher eingeschüchtert.
– Und der hier ist kein *fucking Brit.* Der ist *Austriaco.* Fast dein Nachbar also. Sofern du weißt, wo dieses Land liegt.

Hilfesuchend blickte der Alte jetzt um sich. Doch da war niemand mehr, der ihn unterstützen würde. Nur ich und Pedro, dem er nicht gewachsen war.
– *Fuck the Beatles! I hate the fucking Beatles!*, schimpfte er, wohl weil ihm nichts Besseres einfiel als weiterzuschimpfen und er mit diesem Ausschimpfen seinen Rückzug antreten konnte, ohne dass es ihm wie eine Niederlage vorgekommen wäre.
– Und ich – nur falls du das denken solltest – bin übrigens kein Mexikaner, gab ihm Pedro mit auf den Weg. Kein illegaler Einwanderer. Ich komme aus Chile und helf den Amis Brücken bauen.
– *Chili's not a country*, sagte der Alte kleinlaut und wandte sich ab.
– Es liegt 5000 Meilen südöstlich von hier. 5000 Meilen jenseits deines Horizonts.
– *Fucking Brits*.
Mit diesen Worten verabschiedete sich der Cowboy und trabte weiter, der untergehenden Sonne entgegen. Eine erbärmliche Silhouette gab er ab. Fast hätte man Mitleid mit ihm haben können. Doch das Mitleid war mir abhanden gekommen.

– Spielst du immer hier?, fragte mich Pedro.
– Ja, immer. Immer wenn die Sonne scheint. Jeden beschissenen Tag.
Eigentlich freute ich mich, Pedro zu sehen. Er war genau im richtigen Moment aufgetaucht. Trotzdem war ich alles andere als gesprächig.
– Dann kommst du ja weit raus aus dem Corridor, sagte Pedro, unbeeindruckt von meiner Laune. Das ist gut.
– Es kommt mir vor, als ob ich aus dem Korridor gar nicht mehr rauskäme.
– Quatsch. Du siehst nicht aus wie einer, der auf ewig dort gefangen ist. Du weißt doch, wie die aussehen.
– Die *Weeklys*? Ja, ich kenne sie. Jeden Tag sehe ich sie im Howard. Jeden beschissenen Tag.

Ich war stoned und hatte Kopfweh. Fast der Normalzustand also, in dem ich mich befand, seit ich mich meinem Untergang im Howard hingegeben hatte.
1996 war gekommen. Ich hatte das neue Jahr mit einem *The Twilight Zone*-Marathon, wie es CBS jährlich ausstrahlte, in meinem Bett im Motelzimmer begonnen. 24 Stunden durchgehend Schwarzweiß-Science-Fiction, dazu Bier, Gras und Mikrowellengerichte vom Automaten. Ich hätte auch rüber ins Fontenoy schauen können. Sicherlich fand dort irgendeine Art Silvesterparty statt, aber ich konnte mich nicht aufraffen.
Die Tage, an denen ich mich zu fast gar nichts mehr aufraffen konnte, hatten sich im Winter gehäuft. Vielleicht lag es an der Heizung, die im Howard besser funktionierte, als ich es erwartet hatte. Besser als gewollt sogar. Sie ließ sich nicht regulieren und überhitzte an manchen Tagen das Zimmer gnadenlos, obwohl der Winter hier kein Winter war, wie ich ihn kennengelernt hatte. Fast hätte man die Heizung gar nicht gebraucht, aber das Howard ließ uns, seinen Insassen, keine Wahl. Ich versuchte nicht, mit dem Chinesen darüber zu diskutieren, sondern tat das, was ich mittlerweile am Besten konnte: abwarten, aussitzen, ausliegen vielmehr.
Die kurze Winterzeit war schnell vergangen. Unbemerkt hatte sich inzwischen bereits der Frühling durchgesetzt. Er machte keinen wirklichen Unterschied und gab mir keinen Anlass, neue Hoffnung, neue Kraft zu schöpfen. Meine Energie war im Howard verloren gegangen, und ich mühte mich von einem Tag in den nächsten.
Doch Pedro ließ sich von meinem Zustand nicht beirren.
– Hat gut geklungen, dein Song, sagte er.
– Danke.
– Echt. Ich versteh nichts von Musik. Aber wer tut das schon.
– Vielleicht dieser Cowboy, den du mir vom Hals geschafft hast. Danke übrigens.
– Kommt der öfter hier vorbei? Auch jeden beschissenen Tag?

– Nein. Ich habe ihn noch nie gesehen. Aber es kommen andere. Die sind auch nicht besser.
Meine entmutigte Stimmung hatte sich auch auf mein Einkommen ausgewirkt.
Egal, ob das Publikum etwas von Musik versteht oder nicht, letztendlich bezahlen sie den *busker* nach seiner Ausstrahlung. Je besser seine Laune, desto mehr Geld lassen sie liegen. Sympathie-Quarters sind es, die sie in die Tasche werfen. Ich bekam zu dieser Zeit immer weniger davon ab. Ich hatte bereits Mühe, meine Wochenraten im Howard zusammenzukriegen.
Vielleicht war es das? Vielleicht wollte ich das Motel nicht mehr zahlen können. Wollte dem Chinesen an der Rezeption einen Grund geben, mich endlich aus dem Zimmer zu werfen!

– Ich hab kein Kleingeld dabei, um für deine Musik zu zahlen, sagte Pedro. Dafür lad ich dich auf einen Drink ein, wenn du willst.
Aus dem Drink wurde ein Hamburger mit American Cheese auf dem Santa Monica Pier. Es war ein warmer Frühlingsabend. Die Sonne machte sich dazu bereit, im Pazifik zu versinken. Wir saßen im Freien auf Plastikstühlen. *Last Burger On Land* stand über der Speisekarte. Wir saßen genau an jenem Punkt, wo die Route 66 im Pazifischen Ozean endet. Weiter westlich, als die Holzplanken dieses Piers hier ins Meer ragten, ging es nicht.
Die Wellen des Ozeans schlugen unter uns an die amerikanische Küste und trugen fort, was von den Träumen in diesem Land geblieben war. Hier war das Ende der USA. Mein Ende der USA zumindest.
– So amerikanisch wie nur etwas hier, meinte Pedro. Das würde dem Cowboy gefallen.
Ich spülte meinen Burger mit einem *Dr Pepper* hinunter und dachte darüber nach, dass ich dem Cowboy sein Land überlassen sollte.
– Wie lange willst du noch in Kalifornien bleiben?
Es war, als hätte Pedro meine Gedanken gelesen.

– Ich weiß nicht.
Ich hörte das Rauschen der Brandung unter uns.
– Ich glaub, ich kann es hier nicht mehr allzu lang aushalten, sagte ich.
– Was kannst du nicht aushalten?
– Die Leute, glaube ich, die Leute hier. Und mich unter diesen Leuten. Mit ihnen. Wir passen nicht zusammen. Ich würde es gerne, aber ich tu es nicht. Ich pass nicht hierher.
– Wer passt schon irgendwohin. Wie soll man das wissen? Eine Zeit lang vielleicht passt es, wo du bist. Aber Menschen ändern sich, Orte ändern sich. Das Leben ist nicht statisch. Du musst dich treiben lassen. Dich über Wasser halten und Land an dir vorbeiziehen lassen. Loslassen, immer wieder loslassen.
– Ja, okay, aber was, wenn ich nicht immer loslassen will, nicht immer am Land vorbeitreiben. Was dann? Manchmal spüre ich, dass ich ankommen will. Irgendwo ankommen, festmachen. Egal wo, solange es sich richtig anfühlt. Hin und wieder war ich schon nah dran. Aber dann hab ich es immer wieder verloren. Es gibt Menschen da draußen, ich weiß es, die kommen an. Irgendwann möchte ich einer von ihnen sein. Sie wirken glücklich, diese Ankömmlinge. Zufrieden mit dem, was sie gefunden haben.
– Das denkst du, weil du sie nicht kennst. Sobald wir zufrieden sind, werden wir unzufrieden. Daran lässt sich nichts ändern.
– Ich weiß, aber irgendwann muss ich ankommen. Ich kann mich nicht ewig über Wasser halten.
Ich schlürfte mit dem Trinkhalm an meinem *Dr Pepper*.
– Wirke ich für dich wie jemand, der angekommen ist?, fragte Pedro nach einer Weile.
– Weiß nicht. Hier jedenfalls nicht, kommt mir vor. Nach LA passt du nicht wirklich.
– Wo passt ein schwuler Bauingenieur schon hin? Da fallen mir bei weitem schlechtere Orte als Los Angeles ein. Ich hab an so vielen Baustellen in verschiedenen Ländern gearbeitet, mittlerweile passt meine Heimat genauso wenig zu mir

wie die Fremde. In den letzten Jahren habe ich in Brasilia, Montevideo, Milwaukee und Dallas gelebt. Nach Durban in Südafrika hat mich meine Firma sogar geschickt. Dann nach Vancouver und letztlich steckten sie mich mitten in die Atacamawüste. Und meine Wohnung in Santiago verstaubt.

Pedro warf einer Möwe am Geländer eine seiner Fritten zu. Das Tier fing sie in der Luft auf und segelte mit ihrer Beute sogleich im Wind über der Brandung hinweg. Ein Triumphflug, den sie vor unseren Augen zelebrierte.
– Nicht schlecht, sagte Pedro.
Auch ich bestellte mir jetzt eine Portion *French Fries*. Immer wenn die Wirkung des Grases nachließ, bekam ich die *Munchies*.
– Wo willst du hin, wenn du nicht mehr hierbleiben willst?, fragte Pedro nach einer Weile.
– Ich weiß nicht. Irgendwohin, wo weniger Menschen sind. So wenig wie möglich. Menschen kann ich immer schlechter ertragen.
– Nur die Cowboys oder alle?
– Alle, glaube ich. Bitte nimm das nicht persönlich. Aber nachdem die Erde hier gebebt hatte und fast alle weggingen, waren die Straßen leer, und ich hatte gehofft, dass nun alles anders, alles neu werden würde. Plötzlich habe ich an eine Schönheit im Leben geglaubt, und diese Schönheit kam aus der menschenleeren Stadt, die alles von sich abgeschüttelt hatte. Plötzlich habe ich erkannt, dass da nicht nur Hässliches war, das ich von mir fernhalten musste.
Pedro hörte mir aufmerksam zu. Kurz hielt ich inne und vergewisserte mich, ob er mir auch tatsächlich zuhören wollte.
– Weißt du, mitten im Northridge-Beben stürzte ich in eine Spalte, flog durch ein Höhlenlabyrinth, ein violettes Leuchten neben mir, Schreie, Krachen, Donnern. Ich segelte wie diese Möwe hier. Nur schneller als sie. Eine Fledermaus vielmehr.
– Mann, du musst ja höllisch stoned gewesen sein. Warst du high, als das Erdbeben losging? Wow.

Ich ging nicht näher auf Pedros Begeisterung ein. Ich wollte jetzt nicht unterbrechen, nicht abbrechen. Ich wollte ihm von mir erzählen.
– Nach dem Beben sah ich die Welt eine Weile lang mit anderen Augen. Sie war keine Korridorwelt mehr, sondern ein leerer, stiller Ort, weit offen in alle Richtungen. Da waren plötzlich Türen, die ich aufmachen wollte. Ein elektronisches Klingeln begrüßte mich, wenn ich die Tür durchschritt, und Schönheit lag dahinter.
Ich glaube nicht, dass Pedro mir folgen konnte. Doch das war mir jetzt egal. Er hörte mir zu, und was immer er davon verstand, es schien ihn wirklich zu interessieren.
– Doch allmählich kehrte das Hässliche wieder zurück. Langsam schob es sich von unten an die Oberfläche heran. Mit den Menschen kam es zurück, vermute ich. Mit den Menschen, die wieder in die Stadt zurückkehrten. Heimlich nahm es alles wieder ein. Zuerst stellte ich mich blind. Ich versuchte so zu tun, als sähe ich es nicht. Doch das schaffte ich nicht. Mit der Zeit schloss ich wieder alle Türen, die ich geöffnet hatte, deckte alles wieder zu. Ich konnte nicht anders, konnte meine Welt nicht offen halten. Ich hielt es nicht mehr aus. Musste mich vor der Stadt verschließen, die auf mich eindrängte.
Pedro sah mir in die Augen. Red ruhig weiter, so lange du willst, schien mir sein Blick mitzuteilen. Also fuhr ich fort.
– Diese Stadt ist mittlerweile voll mit Hässlichkeiten, sagte ich. Ich wohne im Howard Weekly und verachte meine Mitbewohner. Ich spiele hier auf der Straße und verabscheue die Leute, die mir Geld zuwerfen, genauso wie die, die mir keines zuwerfen. Fast sind mir die, die an mir vorbeigehen, noch lieber als die anderen, aber von denen kann ich nicht leben. Von denen und mit den anderen kann ich nicht leben. Nicht mehr lange zumindest.

Dann schob sich wieder das Meerrauschen zwischen Pedro und mich. Das Gekreische der Möwen. Das Gekreische der

Fahrgäste im kleinen Vergnügungspark, der sich hinter uns auf der anderen Seite des Piers befand. Das Gekreische eines Kindes, dessen Softeis auf den Boden gefallen war. Und das stumpfe, dumme Gerede vom Nebentisch. Ich konnte es nicht ausblenden.

Wieso sind sie immer so laut, die anderen? Brüllen sich an, als müsste die ganze Welt sehen, was für Idioten sie sind, dachte ich.

– Wer nicht die Gabe hat, seine Gedanken für sich zu behalten, hat hierzulande wenig zu suchen, sagte Pedro.

Ich erkannte dieses Zitat. Kurz musste ich an die Schule in der Rosasgasse denken und an Molières Alceste. Ich glaube, ich war der Einzige in unserer Klasse, der die Theateraufführung damals mochte. Hauptsächlich interessierte mich das Stück wohl, weil wir es im französischen Original sahen und ich, kurz bevor ich die Schule abbrach und Wien verließ, mein Französisch trainieren wollte. *Le Misanthrope* ist das einzige Theaterstück, das ich je gesehen habe.

– Mir scheint, du bist ein ausgewachsener Misanthrop, Julian. Vielleicht solltest du mal in die Wüste. Nach ein paar Wochen in der Atacama, ich sage dir, da habe ich mich danach gesehnt, wieder unter Menschen zu kommen. Fremde, neue, mehr Menschen zu sehen, als die immergleichen paar Dutzend Kollegen im Camp. Ein bisschen Menschenentzug, das würde dir guttun, sagte Pedro.

Dann sog er das geschmolzene Eiswasser vom Boden seines Cola-Bechers auf.

– Und weniger kiffen solltest du auch, denke ich, sagte er.

Ich wusste, dass Pedro recht hatte.

In diesem Moment, am westlichsten Punkt, den ich erreicht hatte – der Schaum des Pazifiks auf den Wellen unter mir, der Abschaum Amerikas allgegenwärtig –, wusste ich, dass es an der Zeit war, meine Füße wieder auf den Boden zu kriegen und mich bereitzumachen, loszurennen, sobald sich mir eine Chance eröffnen würde.

– Meine Firma ist am Cerro Paranal noch immer an der Errichtung der Infrastruktur für das VLT beschäftigt, sagte

Pedro. Übernächstes Jahr soll der Betrieb des Teleskops aufgenommen werden. Bis dahin gibt es noch viel zu tun. Die suchen dort oben immer Leute. Servicekräfte im Basislager, Putzdienste, Hilfsköche und so weiter. Kannst du irgendetwas in die Richtung? Hast du eine besondere Ausbildung? Wenn du willst, stelle ich dir ein Empfehlungsschreiben aus. Das könntest du meinem Boss zeigen, falls du dort arbeiten willst. Jeder, der eine gute Referenz mitbringt und meint, das Leben in der Wüste ertragen zu können, ist am Cerro Paranal willkommen. Die Bezahlung ist schlecht, aber sicher nicht schlechter als das, was du hier verdienst.

Ja, ich würde sie ertragen können, die Wüste. Das wusste ich in diesem Moment.
Manchmal erkennt man in aller Deutlichkeit, was richtig und was falsch ist. Und man weiß, dass das Richtige kein Zögern erlaubt. Dann gibt es nichts zu überlegen. Keine Sekunde, denn es ist völlig klar, in welche Richtung man sich zu wenden hat.
Lange genug war ich gleichgültig gewesen. Die Perspektivlosigkeit hatte mich ins Howard Weekly geführt, dort verkümmern und am Ocean Front verarmen lassen. Pedros Angebot war jetzt die Chance, mich aus dieser Lage zu befreien.
– Würdest du das wirklich für mich machen?, fragte ich.
– Was? Auf einen Zettel schreiben, dass ich denke, du bist ein guter Mann, ein geeigneter Mann für Paranal? Da habe ich Freunden schon größere Gefallen getan.
Ich überlegte, für welche Arbeiten ich geeignet wäre. Was, außer Gitarrespielen, konnte ich überhaupt? Singen und düstere Bilder malen, sonst nichts?
– Kochen kann ich ein bisschen, sagte ich. Schreiben, Rechnen. Früh aufstehen und spät ins Bett gehen. Alles und nichts kann ich. Wenn es sein muss, kann ich alles, denke ich. Schreib das ruhig, dass ich mich für jegliche Arbeiten zur Verfügung stelle.
Beide mussten wir lachen.

– Gut, sagte Pedro. Ein Mann für alles also. Auch wenn er nicht danach aussieht.
Er holte ein Blatt Papier aus seiner Tasche und verfasste auf Spanisch eine kurze Referenz, in der er mich für Servicearbeiten im Basislager empfahl. Er datierte, unterschrieb und reichte mir das Blatt.
Jetzt hatte ich zwei Zettel in der Innentasche meiner Jacke, an denen ich festhalten würde.
– Danke, sagte ich.
– *De nada, amigo,* sagte Pedro. Kein Ding.
Dann bezahlte er die Rechnung.

Als wir vom Pier zurück aufs Festland schlenderten, erzählte er mir, dass er selbst in wenigen Wochen Los Angeles verlassen würde. Im April müsse er noch einmal nach Vancouver, und Ende des Jahres würde er endlich heim nach Santiago kommen. Ob es ihm dann daheim noch gefallen würde oder nicht, würde sich erweisen, meinte er und schrieb mir seine Adresse auf.
– Falls du mal dort bist, melde dich, sagte er. Santiago ist eine schöne Stadt. Auch dort gibt es viel Hässlichkeit, aber wie überall: Man kann sich damit arrangieren. Dann gehen wir einen Burger essen, einen echten, mit chilenischem Rindfleisch. Und dazu trinken wir schweren chilenischen Wein.
Die Farben der Häuser, der Palmen, der vorüberziehenden Autos an der Ocean Avenue hatten sich in der Abenddämmerung verändert. Mit dem Untergehen der Sonne waren ihre Konturen schärfer geworden. Ich sah sie klar und deutlich jetzt. Sah alles klar und deutlich. Ich wusste, dass es nur noch eine Frage der Zeit war, bis ich diese Häuser, diese Palmen, diese Autos nicht mehr zu sehen hatte.
– Rechne mit mir, Pedro, sagte ich zum Abschied. Eines Tages werde ich vor deiner Haustür stehen.
Ich wusste, dass ich nur mehr das Geld für die Reise zusammenkriegen musste.
– Danke, Pedro, danke für alles. Es war gut, dich kennenzulernen.

Ich meinte alles, wie ich es sagte. Ich verabschiedete mich von meinem einzigen Freund.
– *Hasta la vista, Austriaco,* sagte er.
– Wir werden uns wiedersehen.

16

Heidi, Heidi, deine Welt. Überall Heidi. Heidiplüschfiguren, Heidipuppen und Heidispielfiguren in allen Größen, aus allen Epochen, aus Plastik, aus Wachs, aus Papier, Metall und Holz. Heidiplakate aus verschiedensten Ländern und Jahrzehnten. Die japanische Zeichentrickheidi mit ihren glänzenden Kulleraugen, Heidistummfilme, restaurierte Heidiversionen, Director's Cut Heidis, Heidi und Peter, Heidi und ihre Freunde, Heidi kehrt heim.
Endlich war ich in Amerika gelandet. Seit einigen Monaten schlug ich mich auf den Straßen Manhattans durch. Saß in Parks und auf den Treppeneingängen dieser New Yorker Brownstone-Buildings mit meiner Gitarre. Wohnte im Hotel Regina auf der Lower East Side. Und plötzlich war die Welt um mich herum alpiner als die österreichische, die ich im Vorjahr verlassen hatte. Wo ich nur hinblickte, überall die Idylle dieser heilen, alten, vergangenen Welt.
Ein Strauß alpiner Blumen aus Plastik auf dem Tisch. Kuhglocken an der Wand. Edelweiß hinter Glas, Spielfiguren vom Geißenpeter und Alm-Öhi, von Klara Sesemann und Fräulein Rottenmeier. Kuschelheidis, Kuschelziegen umgaben mich. Ziegeneuter, die jodelten, wenn man an einem Bändchen zog. Heidiquartettkarten, Heidipuzzles.
Um die halbe Welt war ich geflohen. Im Herzen der Alpen gelandet.
Schlafen in Heidibettwäsche, mein Brot in der Heidibrotdose aufbewahren und trinken aus Heiditassen würde ich, wenn ich hier bleiben würde. Und ja, das hatte ich vor.
Der Kühlschrank war verziert mit abgerissenen Eintrittskar-

ten zu Heidikino-, Theater- und Musicalvorstellungen, die ich keinesfalls abnehmen durfte. Und dazwischen immer wieder Fotos von Tony in seinem Heidikostüm. Wie er strahlt mit dem Rouge auf seinen Wangen und strahlend über Plastikgrasmatten läuft, jubelnd die Arme von sich gestreckt. Wahrscheinlich hatte es noch nie eine dermaßen glückliche Heidi gegeben.

Ich konnte mir keinen unpassenderen Heididarsteller vorstellen als ihn. Ein Berg von einem Mann, so massig, dass er eher noch die Alp verkörpern konnte, auf der Heidi lebte, als das freundliche Waisenkind selbst. Dichte hellbraune Locken und Brillengläser, so dick, dass man auf große Entfernung schon wusste, dass diesem Menschen Kontaktlinsen als Sehhilfe nicht ausreichen würden. Mit dem Lippenstift und Make-up, das er trug, ging er höchstens als *Urban-Transvestite*-Heidi durch. Oder schlicht als der Anti-Heidi.
Doch irgendwie hatte Tony die Hauptrolle bei der Off-Broadway-Produktion *Heidi – The Musical* bekommen. In rosa Glockenrock und gelbem Hemdchen war er dagestanden. Originalgetreu angezogen wie Heidi, auch wenn er sonst keine Ähnlichkeit mit ihr hatte. Das Casting musste der entscheidende Tag seines Lebens gewesen sein. Grenzenlos seine Freude, als er tatsächlich die Rolle bekam. Aus Tony wurde Heidi. Und seither lebte er – mitten in der Großstadt – diese Figur in vollen Zügen aus. Am liebsten hätte er sich in seinen Stöckelschuhen unter die nächste Ziege gelegt und gelernt, sie zu melken und Käse aus ihrer Milch zu machen. Doch Ziegen waren selten anzutreffen in der New Yorker Lower Eastside. Auf vieles traf man dort, aber nicht auf Ziegen.

Tony schenkte uns zwei Gläser Ziegenmilch ein, als ich seine Wohnung besichtigte.
– Leider kommt sie nur vom *Farmer's Market* und nicht direkt von der Alm, sagte er. Aber frisch und gesund sei sie allemal. Er möge prinzipiell nur Sachen, die frisch und gesund sind.

– Verstehe, sagte ich. Schmeckt gut. Aber kalt ist sie halt. Nicht so warm wie bei uns daheim, wenn wir sie direkt nach dem Melken trinken.
Ich pokerte hoch. Ich wusste, wie schwierig es war, an ein günstiges *Sublet* zur Untermiete in Manhattan heranzukommen.
Im Hotel Regina hatte ich es nicht mehr ausgehalten. Dieses Leben mit Ratten, Kakerlaken, Dealern und nächtlichen Polizeieinsätzen, das eine Fortsetzung meiner Zeit im Pariser Les Pyrenées war, konnte ich nicht länger ertragen. Ich wollte nicht auch in New York nächtelang Gruselbilder malen und auf dem wackeligen Tischchen meines Hotelzimmers stapeln müssen, nur weil es der billigste Platz zu wohnen war.
Lieber gab ich mich bei Tony als Schweizer aus, als Geißenjulian, der, direkt aus den Bündner Alpen kommend, besser in sein Heidiland passte als all die Konkurrenten, die sich mit mir angestellt hatten, um sich ebenfalls für die Wohnung zu bewerben.
Ob er denn oft dort sei, in den Schweizer Bergen, fragte ich. Er könne mich ja besuchen kommen, später, falls es mal passe.
Ich glaube, ich sagte sogar, dass es mich freuen würde.
Ich erzählte Tony vom Tiefschnee in den Bergen und wie gefährlich der Almabtrieb sein konnte. Doch er wusste über all das ohnehin Bescheid. Letztendlich wusste er alles, was mit dem Bündner Heidiland zu tun hatte, besser als ich und ließ mich kaum zu Wort kommen. Die Bilder der reinen Berglandschaft in seinem Kopf trugen ihn fort aus dem Dreck der Lower Eastside, trugen ihn über die Houston Street hinüber zur Westside, wo er in rosa Rock und Blüschen auf der Bühne stand und mit rasierten Beinen und Armen jodelte und sang.
Je länger wir redeten, desto klarer wurde ihm, dass niemand besser geeignet war, sein Apartment in der Ludlow Street zu mieten, als ich, der Schweizer Bergbub, der ihm gegenübersaß.

Seine Wohnung war, wenn man von der Heidiausstattung absah, für New Yorker Verhältnisse ein Glücksgriff. Sie war zwar klein – mit einem überdimensionierten französischen Bett und dem von Heidinippes übersäten Arbeitstisch war der Wohnbereich schon ausgefüllt –, aber hell und billig. Und ideal gelegen für mich, der ich zwischen Washington Square und St. Mark's Place meine täglichen *Busking*-Runden zog, abends in Chinatown Nudelsuppe aß und hin und wieder bis zur Sperrstunde in der Mars Bar an der Bowery sitzen blieb.

In der *Village Voice* war ich auf Tonys Inserat gestoßen. Für drei Monate musste er zurück in den Mittleren Westen, wo er ursprünglich herkam, wie er mir erzählte. Irgendetwas Dringendes hatte er dort zu erledigen.

– Zum Glück hab ich ein Double für die Aufführungen, wenn ich fort bin, sagte er und schnalzte mit der Zunge. Natürlich habe diese Ersatzheidi bei Weitem nicht seine Qualitäten, aber was solle man tun.

Tony redete so affektiert, dass ich kaum glauben konnte, dass es ernst gemeint war, wie er sich präsentierte. Immer wieder versicherte ich mich, ob er mich nicht auf den Arm nahm, so wie ich ihn mit meiner Rolle als Geißenpeter.

Im Mittleren Westen werden sie dich einsperren, dachte ich. Wegsperren in ein Irrenhaus und dir die Heidi für immer austreiben.

Was er wiederum von mir dachte, war schwierig einzuschätzen. Er war so mit sich selbst beschäftigt, dass er vergaß, meine Schweizer Geschichten zu hinterfragen. Sogar dass ich Alphorn spielen konnte, aber selbstverständlich keines hatte mitnehmen können in die USA, hatte ich ihm erzählt.

Ich schwärmte ihm vom Emmentaler Käse bei uns daheim vor. Sogleich fing Tony an, den Greyerzer zu loben, den es in einem Käseladen auf der Avenue A zu erstehen gab.

– Ich sage dir, Freaks sind das, richtige Freaks, sagte er. Käsejunkies hängen in dem Laden rum. Wie auf Entzug warten sie an der Theke, weil sie wissen, dort landet der

Käse, der direkt von der Sennerei nach New York kommt. An der Verkaufstheke noch reißen sie die Verpackung auf und beißen ein Stück ab. *It's so fucking freaky!*

In der folgenden Woche zog ich in Tonys Wohnung ein. Ich hatte sie für drei Monate gemietet. So lange musste ich es nun in der Heidihölle aushalten. Und keinen Tag länger hätte ich das ertragen.

Obwohl ich Tony hatte versprechen müssen, seine Figurensammlung nicht anzufassen, versteckte ich noch am ersten Tag sämtliche Heidifiguren in einer Schublade. Auch nahm ich beliebige Plakate von der Straße mit in die Wohnung und hängte sie direkt über Tonys Heidiposter, um nicht ständig der strahlenden Bergidylle ausgesetzt sein zu müssen. Ich trank nicht aus den Heiditassen und verwendete das Heidiklopapier nicht. Doch es nützte alles nicht. Ich wurde die penetrante Heidistimmung nicht los. Mit jeder Woche drückte sie mehr auf mein Gemüt.

Bald schon quälten mich Albträume – Alpträume sollte ich sagen –, in denen ich nackt nach Edelweißen zu klettern hatte, Giftmischungen aus Alphörnern trinken musste oder unter dunklen Tannen von deren Wurzeln erdrosselt wurde. Eines Nachts ließ mich meine Fantasie Käsefondue rühren und essen und rühren und essen, fressen, bis mein Magen und meine Hände selbst zu stinkendem heißen Käsebrei geworden waren und mein ganzer Körper zu einer gelben, klumpigen Masse. Als Käsemasse rann ich auf den Asphalt der Ludlow Street und floss mit dem Dreck der Straße und Urin der Hunde zusammen. Zusammen wurden wir von gierigen Rattenmäulern aufgesogen. Tony mit seinen Locken und der Brille stand als übermächtiger Schattenlord daneben und grinste hämisch.

This is what you get, sagte er, *when you get to NYC, you moron. Das hast du jetzt davon! Das hast du jetzt davon!* Sein Lachen ein langes böses Blubbern in mir. *Moron! Countryboy! Das hast du jetzt davon!*

Schweißgebadet fand ich mich auf seinem Heidileintuch wieder und schwor mir, die Lower Eastside, diese ganze verfluchte Stadt zu verlassen, sobald Tony aus dem Mittleren Westen wiederkehren würde und mir meine Kaution zurückgezahlt hatte.

In Manhattan als Straßenmusiker durchzukommen war schwierig.

Die Menschen waren ständig in Eile und hatten wenig Verständnis für jemanden wie mich. An jeder Straßenecke, in jeder U-Bahn gab es Penner, Bettler und Gaukler, und die New Yorker hatten sich angewöhnt, uns Randfiguren auszublenden. Wahrscheinlich hätte ich an ihrer Stelle dasselbe getan, aber ich stand nun mal auf der anderen Seite der Gesellschaft und war auf die Aufmerksamkeit der Passanten angewiesen.

Im Sommer kam ich noch knapp über die Runden. Doch als die Stadt auch klimatisch von einer schrecklichen Kälte erfasst wurde, häuften sich die Tage, an denen ich mich an der Suppenküche der *Salvation Army* anstellen musste. Da stand ich zwischen verwahrlosten Gestalten, die wie ich in den Straßen New Yorks gescheitert waren. Wenigstens musste ich nicht wie die meisten von ihnen in einem *Homeless-Shelter* übernachten. Wenigstens hatte ich mein Heidi-Refugium.

Der New Yorker Winter war so kalt, dass man im Freien nur von einem Block zum nächsten hetzen konnte. Straßenmusik war nur in geschlossenen Räumen möglich. In der L-Train-Station am Union Square kämpfte ich mit erbitterter Konkurrenz. Bessere Rock-, Blues- und Jazzgitarristen als ich waren dort anzutreffen. Jeden Tag aufs Neue musste ich versuchen, mich gegen sie durchzusetzen und mit meinen Woody-Guthrie- oder Lennon/McCartney-Interpretationen die Aufmerksamkeit der Passanten zu erregen. Ich spürte, wie mich dieser tägliche New Yorker Überlebenskampf erschöpfte.

Dennoch hielt ich ihm stand. Ich redete mir ein, wie gut ich es – im Vergleich zu anderen – erwischt hatte.

Die drei Monate in Tonys Apartment lebte ich durchaus in einem gewissen Luxus. Tagsüber verdiente ich Geld in den

Tunnels und Höhlen unter der Stadt, nachts schlief ich zwischen alpinen Berggipfeln und Almwiesen. Was hätte ich mehr verlangen können? Ich hatte es geschafft, mir in New York einen Unterhalt zu verdienen und anständig zu wohnen.
Trotzdem erwartete ich sehnsüchtig Tonys Rückkehr. Ich zählte die Tage, bis er endlich zurückkommen und mich aus dem Heidiluxus freisetzen würde, in den ich geschlittert war. Auch wenn es mir in New York City weitaus schlechter ergehen hätte können, konnte ich das Leben nicht lang ertragen, das ich in dieser Stadt führte.

Als es endlich soweit war und Tony zurückkehrte, legte ich die Heidiplakate wieder frei und versuchte, vor Tonys Ankunft die Heidifiguren zurück auf ihre Plätze zu stellen. Ich tat mein Bestes, doch als Tony die Wohnung betrat, erkannte er sofort, dass seine Figuren bewegt worden waren.
– Was hast du mit ihnen getan?, stammelte er. Seine Stimme jetzt tiefer, gebrochener als früher.
Ich überlegte, ob ihm der Mittlere Westen tatsächlich die innere Heidi ausgetrieben hatte. Der Sonnenschein der Bündner Alpen war aus Tony verschwunden. Vielleicht war er nun in Heidis Frankfurter Phase eingetaucht?
Entsetzt und tief enttäuscht von mir wandte sich Tony den Figuren zu. Während er sie penibel zurück in ihre alte Aufstellung brachte, redete er auf sie ein, als wären sie kleine Waisenkinder. Stumm saß ich in der Küche und beobachtete ihn bei seiner Arbeit. Tony, jetzt mit seinem Schmerz ringend, würdigte mich keines weiteren Blickes. Seine volle Konzentration galt der Wiederherstellung der Ordnung.
Als alles zentimetergenau am richtigen Fleck stand, ging er sorgfältig dazu über, die Heididecke glattzustreichen und die Toilette zu kontrollieren. Er zählte die Gläser im Schrank und polierte die Griffe der Schranktüren. Er überprüfte, ob die alphabetische Ordnung seiner CD-Sammlung aufrechterhalten war. Behutsam strich er über die Heidi-Videokassetten.

Erst als Tony jedes Detail seiner Wohnung begutachtet und nichts mehr zu beanstanden hatte, begann er, mir mit beleidigter Miene das Kautionsgeld zurückzuzahlen.
Ich überlegte, ob ich, um ihn zu kränken, ihn zum Abschied von meinen Schweizer Lügenmärchen in Kenntnis setzen sollte. Doch letztendlich war mir Tony das nicht wert. Ich wollte keine weitere Verzögerung. Raus hier wollte ich, raus, so schnell wie möglich. Also packte ich wortlos meine Sachen, verabschiedete mich kurz und nahm den Bus nach Midtown.
Mit New York hatte ich abgeschlossen. Ohne Umwege marschierte ich westwärts auf der 42nd Street, bis ich das Port Authority Bus Terminal erreichte. Ich ging zum Greyhound-Schalter und löste das erstbeste Ticket, das mich in südwestlicher Richtung aus der Stadt bringen würde. Im Norden der Vereinigten Staaten tobten Winterstürme. Was hätte ich dort als Straßenmusiker angefangen?

Nachdem ich die Zugangsschranke zu meinem Bussteig durchschritten hatte, setzte ich mich in den bereitgestellten Bus. Ich aß ein Schinkensandwich und wartete lange als einziger Fahrgast auf die Abfahrt.
Es fühlte sich gut an, hier zu sitzen. In dem geparkten Greyhoundbus war es still. Kein Mensch in meiner Nähe. Mitten in Manhattan war ich plötzlich in der Einsamkeit gelandet. Versteckt vor der Welt kaute ich jeden Bissen so langsam und so lange, bis der Speichel ihn in meinem Mund auflöste. Ich trank mein Sprite in kleinen Schlucken, als wäre es der teuerste Cognac. Ich wartete und genoss dieses Warten. New York war noch um mich, aber eigentlich schon hinter mir. Der Bus würde mich hinausbringen, dorthin bringen, wo es wärmer und leerer war und ich einen neuen Anfang in Amerika machen konnte.
The blue bus is callin' us – Driver, where're you takin' us.
Über Dutzende Stationen hinweg wird er mich weiter in den Westen bringen. Über Baltimore, D.C., Atlanta weiter in den Westen. Überall werde ich aussteigen und spielen, bis ich das Geld zur Weiterfahrt eingenommen habe. In Athens,

Georgia, werde ich länger Halt machen. In New Orleans den Winter überstehen.
Doin' a blue rock on a blue bus.
Weiter durch Houston und Texas wird er mich bringen. Der Sonne entgegen. Zur Wüste hin.
Ride the highway west, baby.
In Tucson, Arizona werde ich Beatles-Songs spielen. Durch Phoenix schweben und weiter durch die Menschenleere. Bis irgendwann vor mir Kalifornien auftaucht.
Can you picture what will be, so limitless and free.
Monate konnte ich brauchen für diese Strecke, wenn es sein musste. Jahre von mir aus. Ich hatte es nicht eilig. Ich wusste: Eines Tages werde ich an der anderen Seite dieses Landes ankommen. Im Greyhound-Terminal in Downtown Los Angeles werde ich aus dem Bus steigen und endlich angekommen sein. Ich werde die Westküste erreicht haben und wissen, dass ich jetzt da bin, wo ich sein soll.
C'mon baby, take a chance with us, werde ich singen. Für niemanden außer mich selbst werde ich singen, wenn ich meinen Fuß auf den kalifornischen Boden setze.
The west is the best – Get here, and we'll do the rest.
The End werde ich singen, obwohl es mein Anfang ist, das Ende ist von all dem, was dann hinter mir liegt.
And he walked down the hall – And he came to a door – And he looked inside.
Ich werde über das ganze Land gefahren sein. Es wird warm sein und auf der Fahrt schon warm gewesen sein.
Father, yes son.
Die Menschen werden mir zugehört haben und Dimes, Nickels und Quarters und Dollarscheine auf die Gitarrentasche geworfen haben.
You'll never follow me.
Das Geld werde ich dem Greyhoundfahrer gegeben haben. Ich werde ihm gesagt haben, dass er mich weiterbringen soll, zur nächsten Station auf meinem Weg nach Westen.
This is the end, werde ich singen.
The end of nights we tried to die.

Langsam zerkaute ich den letzten Bissen meines Sandwiches.
Dann stiegen andere Fahrgäste zu. Allmählich füllte sich der Bus. Auch der Busfahrer stieg ein. *Doors closing!*, rief er.
Die Türen schlossen sich und im Schritttempo begann der Greyhound seine Fahrt aus der Stadt. Meter für Meter zwängte er sich im dichten Verkehr durch die Hochhausschluchten Uptown Manhattans Richtung Süden. Ich hatte nichts gegen diese Zeitlupe einzuwenden, in die ich gerutscht war. Ich wusste, ich hatte jetzt alle Zeit, die ich brauchen würde.
Schon war die Heizung aufgedreht, und es wurde warm.
Ich summte leise vor mich hin, als wir zwischen den Wolkenkratzern hindurchtauchten. Zum Holland-Tunnel hinunter und in ihm unter dem Hudson River hindurch, hinaus aus der Stadt.

17

Die Stadt war dunkel. Mehr als zwei Jahre waren seit dem Northridge-Beben vergangen. Wir, die Bewohner dieser Stadt, hatten es aus der Erinnerung gedrängt. Es hatte nichts verändert. Vielleicht würde das nächste Erdbeben einen größeren Eindruck hinterlassen. Wann immer es kommen würde. Ob es *The Big One* sein würde oder nicht.
Eine laue Mainacht hatte sich über den Sunset Boulevard gelegt. Es muss nach Mitternacht gewesen sein. Um diese Zeit war unter der Woche hier nicht viel los.
In der Dunkelheit fiel mir die Brieftasche vorerst gar nicht auf. Ich sah sie, aber nahm sie nicht wirklich wahr. Ich schlich den Sunset Strip entlang, wie ich das manchmal tat, wenn ich nicht wusste, was ich sonst tun sollte. Vorbei am *Whisky a Go Go*, dort, wo die Doors ihre Karriere begonnen hatten. Wo sie – drei Jahre, bevor ich geboren wurde – wöchentlich auftraten und *The End* spielten, diesen Song

entwickelten, ihn ausbauten, bis er elf Minuten lang war und keine Minute zu viel.

Kurz nach dem *Whisky* wäre ich fast auf diese pralle, schwarze Brieftasche getreten. Plötzlich lag sie da, unter mir, als hätte sie mir jemand in den Weg gelegt. Dunkler als der Asphalt, ein schwarzes Loch im Gehsteig, von der Straßenbeleuchtung gerade so beleuchtet, dass ich sie sehen musste. Sie wollte von mir gefunden werden. Sie schrie nach mir, und doch reagierte ich nicht sofort.

Ich hatte schon länger nicht mehr gekifft. Seit dem Gespräch mit Pedro hatte ich aufgehört, Gras zu kaufen. Er hatte recht gehabt. Ich musste weniger kiffen und mein Geld zusammenhalten, sonst würde ich nie nach Chile kommen. Und das war mein fester Plan. Ich brauchte nur mehr das Geld für die Reise, dann würde ich Los Angeles den Rücken kehren.

Nun lag Geld direkt unter meinen Füßen. Eine dicke Brieftasche. Ich konnte davon ausgehen, dass einige Scheine in ihr zu finden waren. Trotzdem bückte ich mich nicht sofort. Griff nicht gleich zu. Obwohl ich nicht stoned war, ließ ich beinahe diese Gelegenheit an mir vorbeiziehen. Wow, eine volle Brieftasche, hier am Sunset Strip, muss wohl jemand verloren haben. Ich hörte es mich sagen, als würde ich mich mit mir selbst unterhalten. Als würde die Zeit nicht drängen.

Schau, Julian, da liegt sie. Ganz einfach könntest du sie nehmen.

Es war schwierig, fast aussichtslos, als Straßenmusiker genug Geld für einen Flug nach Chile zusammenzubekommen. Was ich am Ocean Front einnahm, reichte für meine wöchentlichen Mieten im Howard und sonstigen Kosten aus, aber es blieb kaum etwas übrig, das ich zur Seite legen konnte. Auch wenn ich kein Geld mehr für Gras ausgab, würde es noch viele Monate dauern, bis ich so viel gespart hätte, um das Flugticket zu kaufen. Ein halbes Jahr, ein Jahr, vielleicht länger, eine Zeitspanne jedenfalls, über die ich als *Weekly* nicht hinaussah.

Diese Brieftasche, du hast sie gesehen, Julian, die Lösung deiner Probleme, hörte ich mich sagen. Du müsstest sie nur nehmen.

Ich machte noch einige Schritte, entfernte mich von dem, was ich entdeckt hatte. Als wäre das, was dort auf dem Gehsteig lag, ein Trugbild, von dem ich mich nicht in die Irre führen lassen durfte. Beinahe verweigerte ich diese Brieftasche. Fast ließ ich sie wissentlich liegen, nahm Notiz von ihr, aber tat so, als ginge sie mich nichts an.
Du solltest sie nehmen, Julian!
Mit etwas Pech wäre es zu spät gewesen und mir ein anderer Finder zuvorgekommen. Früher hätte ich schneller reagiert, aber inzwischen war ich ein *Weekly,* und es dauerte eine furchtbare Weile, bis mich meine innere Stimme wachrüttelte.
Du musst jetzt zugreifen, Julian! Jetzt, bevor es jemand anders tut!
Dann erst wurde es mir klar.
Jetzt!
Dann erst war ich schnell. Drehte mich um. Machte unauffällig die paar Schritte zurück.
Die Brieftasche lag noch da. Jetzt durfte ich sie nicht mehr aus den Augen lassen. Flüchtig scannte ich die Umgebung ab. Ein paar Passanten ringsum, aber niemandem war ich aufgefallen. Niemandem war mein Fund aufgefallen. Meine Brieftasche. Auf dem Gehsteig war sie für mich abgelegt worden. Sie gehörte mir.
Mein Fuß jetzt auf ihr. Jetzt konnte sie kein anderer mehr nehmen. Jetzt nur noch in die Knie wie zum Schnürsenkelbinden. Schnell diese Brieftasche in meiner Jacke verschwinden lassen und weitergehen, unauffällig weiter, zuerst schnell aus der Gefahrenzone verschwinden, dann langsamer werden, mit der Sicherheit, dass mich niemand bemerkt hatte, ins Schlendern kommen, den Moment genießen, den Triumph. Und verschwinden in der Dunkelheit der Stadt.

Erst im Howard holte ich meine Beute heraus. Zog die Vorhänge meines Zimmers zu und öffnete die Brieftasche. Erst dann begutachtete ich, was ich von der Straße gepflückt hatte. Geld für mehrere Wochenmieten war darin zu finden, das erkannte ich auf den ersten Blick. 304 Dollar und 65 Cent zählte ich. Dazu Kreditkarten, Führerschein und Ausweise. Jonathan Price hieß dieser Idiot, der seinen Besitz auf den Sunset Strip hatte fallen lassen. Auf seinem Führerscheinbild sah er freundlich aus. Lächelte unter seiner Hornbrille. Fast hätte er mir leid getan.

Doch statt Mitleid mit ihm zu haben, übte ich seine Unterschrift und überlegte, wo und was ich am kommenden Tag mit seiner Kreditkarte einkaufen sollte. Eine neue Gitarre vielleicht? Oder irgendein anderes, möglichst teures Instrument, das ich weiterverkaufen konnte? Vielleicht hätte ich so den Flug nach Chile finanzieren können, ohne dass man mir auf die Spur gekommen wäre. Doch ich wagte es nicht. Bis die Läden aufmachten, würde die Karte längst gesperrt sein, und wenn ich Pech hatte, würde sogleich Meldung erstattet werden. Das konnte ich nicht riskieren. Ich wollte kein Unglück heraufbeschwören, jetzt, da das Glück in mein Leben zurückgekehrt war. Ich entschied, dass ich meinem Schicksal nicht den Weg versperren, sondern im Gegenteil ihm nachhelfen sollte.

Instant Karma's gonna get you, sang ich. John Lennons erste Solosingle, mit der er die Beatles zu Fall gebracht hatte. *Yeah, we all shine on!* Der Song eignete sich nicht, um ihn mit Westerngitarre auf der Straße zu spielen, aber jetzt begleitete er mich, wenn ich die Häuserattrappen Hollywoods umstieß und mir endlich klare Sicht verschaffte.

Ich entschied, meine Beute zur Seite zu legen. Ich wollte nicht dumm verschleudern, was mir gegeben wurde. Vorsichtig ritzte ich einen kleinen Schnitt in die Naht meiner Matratze und versteckte mein Fundstück darin. Jonathan Prices Brieftasche wurde von nun an meine Sparbüchse. Der halbe Flug nach Chile befand sich bereits darin. Den Rest würde ich mir erarbeiten.

Dank Jonathan Prices Startgeld hatte ich jetzt ein erreichbares Ziel vor Augen. Der Grundstein meiner neuerlichen Flucht, meiner Flucht aus dem Westen nun, meines Entkommens aus dem Howard, war gelegt. Darauf würde ich aufbauen. Nicht nur mit besserer, entschlossenerer Straßenmusik würde ich mehr Geld verdienen, als ich es in den letzten Monaten getan hatte. Auch würde ich mir einen zweiten Job suchen. Ich würde mich aus Los Angeles hinausarbeiten, anstatt sinnlos meine Tage im Howard Weekly zu vergeuden.

Schon als Kind hatte ich eines Tages auf dem Schulweg in Linz eine Brieftasche gefunden. In der Straßenbahn war sie liegen geblieben. Ich hatte sie mit nach Hause, in mein Zimmer genommen. Auch damals hatte ich sie heimlich, nur für mich geöffnet und diese herrliche Erregung dabei gespürt. 250 Schilling waren in ihr gewesen. Ungefähr 20 Dollar, eine große Summe in meinen Kinderaugen. Auch in dieser Brieftasche hatte ein Personalausweis gesteckt. Ich habe vergessen, wie der Mann hieß. Aber sein Gesicht habe ich nicht vergessen.
Seine Nummer hatte ich im Telefonbuch gefunden.
– Hallo, hier spricht Julian Ogert, sagte ich in den Hörer. Ich habe Ihre Brieftasche gefunden. Soll ich sie Ihnen vorbeibringen?
Der für mich heute namenlose Mann freute sich. Ich erinnere ihn als einen übermächtigen, bärtigen Koloss, der aussah wie ein Seefahrer, zumindest wie ich mir damals einen Seefahrer vorgestellt hatte. Mit rötlichem, ungepflegtem Haar, groben Gesichtszügen und Muskeln unter seinem T-Shirt, zu viel an Muskeln für einen einzigen Mann.
Herzlich empfing er mich. Stolz überreichte ich ihm, was ich gefunden hatte.
Ich freute mich auf meinen Finderlohn. Denn das hatte ich gehört, dass einem immer, wenn man etwas findet, ein Finderlohn zusteht.
– Den hast du dir auch verdient, sagte der Seefahrermann.
Er verschwand kurz im Hinterzimmer und kam mit einer Packung Wrigley's Kaugummis zurück, die damals in Mode waren.
– Die hast du dir wirklich verdient. Du bist ein anständiger Kerl. Vielen Dank noch mal.
Dann schlug er die Tür vor meiner Nase zu.

Ich drehte mich um und wusste, würde ich noch einmal in meinem Leben etwas finden, würde ich es behalten. Dann sollte es mein sein, ganz mein, nicht nur einen Kaugummi lang mein. Für einen lächerlichen Wrigley's würde ich niemandem mehr nachrennen und ihm bringen, was er verloren hatte. Ein dermaßen anständiger Kerl hatte ich nicht bleiben wollen.

Schon eine Woche, nachdem ich Jonathan Prices Brieftasche gefunden hatte, begann ich drei Nächte pro Woche an der Kasse eines Burlesque-Theaters an der Ivar Avenue zu jobben. Ich saß hinter einer fettigen, gepanzerten Glasscheibe und hätte mir einbilden können, in einer Bank, einem Casino oder zumindest einem Kino zu arbeiten.

Ein Kartenverkäufer wie Christian im Cine Royal war ich geworden.

Ob wir zeitgleich auf verschiedenen Kontinenten nun hinter Glasscheiben saßen und Eintrittskarten zu den Aufführungen unserer Etablissements verkauften, überlegte ich. Ob ich Christian nun eingeholt hatte?

Es mochte gut sein, dass er noch immer in diesem Job festsaß und nie mehr von der Stelle kommen würde. Ich aber wusste, dass es für mich nur eine Übergangsbeschäftigung war. Nur so lange, bis ich das Geld für Chile erspart hatte, würde ich in diesem Theater bleiben.

Ich war nicht Christian. Und das *Girls on Ivar* war nicht das Cine Royal. Nicht wie in einem Kino, mehr, als säße ich in einem Gefängnis, fühlte es sich an. Als würde ich eine Haftstrafe absitzen und, weggesperrt hinter Sicherheitsglas, bewacht von einem Gefängniswärter, Besuch empfangen. Der Wärter war ein Türsteher, der an der Eingangstür des Theaters wachte, hirntot und muskelbepackt. Meine Besucher waren einsame Männer, die vereinzelt aus der Nacht in den Stripclub tröpfelten.

Ohne mich anzusehen, schoben sie mir fünf Dollar durch den Schlitz unter meiner Scheibe hindurch. Wortlos schob ich ihnen eine Eintrittskarte und den Gutschein für einen

Willkommensdrink zurück und entließ sie in die Tristesse der Table- und Lapdance-Darbietungen.
Durchaus verfügte ich in diesem Job über eine gewisse Macht. Ein Blick von mir zum Türsteher hätte genügt, um einen Gast ohne nähere Begründung abzuweisen. Doch nie machte ich von dieser Möglichkeit Gebrauch. Es ging mich nichts an, was diese Männer hierher trieb und wie sie sich benahmen. Je weniger ich mit ihnen zu tun hatte, desto besser. Ich saß bloß die Stunden in meiner kleinen Kammer ab, schlug die Zeit tot und zählte die Dollarscheine, die mich meinem Flug nach Chile näher brachten.
Hin und wieder beobachtete ich, wie der *bouncer* ins Innere des Theaters gerufen wurde und wenig später einen der Besucher hinaus auf die Straße setzte. Chancenlos, ohne wirklich Widerstand zu leisten, ließ der Verbannte diese Strafe über sich ergehen. Er hatte gegen die Regeln verstoßen und der Versuchung nicht widerstehen können, eine der Tänzerinnen zu berühren, die sich zuerst an einer Stange und später, wenn er ihr minütlich weitere Dollarscheine zusteckte, auf seinem Schoß geräkelt hatte. Weder diese Dame noch sich selbst durfte der Gast anfassen. Ich fragte mich, warum er sich solch einem Vergnügen hingab. Schmerzhaft und erniedrigend stellte ich es mir vor, unter dem verachtenden Blick der Tänzerin in seiner Hose abzuspritzen. Spätestens nachdem der Gast ejakuliert hatte, musste er doch sich selbst sowie die Frau über sich verachten.
Vielleicht ging es auch gerade darum. Um die gegenseitige Verachtung unter Menschen. Menschen, die aus der Verzweiflung des anderen einen wenn auch noch so geringen Nutzen zogen.
Ich versuchte, mir möglichst wenig Gedanken darüber zu machen. Das in schummriges Licht getauchte und mit schlechter Popmusik beschallte Innere des Theaters musste ich ohnehin nur betreten, wenn ich aufs Klo musste, wo es säuerlich nach Sperma roch. Schnell eilte ich wieder zurück zu meinem Arbeitsplatz.
Das Theater war heruntergekommen und schlecht besucht.

Selten fanden sich hier mehr als fünf Gäste gleichzeitig ein. Ich vermied es, ihnen ins Gesicht zu blicken, wenn ich an ihnen vorbei zur Toilette schlich. Niemand hier blickte dem anderen ins Gesicht. Jeder war für sich allein und konnte nicht anders, als allein zu bleiben. In dieser Beziehung glich das burleske Umfeld jener Welt, in der ich aufgewachsen war. Jener Welt, der ich hatte entfliehen müssen.

Auch jetzt würde ich so bald wie möglich fliehen. Meine Schichten im Nachtclub verdeutlichten, wie dringend ich Los Angeles verlassen musste. Doch so langweilig und deprimierend sie auch sein mochten, sie konnten mir nichts anhaben. Denn ich hatte ein Ziel vor Augen. All diese Stripperinnen und Besucher waren schlechter dran als ich. Sie waren bereits zu tief durch die Ritzen LAs gefallen und hatten keine Chance mehr hochzukommen. Für mich hingegen war es nur mehr eine Frage der Zeit, bis ich mein Geld zusammenhatte und in ein neues Land aufbrechen konnte.

Jede Nacht steckte ich ein paar Münzen und Dollarscheine in Jonathan Prices Sparbüchse. Wöchentlich zählte ich, wie sich langsam immer mehr Geld darin ansammelte. Jede Stunde, die ich am Ocean Front musizierte oder unter der blinkenden *Girls, Girls, Girls*-Schrift am Schalter saß, brachte mich weiter hinaus aus Hollywood.

Im Sommer 1996 hatte sich in meiner Matratze so viel Geld angehäuft, dass ich das Flugticket nach Antofagasta im Norden Chiles kaufen konnte.

Die Brieftasche, in der, nachdem ich den Flug bezahlt hatte, nur noch Jonathan Prices Ausweise und Kreditkarten steckten, behielt ich, bis ich endgültig aus meinem Zimmer im Howard auscheckte. Bis ich endlich dem Chinesen an der Rezeption den Zimmerschlüssel in die Hand drückte und sagte: – Nein, ich will nicht mehr verlängern, ich bin fort hier, das Zimmer ist frei.

In aller Deutlichkeit gab ich es von mir, so dass es keine Missverständnisse geben konnte.

– I'm outta here!

Ich sagte es, wie Casta es gesagt hätte. Wie sie sah ich nun eine Zukunft vor mir, auf die ich geradewegs zugehen wollte. Ich wusste nicht, was genau sie mir bringen würde und wollte mit Tagträumereien keine Zeit vergeuden, aber alles würde anders sein, besser sein als es war, davon war ich überzeugt. Chile war ein neuer Beginn, Kalifornien eine alte, untergegangene Welt.
Die Brieftasche ließ ich, als ich das Motel verließ, im Ausgabefach des Essensautomaten an der Rezeption verschwinden. Der nächste *Weekly*, der sich Mikrowellendinner kaufte, würde wissen, was er mit seinem Fund, was er mit Jonathan Prices Papieren anfangen konnte. Die Kreditkarten waren sicherlich längst gesperrt, aber für einen amerikanischen Personalausweis und Führerschein gab es im Yucca Corridor viele Abnehmer.
Eine kleine Notiz steckte ich in das Fach der Brieftasche, aus dem ich das Geld herausgenommen hatte. *I'm outta here, thanks to Jonathan Price,* würde nun lesen, wer immer mein Fundstück in die Hände bekam.

Dann verschwindet das Howard Weekly für immer aus meinem Leben.
Ein letztes Mal laufe ich die Whitley Avenue entlang, hinaus aus dem Corridor. Den Rucksack auf dem Rücken, die Gitarre in der Hand, hinaus aus dem Corridor. Das Flugticket in der Innentasche meiner Jacke, daneben der Abschiedsbrief meines Vaters und das Empfehlungsschreiben, das mir Pedro für das Paranal ausgestellt hat.
Hin und wieder bleibe ich stehen und drehe mich um.
Ein letzter Blick auf das Fontenoy und die Fensterfront seiner Wohnungen im neunten Stock. Ich weiß nicht, ob Casta noch dort wohnt. Wahrscheinlich wird sie etwas Besseres gefunden haben.
Ein letztes Mal die Trostlosigkeit der Ivar Avenue und der brüchige Asphalt der Yucca Street unter mir, durch dessen Ritzen trockenes Gestrüpp empordringt.
Ich gehe an dem Haus vorbei, in dem sich Eleanors Wohnung befunden hat. Blicke zum Balkon im ersten Stock hin-

auf, wo ich früher so oft gestanden und heruntergeschaut habe, die *Guardian Angels* beobachtet habe bei ihren Einsätzen. Der Balkon wirkt unbenutzt. Die ganze Wohnung wirkt leer. Es scheint sich noch kein neuer Mieter gefunden zu haben.

Weiter vorne das Eckhaus an der Cherokee Avenue. Sein Garagentor ist wieder repariert. Ich kann nicht erkennen, ob es noch dieselbe Familie ist, die das Haus bewohnt. Der Muskelmann im Tank-Top und seine Frau mit dem Kind auf dem Arm. Ich glaube nicht, dass sie noch hier wohnen.

In Hollywood bleibt kaum jemand länger als ein paar Jahre in derselben Wohnung. Alles ist äußerst vergänglich hier. Auch ich. Vielleicht wäre ich noch lange, zu lange in Eleanors Wohnung geblieben, wenn sie mich gelassen hätte. Dann hätte ich mich dort vor allen versteckt, bis ich mich selber nie mehr gefunden hätte.

Ich bin froh, dass es anders gekommen ist. Nun ist es höchste Zeit zu gehen.

Auch wenn alles in Los Angeles in Bewegung, alles in einem ständigen Umbruch ist, bleibt die Stadt doch, wie sie ist. Das Northridge-Beben hat keinen Unterschied gemacht. Hollywood ist, was es vor dem Erdbeben war, eine Projektionsfläche. Ein leerer Ort, der wartet, bevölkert und entvölkert zu werden. Ein Ort dazwischen. Zwischen einem Erdstoß und dem nächsten.

Der Yucca Corridor ist aufgeräumter als früher. An ihm ist das Beben nicht spurlos vorbeigezogen. Hier wird es als Chance zur Veränderung erkannt. Die Renovierungsarbeiten hier sind Säuberungsaktionen, gezielte Umgestaltungen, um einen verlorenen Teil der Stadt neu zu beleben. Mit Hilfe der Zerstörungskraft der Natur scheinen sich die täglichen Einsätze der *United Streets Of Hollywood*-Schlägertruppen und die erhöhte Dichte der Polizeipatrouillen bemerkbar zu machen. Einige Häuser sind abgerissen worden, manche Seitenstraßen abgesperrt. Es ist unübersehbar, dass die Stadt Los Angeles es sich zum Ziel gesetzt hat, dieses Viertel zu-

rückzugewinnen. Von außen nach innen werden Apartmenthäuser saniert. Teils werden sie bereits von neuen Mietern bewohnt, von Menschen, für die diese Straßen keine Sackgassen darstellen, in die sie sich verirrt haben oder getrieben worden sind.
Die Korridormenschen sollen dieses Viertel verlassen. Sie sollen weiterziehen, verschwinden, irgendwohin. Irgendwo einen neuen Korridor finden.
Ich bin einer von ihnen. Ich gehe heute schon. Jemand anders wird in Zukunft Eintrittskarten für die Stripshows verkaufen – solange es die in dieser Gegend überhaupt noch gibt.
An der Cherokee biege ich links ab Richtung Hollywood Boulevard. Auf dem Santa Monica Boulevard steige ich in den Bus. Nicht jedoch in den 704er, der zum Ocean Front fährt, sondern in den 757 Richtung Süden, hinunter zum Flughafen. Von nun an werde ich mich nicht mehr westlich, sondern südlich halten. Ich habe die Richtung geändert. Auch, dass ich weiterhin auf der Straße Gitarre spielen werde, bezweifle ich. Noch habe ich genügend Geld in der Tasche, um ein paar Wochen durchzukommen. Bald schon werde ich neue Jobs gefunden haben. Servicepersonal, Hilfskräfte, Reinigungsdienste, Wachpersonal, Hilfsköche, Übersetzer werden im Paranal-Basislager gesucht, meinte Pedro. Ich reise nicht als Musiker dorthin. Es reicht, acht Jahre lang auf der Straße Gitarre gespielt zu haben. Jeden Tag aufs Neue die Beatles-Lieder gesungen zu haben, Bruce Springsteen, Bob Dylan, Jimi Hendrix, Nick Drake. Ich habe alles aus diesen Songs herausgeholt, was mir möglich war. An Jim Morrison habe ich mich versucht. Jetzt singe ich seine Texte nur mehr für mich selbst. Ich sitze im 757 und singe *The End*, so leise, dass es nicht Singen genannt werden kann. *This is the end, my only friend, the end,* summe ich und denke an Pedro. *The end of laughter and soft lies.*
Auch als die Maschine in der Mittagshitze von der Rollbahn abhebt, summe ich.
Unter mir breitet sich die *Horizontal City* aus. Nur in

westlicher Richtung, wo der Pazifik ihre Häuserreihen verschluckt, ist ein Ende dieser Stadt zu erkennen.
Die heiße Luft flimmert vor meinem Bordfenster.
Mir fallen schlechtere Orte als LA ein, hat Pedro gesagt. Immer gibt es Schlechteres. Nie bist du ganz unten. Nicht einmal im Yucca Corridor, der jetzt irgendwo weit unter mir im Smog verschwindet.
The future so bright, I gotta wear shades, sagte Casta.
Sie sagte viel. Und viel sagte sie nicht. Was sie wirklich meinte, hatte nicht immer mit dem zu tun, was sie von sich gab. Auch sie verschwindet jetzt irgendwo weit unter mir im Smog LAs. Ihren Blick nach vorn gerichtet. Immer nach vorn, nur dorthin.

Kaum hat das Flugzeug seine Flughöhe erreicht, zündet sich mein Sitznachbar, ein aufgedunsener Amerikaner, der vermutlich italienischer Abstammung ist und wirkt, als ob er mit Bergen von *Maccaroni & Cheese* aufgezogen wurde, eine Zigarre an. Von allen Seiten steigt jetzt Zigarettenqualm in die Höhe. Die Klimaanlage im Raucherbereich ist überfordert.
– Willst du eine?, fragt er mich und bietet mir eine seiner Zigarren an.
Ich rauche nicht, aber jetzt will ich rauchen. Was immer er mir anbietet, ich werde versuchen, es zu genießen. Ich halte meine Jacke fest auf meinen Schoß gedrückt.
Von den ersten Zügen wird mir schwindlig, auch wenn ich nicht inhaliere.
– Gut, sage ich. Gut.
– Cohiba sind die besten, sagt er.
– In den Staaten kannst du die nicht kaufen, weil sie aus Kuba kommen. Aber die *Commies,* da kannst du über sie denken, was du willst, die machen die besten Zigarren.
– Ja, die schmeckt mir, sage ich und kann ein Husten nicht unterdrücken.
Zum Glück bringt die Stewardess ständig neue Getränke.
Wir trinken Bloody Marys, mein Nachbar und ich. Der Wodka löscht mein Denken aus.

– Du bist doch hoffentlich kein Kommunist?, fragt der *Maccaroni & Cheese*-Mann.
– Wenn ich das wäre, hätten sie mich gar nicht reingelassen in dein Land, sage ich.
– *This land is your land, this land is my land,* beginnt er zu singen.
– *From California to the New York Island,* steige ich ein.
Wir lachen und prosten uns zu.
– Woody Guthrie aber war einer, sage ich.
– War was?
– Ein Kommunist.
– Wirklich?
– Wirklich.
Christian hatte mir einiges über Guthrie erzählt.
– Er hat als Straßenmusiker in Los Angeles gelebt, und auf seine Gitarre hat er *This Machine kills Fascists* geschrieben, sage ich.
– Wirklich?
– Wirklich.
– Ich hasse Faschisten, sagt der Mann.
Darauf weiß ich nichts mehr zu sagen. Wahrscheinlich habe ich ohnehin bereits genug geredet. Vom Rauch und Alkohol ist mir schwindlig und schlecht.
– Er starb zwei Jahre, bevor ich geboren wurde, sage ich.
– Wer?
– Woody Guthrie.
– Wo kommst du denn her, dass du das alles weißt?
– *Austria,* sage ich.
– *Australia*? Bringt man euch denn diesen ganzen *Commie*-Quatsch dort in der Schule bei?
– Nicht *Australia,* sage ich. *Austria.*
– *Whatever,* sagt mein Sitznachbar.
Beim ersten Zwischenstop in Lima, Peru, torkelt er mitternachts aus dem Flugzeug.
– War nett, dich kennengelernt zu haben, sagt er.
– Ja, sage ich, weil ich irgendetwas sagen muss.
Mein Kopf schmerzt, und meine Kehle ist so ausgetrocknet, dass ich kaum ein Wort herausbekomme.

– *See you*, sage ich.
Ich glaube nicht, dass er es hört. Und das ist gut so. Gut, dass er es nicht hört. Denn ich meine nicht, was ich da sage. Ich werde diesen Mann nie wieder sehen und auch das Land nicht, aus dem er kommt. Ich will diesen Mann nie wieder sehen. Und auch das Land nicht, aus dem er kommt.

18

Mein Zimmer hier im Hostal del Norte in Antofagasta könnte ich als völlig schmucklos beschreiben. Ein Bett, ein Stuhl, ein Tisch. Ein Ventilator und ein Vorhang. Durch das Fenster fällt trübes gelbliches Licht ein, das sich sogleich mit den restlichen Farben meines Zimmers vermengt. Alles hier ist in Gelb- oder Brauntönen gehalten. Oder in irgendeiner Schlammfarbe dazwischen. Es gibt keinerlei Verzierungen und nicht die schlichteste Dekoration. Mein Zimmer ist karg und einfarbig wie die Landschaft, in die diese Wüstenstadt gesetzt, trocken wie das Klima, dem sie ausgesetzt ist.
Gleich hinter der Innenstadt bauen sich die ockerfarbenen Bergkuppen der Atacama auf und errichten jene unbarmherzige Monotonie, die man je nach psychischer Verfassung als goldfarben oder grau bezeichnen kann.
Eigentlich hat diese Stadt gar keinen Platz hier zwischen den steil ansteigenden Wüstenbergen an ihrer östlichen und der Felsküste an ihrer westlichen Flanke. Hineingezwängt in die Eintönigkeit ist Antofagasta. Rechts der Horizont aus Stein und Schutt, links der von der Erdwölbung gedehnte Wasserhimmel. Ringsum ist die Stadt von erbarmungslosen Weiten eingesperrt. Nur ein kleiner Fleck bleibt ihr inmitten all dieses Nichts.
Am Stadtrand ziehen sich die Häuser die kahlen Berghänge hinauf. Je weiter sie vom kalt zischenden Ozean entfernt sind, der unablässig die Avenida Balmaceda, die Küstenstraße, umspült, desto ärmer ihre Bewohner. Dort,

wo die Hänge zu Felswänden werden und sich die Berge der Atacama so steil auftürmen, dass keine Besiedelung mehr möglich ist, drängen sich in den hintersten Armenvierteln Antofagastas Tausende Wüstenbewohner aneinander. Sie suchen ihr Glück in den Kupferminen der Gegend, so wie ich mein Glück in der Einsamkeit der Wüste gesucht habe.

Fast drei Monate bin ich nun hier, und ich weiß, dass ich jetzt genug Wüstenstaub gesehen habe.
Es war Sommer, als ich Los Angeles verließ, und Winter auf der Südhalbkugel, als ich einen Tag später hier eintraf. Doch das machte keinen großen Unterschied. In Antofagasta herrscht immer Frühling. Zu keiner Jahreszeit gewinnt hier der kalte Pazifik oder die heiße Atacama den Kampf um die Elemente. Immer ziehen die Wolken über der Stadt hinweg vom Meer ins Landesinnere. Nie regnen sie ab. Sie sammeln sich als dichte Wolkendecken und Nebel in den Bergketten des Hinterlandes. Vom über 2000 Meter hohen Cerro Paranal aus gesehen sind sie ein Wattemeer, das die Wüste umschließt und nichts von der Feuchtigkeit durchlässt, die der Ozean ins Land trägt.
Jeden Abend bewunderte ich vom Basislager aus den Anblick der im weit entfernten Wolkenmeer ertrinkenden Sonne. Kaum war sie am rot glühenden Horizont verschwunden, zeigten sich am Himmel schon die ersten Sterne und stürzte die Temperatur bis fast auf den Gefrierpunkt ab. Das Basislager am Cerro Paranal diente mir über viele Wochen hinweg als jenes Wüstengefängnis, das ich gesucht hatte, jene Leere, die die Leere Hollywoods, welche mich zuvor ergriffen hatte, aus meinem Kopf ausradierte.
An der Avenida Balmaceda meldete ich mich im kleinen staubigen Büro des ESO, des *European Southern Observatory* an. Ich legte das Empfehlungsschreiben von Pedro vor und sagte, dass ich bereit wäre, jeden Job zu übernehmen. Der ungesprächige Angestellte, braungebrannt und ausgetrocknet wie die Furchen und Kuppen der Atacama selbst, verstand es, seine Verwunderung zu verbergen. Er kopierte

meine Referenz, tätigte einige Telefonate in einem galoppierenden Spanisch, aus dem ich nicht schlau wurde, und schlug mir vor, am folgenden Tag wiederzukommen.
Das tat ich. Und es war genau der richtige Moment, denn jetzt stand ein VW-Bus vor der Tür, der mehrere Arbeiter landeinwärts zum 130 Kilometer entfernten Paranal-Camp transportieren sollte. Der Büroangestellte, ähnlich wortkarg wie bei meinem ersten Besuch, fragte mich, ob ich schon einmal als Hilfskoch gearbeitet hätte.
– Ja, sagte ich, ohne zu zögern.
Dann vermerkte er etwas auf einem Formular und wies mich an, im Auto Platz zu nehmen. Kurz bevor wir losfuhren, drückte er mir ein Schreiben in die Hand und erklärte mir, wo ich mich damit zu melden hatte.
– *Adios*, sagte er und ging zurück in sein Büro.
Einer der anderen Fahrgäste wies mich an, das Fenster zu schließen, wegen der Klimaanlage. Und schon rasten wir los. Zuerst über asphaltierte Straßen aus der Stadt hinaus, über die Ruta 28 zur Panamericana. Und kurz darauf, in unvermindertem Tempo über Schotterwege, weiter ins Landesinnere. Der Fahrer versuchte, die Strecke so schnell wie möglich hinter sich zu bringen. Schonungslos jagte er das Auto den Pass bei La Negra hoch und durchkreuzte die Nebeldecke, die dort das Ende jeglicher Feuchtigkeit markiert.
Dahinter waren wir auf dem Mond gelandet, in anthrazitfarbener, toter Steinwelt, auf einem vertrockneten Hochplateau, auf dem es nichts anderes zu sehen gab als den Wechsel zwischen größeren und kleineren Gesteinsbrocken. In der Ferne erhoben sich zu allen Richtungen dunkle, kahle Bergkuppen, die weiter in ein immerwährendes Nichts führten. Durch die dünne, klare Luft waren am Horizont in unerreichbarer Ferne die Gletscherspitzen der Andenkordilleren zu erkennen.
Es war offensichtlich, dass es hier keinen Ausweg gab. Wir hatten die Erde und ihre Zivilisation verlassen. Ich war genau dort gelandet, wo ich mich von Los Angeles hingewünscht hatte. In einer unbelebten Welt, deren Stille mich

auf neue Ideen bringen sollte. Eine Welt ohne jegliche Ablenkung, ohne jeglichen Lärm, ohne jegliche Zeit. Eine Welt, in der es weder Zukunft noch Vergangenheit gab.
Wie ein Trugbild tauchte nach zweistündiger Fahrt durch diese Totenwelt das Basislager am Cerro Paranal auf. Drei Gebäude, einige Container, Lastwagen, Planierraupen, Bagger. Staubfahnen, die sich hoch in den Himmel zogen.
Eine Asphaltstraße wand sich entlang einer Steinmauer um den Paranal-Berg, auf dessen abgetragenem Gipfel in 2600 Meter Seehöhe ein massiver Observatoriumskomplex mit vier gigantischen Teleskopen, Zwischengebäuden und Verbindungstunneln errichtet wurde. Es sah aus wie das Skelett einer Raumstation, die auf einem fremden Planeten entrümpelt wurde. Kaum traute ich dem, was mir meine Augen da zu sehen gaben.

So beeindruckend die Mondlandschaft mit diesen futuristischen Eingriffen des ESO auch war, sie konnte über die Unwirtlichkeit der Umgebung nicht hinwegtäuschen. Als zu lebenswidrig stellten sich die Bedingungen für die am Bau beteiligten Arbeiter heraus, als dass man sie der Wüste länger als wenige Wochen hätte aussetzen können. Deshalb schickte uns die Leitung des Paranal-Camps alle zwei Wochen auf ein paar Tage Zwangsurlaub nach Antofagasta, wo wir durchatmen und uns Mut machen sollten für die darauffolgende Zweiwochenschicht. Von der Leere des Wüstenplateaus wurden wir in die Leere unserer Schachtelzimmer im Hostal del Norte gesteckt.
Fünfmal habe ich diesen Wechsel bereits durchgemacht. Jedesmal war mir von Paranal kommend Antofagasta unerträglich laut und stickig vorgekommen. Und bei meiner Rückkehr aus der Stadt das Wüstenplateau wie ein steinerner Sarg. Oben in der Wüste saß ich in meinem Wohncontainer und starrte durch verstaubte Scheiben in die Einöde hinaus. In Antofagasta saß ich in dem schmucklosen Hotelzimmer oder aß *Pollo Frito* im Restaurant gegenüber. Oder spazierte an der Küste entlang und sog die Meeresluft so tief wie möglich ein.

Ich überlegte, ob es möglich wäre, ein klein wenig von der Feuchtigkeit des Ozeans zu bewahren, mitzunehmen nach Paranal, dorthin, wo es keinerlei Feuchtigkeit gab. Doch bei meiner Rückkehr belehrte mich die Wüste stets eines Besseren. Sobald ich oben in Paranal aus dem Auto stieg und durch den Mund einatmete, war mit einem Atemzug mein gesamter Rachen ausgedörrt. Die Lippen, die Zunge. Auch die Augen. Auf alles stürzte sich die Atacama sogleich. Allem entzog sie in Paranal das Wasser.

Nach ein paar Tagen hatte man sich ein wenig an diesen ausgetrockneten Zustand gewöhnt. Hatte sich, so gut es ging, mit der Wüste arrangiert. Dann atmete man nicht wie sonst unüberlegt und frei, sondern ausschließlich in kleinen Zügen durch die Nase. Und bewegte sich so wenig wie möglich im Freien. In der dünnen Luft des Camps, 2400 Meter über dem Meeresspiegel, mit weniger als fünf Prozent Luftfeuchtigkeit wurden schon wenige Schritte zu einer mühsamen Anstrengung.

Und die Sonne wurde dort oben zum schlimmsten Feind.

Bei meiner ersten Ankunft in Paranal, geblendet von der Fremdartigkeit der Landschaft, hatte ich noch den Fehler gemacht, mich zu lange ungeschützt in der Höhensonne aufzuhalten. Schon nach wenigen Minuten hatten ihre Strahlen mir die Haut verbrannt. In dem kleinen Kaufladen des Camps, wo ich schließlich als Verkäufer arbeitete, standen Sonnencremes mit dem höchsten Schutzfaktor dementsprechend hoch im Kurs. Es war der einzige Laden im Basislager, nicht mehr als ein kleiner Raum neben der Kantine, vollgestopft mit Zigarettenstangen, Lebensmitteldosen, Getränkeflaschen, Zeitschriften und allerlei kleinen Gütern des täglichen Gebrauchs wie eben Sonnencremes.

Zuerst hatte ich als Hilfskoch in der Kantine gearbeitet, aber als der Job im Supermercado frei wurde, wechselte ich kurzerhand meine Beschäftigung. Anstatt Kartoffeln zu schälen und Zwiebeln zu schneiden, saß ich dann sieben Stunden täglich an der Kasse des Supermercados. So wie Casta im ›La iguer‹ gesessen hatte, saß ich dort. Nach einigen Wochen

erlaubte ich mir, in Gedenken an Castas Arbeitsplatz, das O meines Ladens zu entfernen. Niemandem fiel es auf. Doch jetzt war es der Supermercad. Mein Supermercad.
Immer von 10 bis 17 Uhr saß ich an der Theke und verkaufte den Paranal-Arbeitern Zigaretten oder Zeitschriften, wenn sie Pause machten, oder ein *Cerveza*, wenn sie Feierabend hatten. Ich konnte mich kaum mit ihnen unterhalten, denn mein Spanisch war zu schlecht. Doch das störte mich nicht. Ich war nicht zum Quatschen hierher gekommen. Sinnlos geredet hatte ich in Los Angeles genug. Jetzt wollte ich einfach meine Ruhe haben und durch die Abgeschiedenheit wegkommen von allem, was ich kennengelernt hatte.
Es funktionierte. In Paranal war ich völlig abgeschnitten von der Welt, wie ich sie kannte, vom Leben, wie ich es kannte.
17 Stunden standen täglich zu meiner freien Verfügung. 17 Stunden, in denen ich in meinem Wohncontainer am Rande des Camps der Welt entgleiten konnte.
Lange, in der Leere zerfließende Stunden waren das, ohne jegliche Störungen von außen, gänzlich ohne dieses Außen, das es nicht mehr gab, denn draußen erwartete mich nichts außer Gestein und Sand, tagsüber die Hitze und nachts die Kälte. Nur nach innen konnte ich mich wenden. In mir selbst suchen, was mich hierher an diesen Fluchtpunkt gebracht hatte, ordnen, was mir mein Leben bislang gegeben und verweigert hatte. Was es mir weiterhin zu geben und zu verweigern hatte. Zusammenfassen, was und was nicht getan worden war. Und was noch getan werden sollte.
Das Schwimmbecken war noch nicht eröffnet und die Squash-Halle, von der Pedro erzählt hatte, weiterhin erst in Planung. Zum Zeitvertreib, sollten mir meine paar Quadratmeter Wohnfläche zu eng werden, gab es nur einen Billardtisch und einen Fernseher im Gemeinschaftsraum sowie eine kleine Bar mit dünnem, überteuertem Bier. Nie hielt ich mich dort auf. Es reichte mir, allein mit mir selbst zu sein. Schließlich war ich deshalb hierher gekommen.

In meinem Wohncontainer surrte die Klimaanlage. Vor dem Container fegte der Wüstenwind über die Mondlandschaft. Ich lag auf meinem Bett und hörte ihm zu. Ließ meine Gedanken mit ihm kommen und gehen, ließ Erinnerungen zu, begann, sie niederzuschreiben, und dachte darüber nach, wie auf einen Schritt in meinem Leben der nächste gefolgt war. Wohin sie mich gebracht hatte, diese Abfolge von Schritten. Und was nach dem jetzigen Einschnitt in mein Leben kommen sollte, dann, wenn ich bereit war, aus dem Mond heraus wieder in die wirkliche Welt zu treten und weiterzuleben, anstatt zu pausieren.

In der leeren Welt, der ich in Paranal ausgesetzt war, füllte sich mein Leben, das leer geworden war, wieder auf. Wenn ich nicht im Supermercad arbeitete, dachte und träumte ich, redete mit mir selbst, sang, spielte Gitarre oder tat alles gleichzeitig und schrieb auf, was mir wert schien, festgehalten zu werden. Oft war ich mir gar nicht bewusst darüber, was ich tat. Ich ließ es zu, wenn ich die Kontrolle verlor, ja suchte es geradezu, dieses Sich-Verlieren, denn ich spürte, dass ich hier in Paranal auf eine andere Weise aus meinem Leben fiel, als ich es je zuvor getan hatte. Hier war es richtig, wie ich mir selbst und allem entglitt, was mich bislang festgehalten hatte. Hier fühlte sich dieses Entgleiten wie ein Fliegen an, kein blinder Flug jedoch, sondern einer, der mich, auch wenn ich nicht wusste wohin, an irgendein Ziel bringen würde. In meinem abgekapselten Dasein vor dem erstarrten Steinhorizont der Atacama vermischten sich die Träume und Erinnerungen, Visionen und Ideen zu etwas Neuem, das zwar keine begreifbare Gestalt hatte, aber trotzdem sichtbar war. Es zog mich an, dieses Neue, was immer es war, es zog mich zu ihm hin. Ich betrachtete nicht es, sondern mich dabei, wie ich mich ihm zu nähern wagte.

Ich blickte hinunter auf das Wolkenmeer, das Paranal nie erreichte, aber unablässig von unten her bedrängte. Manchmal konnte ich klar und deutlich durch die Wolken hindurchsehen. Vergangene Bilder flackerten auf, die ich erneut durchlebte, ohne Angst jedoch, ohne Bedenken, denn ich wusste, dass die Wolken wiederkommen, alles zudecken und doch nie zu mir herauf zum Wüstenplateau finden würden. Die Atacama stattete mich, so lebensfeindlich sie war, mit einer gewissen Sicherheit aus. Dank ihr wagte ich, mich allem zu stellen. Sie gab mir zu verstehen, was richtig und falsch gewesen war. Ich sah, wo in meiner Welt Linz, wo Los Angeles, wo Santiago lag. Ich betrachtete den Sonnenuntergang und meinte, die Drehung der Erde zu spüren.

So verstrich die Zeit und ließ ich sie verstreichen.
Die Seiten füllten sich mit den Aufzeichnungen, die ich ungeordnet niederschrieb, alles, ohne es vorauszuplanen. Alles, wann immer es kam. Alles hatte ich entschieden anzunehmen, was immer, wann immer es kam. Ich gestattete mir, die Erdoberfläche zu verlassen, und ebenso, wieder zu ihr zurückzukehren. Ich hob ab und setzte auf. Oft wusste ich nicht, was von beidem ich gerade im Begriff war zu tun. Manchmal konnte ich kaum zwischen Tag und Nacht unterscheiden. Es fiel mir schwer festzustellen, wo oben oder unten war und ob ich aufrecht stand, saß oder lag. Ganz gab ich mich der Wüste hin. Alles war nun offen. Eine weite Ebene in alle Richtungen.
Wenn ich die Kraft dazu hatte, trat ich gut eingepackt und eingeschmiert aus meinem Container hinaus ins Freie, hinein in die Ebene. Tagsüber in die gleißende Sonne. Nachts in das Licht der Myriaden von Galaxien. Die Luft jedesmal so scharf, dass sie mir fast das Gesicht zerschnitt.
Ich wanderte durch die tote Landschaft. Vorsichtig, fast demütig setzte ich einen Schritt vor den anderen in dieser mich einnehmenden absurden Schönheit. Hatte ich mich nur einen Hügel vom Basislager entfernt, war ich bereits so allein, dass ich losschrie vor Einsamkeit. Die Wüste anschrie, weil ich ihr nichts anderes zu bieten hatte als meine unerwiderten Rufe. Schon nach kurzer Zeit sank ich nieder und musste erschöpft und heiser aufgeben.
Die Atacama nahm keinerlei Notiz von mir. Sie kümmerte sich nicht um das, was mir geschehen war. Nicht um das,

was mir geschehen würde. Für sie war ich nicht größer, nicht wichtiger als ein Staubkorn. Selbst wenn ich mit meinen Füßen kleine Steinrutsche auf den Abhängen lostrat, führte dies zu keiner bemerkbaren Veränderung ihrer Oberfläche. Sobald sich der Staub gelegt hatte, war alles wie zuvor. So wie es seit 25 Millionen Jahren hier schon war. Tot und trocken. Nichts regte sich in dieser ältesten Landschaft unseres Planeten. Ihre Ruhe, ihre Schönheit waren von einer anderen Welt. Sie kümmerte sich nicht um die Hässlichkeit, die uns Menschen auf der Erde zuweilen befiel.

Ich lag auf dem Geröll der Atacama und wusste, wäre ich hier nur für wenige Stunden liegen geblieben, so wäre nichts anderes von mir übrig geblieben als verbrannte Materie. Staub, der sich zu Staub legt. Julian Ogerts Knochen, die der Wind in alle Himmelsrichtungen verteilt. Bis nichts mehr von ihnen zu sehen war, sie sich eingefügt hatten in das große Nichts, das mich umgab.

Er, der Wind, war der Einzige, der sich in dieser Landschaft frei bewegen konnte. Doch auch er irrte bloß sinnlos herum, transportierte Staubkörner von einem Teil der Wüste zu anderen Teilen, wo sie keinerlei Unterschied machten, denn wo immer sie hinfielen, war es gleich wie dort, wo sie hergekommen waren. Die Wüste war ein in sich geschlossener Ort. Ein Ort, der das Leben ausschloss. Die paar Dutzend Arbeiter, die am Cerro Paranal eine Sternwarte errichteten, waren nichts als Fremdkörper, die die Wüste duldete, weil sie wusste, dass sie uns Menschen und alles, was wir in sie hineinkarrten, überdauern würde.

Ich stellte mir vor, wie es wäre, wenn die gesamte Erde ein solcher Wüstenplanet wäre. Wenn es keinen Ausweg mehr vom Hochplateau gäbe, keinen Kleinbus, der mich alle zwei Wochen zurück in die Zivilisation nach Antofagasta brächte.

Zuerst begeisterte mich diese Idee. Die innere Freiheit, die Endgültigkeit, die in derartiger Ausweglosigkeit lag, reizte mich. Ich dachte, ich brauche das Leben nicht, weder das meine noch das der anderen. Doch mit jeder neuen Zweiwochenschicht auf dem toten Plateau erschreckte mich diese Vorstellung mehr. Mit jeder neuen Schicht merkte ich, dass ich das Leben mehr schätzte als den Tod.

Letzten Monat bin ich 27 geworden. Jetzt bin ich länger auf der Welt, als Nick Drake es ausgehalten hatte. Der war mit 26 für immer eingeschlafen. Fünf Jahre, nachdem ich geboren wurde, war das. Würde ich heute sterben, würde ich dem *27 Club* beitreten. Jimi Hendrix, Jim Morrison, Kurt Cobain und andere Rockmusiker haben in diesem Alter ihr Leben beendet. Wer aber würde Notiz davon nehmen, wenn ich mich ihnen anschloss? Welchen Sinn würde das haben? Ich feierte meinen Geburtstag allein für mich in meinem Container. Fünf Bierflaschen trank ich leer. Dann trat ich hinaus in die feindliche Welt und sah mir dabei zu, wie ich sogleich verdurstete. Die Wüste, der Wind und der Alkohol dehydrierten mich von außen und innen her gleichermaßen. Ich ließ mich auf den Boden fallen. Ich spielte mit dem Gedanken, mich jetzt einfach nicht mehr zu bewegen. An meinem 27. Geburtstag aufzuhören, mich zu bewegen, und mich von der Wüste aufnehmen zu lassen. Doch als ich mit ausgestreckten Armen auf dem Schotter lag und mir mit jedem Atemzug weiter Flüssigkeit entzogen wurde, merkte ich, dass es zu früh war, sich jetzt schon in den Tod fallenzulassen. Ich hätte an diesem Tag vertrocknen, absterben können. Doch es war noch nicht an der Zeit.
Würde der Tag kommen, an dem ich bereit war zu verschwinden, würde ich hierher zurückkommen, entschied ich. Eines Tages würde ich hier in der Atacama sterben, aber jetzt noch nicht. Nicht mit 27.
Mit letzter Kraft raffte ich mich auf und kroch in meine Behausung zurück. Ich stellte mich unter die Klimaanlage und trank in einem Zug eine ganze Flasche Wasser leer. Es war, als müsste ich gar nicht schlucken. Wie ein Schwamm sog mein gesamter Körper die Flüssigkeit auf. Ich spürte, wie das Wasser in meine Gliedmaßen schoss. Bis in die Zehenspitzen spürte ich es. Ich wollte in Wasser springen, egal wie

kalt es auch sei. Ich wollte tauchen und trinken. Schwimmen, tauchen, trinken.
– Ich will leben, sagte ich. Laut und deutlich sprach ich zu mir selbst.
– Weiterleben, sagte ich. Weiter.

Oft dachte ich an Pedro.
Er hatte recht gehabt. Allzu lang konnte man es an diesem verwunschenen Fleck in der Atacama nicht aushalten. So klar der Sternenhimmel über Paranal auch leuchtete. So ideal die Bedingungen für die Sternforscher hier sein mochten, für alle anderen Menschen war dieses Hochplateau nur ausgebrannte Erde. Ein Ort fürs Sterben.
So scharfe Aufnahmen ferner Galaxien von den vier Teleskopen, die hier errichtet werden, in den kommenden Jahren auch eingefangen werden – zum Leben taugt der Cerro Paranal nicht. Nächstes Jahr soll das VLT seine ersten Testbilder machen. Ich werde dann nicht mehr hier sein und mit den Astronomen auf ihre Erfolge anstoßen. Ich werde dann woanders sein.
Pedro hat recht: Auf Dauer kann der Mensch die Wüste nicht ertragen. Auf Dauer das Nichts nicht ertragen. Das Alleinsein nicht, das Flüchten nicht. Das Fortlaufen vor sich selbst.

Ich nehme ein Blatt Papier und setze mich an den Tisch meines schmucklosen Zimmers.
Oktober 1996, Antofagasta, Chile schreibe ich an den rechten oberen Rand.
Liebe Irmgard.
Über acht Jahre ist es nun her, dass ich Österreich verlassen habe. Ich schulde euch noch das Geld, das ich mitgenommen habe. Du weißt, dass ich es zurückzahlen werde. Bald sogar. Nächstes Jahr will ich es zusammenhaben, das Geld, das ich euch schulde, und das Geld für den Flug nach Wien. Rechne damit, dass ich in absehbarer Zeit vor deiner Tür stehen werde. Ich will dich sehen. Ich will mit dir sprechen. Nur mit dir. Sag Ludwig nichts davon. Es ist wichtig, dass wir beide uns unterhalten. Wir können nichts

an dem ändern, was passiert ist. Und doch geht das Leben weiter. Ich bin im Norden Chiles. An einem Platz in der Wüste, wo das Leben aufhört. Wo alles Leben aufhört, unser ganzer Planet aufhört zu existieren. Jetzt fahre ich weiter nach Santiago, einen Freund besuchen. Mein bester Freund wohnt dort. Er wird mir helfen, einen guten Job zu finden. Ich werde Geld haben und ein Leben haben, wenn wir uns wiedersehen.
Bis dann, Julian

Ich falte den Brief und stecke ihn in ein Kuvert. Adressiere ihn und bringe ihn zum Postamt. Nach ein paar Postkarten an Irmgard in den letzten Jahren ist das der erste Brief, den ich in meinem Leben verschicke. Auf dem Rückweg gehe ich beim ESO-Büro an der Avenida Balmaceda vorbei und teile dem Angestellten mit, dass ich ab sofort kündige. Es ist derselbe Mann wie immer. Teilnahmslos nimmt er zur Kenntnis, was ich gesagt habe.

In Zukunft werden andere im Supermercad an der Kasse sitzen. Im Supermercad Paranals und im Yucca Corridor. Casta wird weitergezogen sein. Wohin auch immer. Auch ich ziehe weiter.
Zurück im Hostal del Norte packe ich meinen Rucksack. Packe meine Gitarre ein.
Ich hole den Zettel meines Vaters aus der Innentasche meiner Jacke. Er bedeutet mir nichts mehr. Ich will ihn nicht länger mit mir herumtragen.
Ich falte ihn auseinander und lasse ihn auf dem Tisch meines Zimmers liegen.
Eines Tages wirst du verstehen, Julian. Auch ich habe irgendwann verstanden.
Das Zimmermädchen wird ihn finden und wegwerfen. Sie wird noch weniger als ich damit anzufangen wissen.
An der Tür des Zimmers drehe ich mich ein letztes Mal um. Der Raum ist ein schmuckloser Raum. Mehr nicht. Ein Blatt Papier auf dem Tisch, sonst nichts.
Ich schließe die Tür und bleibe eine Weile im neonbeleuchteten Korridor stehen.

Dann gehe ich zur Treppe und halte mich am gusseisernen Geländer fest, während ich langsam die Stufen hinuntersteige. In meiner Jacke der Zettel mit Pedros Adresse in Santiago.
Ich gebe meinen Schlüssel an der Rezeption ab und verabschiede mich freundlich.
– *Fue muy agradable*, sage ich.
– *Muchas gracias*, sagt die Rezeptionistin.
Ende des Jahres wollte Pedro wieder zurück in Santiago sein, denke ich.
Ende des Jahres. Eigentlich ist es das schon. Das Ende des Jahres.
Mit Rucksack und Gitarre marschiere ich zur Ausfahrtsstraße Richtung Süden. Ständig fahren dort irgendwelche Lastwagen über die Ruta 28 zur Panamericana und weiter hinunter zur Hauptstadt. Die Fahrer, die *Camioneros*, sind froh, wenn sie auf der 25 Stunden langen Fahrt ein wenig Gesellschaft haben.
Ich stelle mich genau zu dem Schild, auf dem *Santiago 1375* steht, und halte meinen Daumen raus.